ullstein

CHRISTIN-MARIE BELOW, Jahrgang 1993, wohnt in Kassel. Hin und wieder findet man sie aber auch auf Norderney, wo sie vor Ort recherchiert. Als Tochter der Autorin Andrea Russo (Anne Barns) wuchs sie umgeben von Geschichten und Büchern auf.

Von Christin-Marie Below sind bei Ullstein erschienen:

Pension Herzschmerz • Café Meerblick • Unser Reetdachhaus am Strand • Das Glück liegt am Strand • Unsere Frühstückspension am Meer

Christin-Marie Below

Winterglück im Café am Meer

Roman

Ullstein

Besuchen Sie uns im Internet:
www.ullstein.de

Originalausgabe im Ullstein Taschenbuch
1. Auflage Oktober 2025
2. Auflage 2025

Bei Fragen zur Produktsicherheit wenden Sie sich bitte an produktsicherheit@ullstein.de
Umschlaggestaltung: Sabine Kwauka, München
Titelabbildung: © Sabine Kwauka unter Verwendung diverser Vorlagen (siehe Bildnachweis Cover hinten im Buch)
Gedichte: © Christin-Marie Below
Gesetzt aus der Albertina powered by *pepyrus*
Druck und Bindearbeiten: ScandBook, Litauen
ISBN 978-3-548-07341-5

Prolog

Der Wind trug den Duft von Salz und nassem Sand mit sich, während die Wellen in sanften, aber stetigen Bewegungen den Strand umspülten. Der frühe Winter hatte die Insel fest im Griff. Die Blätter der wenigen Bäume waren längst von den Ästen gerissen und vom Wind aufs Meer getragen worden. Bald würde es schneien. In der Ferne hörte man Möwen kreischen, die sich auf der Suche nach Nahrung in das aufgewühlte Wasser stürzten. Ihr Ruf mischte sich mit dem Rauschen der Wellen.

Helena wickelte ihre Decke enger um sich und nippte an dem dampfenden Tee aus ihrer Thermoskanne. Fenja saß neben ihr, die Knie an den Körper gezogen, den Blick auf den Horizont gerichtet. Ihre sonst so lebendigen blauen Augen wirkten matt, fast als wären sie leer. Helena wusste, dass Fenja litt, auch wenn sie versuchte, es nicht zu zeigen. Mara saß auf der anderen Seite und starrte nachdenklich auf den mitgebrachten Kuchen, den ihre Mutter gebacken hatte. Doch niemand schien heute wirklich Appetit zu haben.

»Er ist so ein Idiot!«, platzte es plötzlich aus Mara heraus.

Sie ließ eine Handvoll Sand durch ihre Finger rieseln. »Er hat dich echt nicht verdient, Fenja.«

Fenja zuckte die Schultern und ließ den Blick auf ihre Finger sinken. »Er hat gesagt, dass er mich mag, aber dass er einfach nicht so fühlt wie ich …« Ihre Stimme klang brüchig. »Ich hab mir alles nur eingebildet. Ich dachte, er schaut mich so an, weil er mich gernhat. Aber wahrscheinlich war ich einfach nur doof.«

Helena rückte näher und lehnte sanft ihre Schulter an Fenjas. »Du bist nicht doof. Du hast einfach gehofft. Und das ist nichts Schlimmes.«

Fenja seufzte und zog die Ärmel ihres Pullovers über die Hände. »Aber es fühlt sich schrecklich an. Ich will am liebsten gar nicht mehr in die Schule gehen, da muss ich ihn jeden Tag sehen.«

»Stell ihn dir einfach nackt vor!«, sagte Mara entschlossen.

Helena kicherte. »Ich weiß nicht, ob das so eine gute Idee ist.«

»Auf keinen Fall!«, sagte Fenja. Aber dann zeichnete sich ein kleines Schmunzeln auf ihren Lippen ab.

»War ja nur ein Vorschlag«, sagte Mara. »Du wirst das hinkriegen!«

»Voll! Und wenn er etwas Gemeines sagt, sind wir da«, sagte Helena.

»Danke!«, seufzte Fenja.

»Ich glaube, wir sollten uns ablenken. Tjarek sollte uns nicht den Tag vermiesen«, sagte Mara entschlossen.

»Gute Idee, lasst uns Muscheln sammeln!«, schlug Helena vor.

Fenja zog eine Augenbraue hoch. »Muscheln sammeln?«

»Ja! So wie früher. Und dann machen wir Ketten daraus.«

Fenja schnaubte leise, aber ein kleines Lächeln huschte über ihr Gesicht. Also standen sie auf, streiften durch das feuchte, kühle Sandbett und suchten nach kleinen Muscheln mit Löchern darin. Es war eine Tradition aus Kindertagen, die sie nie ganz aufgegeben hatten. Die Mädchen kannten sich, seitdem sie denken konnten.

Helena zog eine Spule mit Kordel aus ihrer Jackentasche, während Fenja die kleine Schere hervorholte, die sie extra eingesteckt hatte. Sorgfältig fädelten die Mädchen die Muscheln, kleine Hühnergötter und Holz auf.

»Guck mal!«, rief Fenja plötzlich und hielt stolz eine ganz besonders schöne Muschel in die Luft.

»Die ist toll! Sieht bestimmt super in der Mitte aus«, rief Mara ihrer Freundin zu.

»Ja!«, sagte Fenja.

Die Mädchen stöberten eine ganze Zeit im Sand. Die Winterstürme machten den Strand zu einer Schatzkiste. Nach einer Weile ließen sie sich zufrieden zurück auf die Decke fallen.

»Ein Versprechen«, sagte Helena plötzlich und betrachtete ihre Kette. »Wir bleiben zusammen, egal was passiert. Niemand von uns geht verloren.«

Fenja nickte ernst. »Und wenn eine von uns Hilfe braucht, dann sind wir füreinander da. Immer.«

Mara strahlte über das ganze Gesicht. »Abgemacht.«

Sie legten ihre Hände übereinander, ihre Muschelketten baumelten leicht im Wind. Ein stiller Pakt wurde geschlossen, ein Versprechen, das über die Jahre hinweg Bestand haben sollte. Sie sahen sich verschwörerisch an, knoteten sich gegenseitig die Ketten um den Hals.

Als die Wintersonne sich langsam senkte und der Himmel in Pastelltönen leuchtete, legten sie sich hin und schauten in den Himmel.

Fenja seufzte.

»Weißt du, was das Einzige ist, das hilft? Sagt zumindest Mama«, fragte Mara.

»Was denn?«, fragte Fenja.

»Kuchen!« Mara schnitt ein Stück Kuchen ab und reichte es Fenja. »Wenn du schon Liebeskummer hast, dann wenigstens mit Schokoladenkuchen.«

Fenja lachte leise und nahm das Stück. »Danke. Wirklich.«

Gemeinsam und in Stille aßen sie den Kuchen, tranken den warmen Tee und genossen die letzten Sonnenstrahlen, die so selten in dieser Jahreszeit waren.

Helena spürte eine wohlige Wärme in ihrer Brust. Egal, was passieren würde, sie hatten sich. Und das war alles, was zählte.

Als die Sonne langsam am Horizont verschwand, ging Helena nach Hause. Ihr Zimmer war warm und gemütlich, während es draußen zu stürmen begann. Nordwind zog auf und verlieh Norderney einen rauen Charakter. Sie setzte sich an ihren Schreibtisch, zog die oberste Schublade auf und holte den Bernstein hervor, den ihre Oma ihr einst geschenkt hatte. Er schimmerte warm und golden unter dem Licht ihrer Schreibtischlampe, wie eine kleine Flamme.

Mit ruhigen Bewegungen nahm sie ein Stück Kordel, knotete ihn sorgfältig daran fest und band ihn sich als Armband um ihr Handgelenk. Ein weiteres Versprechen, das sie nur sich selbst gab. Was auch immer geschehen würde – sie würde es nie verlieren, als Erinnerung an diesen Tag, an ihre Großmutter, an Fenja, an Mara und an das Muschelkettenversprechen, das sie miteinander verknüpfte.

Kapitel 1

Der süß-würzige Duft von gebackenen Äpfeln, Zimt und Vanille liegt schon in der Luft, als sich ein weiteres, sehr weiches Aroma hinzugesellt. Ich rühre mit dem Holzlöffel in der Pfanne und schaue zu, wie die Butter braun wird und Bläschen wirft. Winzige kupferfarbene Körnchen sammeln sich am Pfannenboden, geröstete Milcheiweiße, die der Butter ihren nussigen Geschmack geben. Noch ein Moment, dann ist sie perfekt: nicht zu hell, nicht zu dunkel. Schnell nehme ich die Pfanne vom Herd und schütte die Butter in die bereitstehende Schüssel. Es ist die Geheimzutat, die meinem Apfelkompott seine besondere warme Note gibt.

Zufrieden atme ich kurz durch, bevor ich mich auf den Stuhl setze und meine Werke auf dem Küchentisch begutachte: eine große Schüssel Kompott. Und sechs Laibe Apfelbrote, kleine, goldbraune Kunstwerke, die ich für meine Lieben backe, so wie jedes Jahr. Für meine Mutter, meine Oma, meine Tante Jette, meine Freundin Nicki, Max – und für mich. Kleine kulinarische Geschenke zum ersten Advent.

Ich schaue skeptisch zum Fenster. Es ist viel zu warm für diese Jahreszeit. Gestern ist das Thermometer auf vierzehn

Grad geklettert, und heute wird es nicht anders sein. Grauer Nieselregen fällt schon den ganzen Morgen vom Himmel. Schnee wäre mir lieber, aber der lässt wohl noch auf sich warten. Wenn er überhaupt fällt.

Hinter mir knarrt die Tür. Ich höre das Rascheln von Papier, dann Max' noch verschlafene Stimme. »Morgen.«

»Morgen.« Ich drehe mich um und lächle meinen Mitbewohner an. Er steht gegen den Türrahmen gelehnt. Sein dunkles Haar ist zerzaust, in der einen Hand hält er ein paar Bögen Papier.

Er fängt laut an zu singen: »In der Weihnachtsbäckerei … Wie geht das noch gleich weiter?«

»Irgendwas mit Kleckerei«, antworte ich und wundere mich mal wieder darüber, wie gut gelaunt Max von einer Sekunde auf die andere sein kann. Und das, obwohl er anscheinend gerade erst aufgestanden ist. Er trägt die dunkelblaurot karierte Pyjamahose und dazu ein langärmliges graues Rippshirt. Seine Füße stecken in den Fleece-Pantoffeln, die ich ihm zum Geburtstag geschenkt habe.

Zum Glück singt er nicht weiter. Max hat viele Talente. Er kann einem Ei in einem Rutsch den Kopf abschlagen, ohne dass auch nur ein Tropfen Eigelb danebenläuft. Er kocht die beste Lasagne der Welt, mit selbst gemachter Béchamelsauce, perfekt gewürztem Tofu und einem Hauch Muskat, den er mit der Würde eines Alchemisten über die Soße streut. Er weiß, wo man mitten in der Nacht noch Eis herbekommt, wenn seine Mitbewohnerin vor Liebeskummer nicht schlafen kann. Und: Max hat einen grünen Daumen. Einen richtig grünen. Er bringt sogar Basilikum aus dem Supermarkt dazu, länger als zwei Wochen zu überleben und richtig groß zu werden. Und das ist, wie ich finde, eine botanische Hochleistung.

Aber singen? Nein! Seine Stimme rutscht irgendwo zwischen schief und schräg hin und her, als würde sie selbst nicht genau wissen, welchen Ton sie treffen soll.

Er summt das Lied weiter, aber auch das klingt so schief, dass ich lachen muss.

Max seufzt gespielt beleidigt. »Ich wollte Rockstar werden, als ich klein war.«

»Und ich Seehundjägerin«, antworte ich trocken.

Er sieht mich entsetzt an. »Was bitte?!«

»Keine Sorge, ich wollte sie nicht erschießen. Seehundjäger sind keine Jäger im klassischen Sinn. Das sind Aufseher, die sich um den Schutz und die Betreuung von Seehunden kümmern, besonders um verletzte, kranke oder verwaiste Tiere, die am Strand gefunden werden.«

Max blinzelt. »Also eher Robbenretterin mit Lizenz?«

»Genau. Ich wollte mit Gummistiefeln durchs Watt laufen, Heuler retten, ihnen Namen geben und in die Aufzuchtstation nach Norddeich bringen.«

»Ich vergesse immer, dass du eigentlich ein Inselkind bist«, sagt Max.

»Ja.« Ich seufze. »Das geht mir erschreckenderweise auch so. Aber darüber will ich mir jetzt lieber keine Gedanken machen. Ich bin froh, dass es mir gerade wieder einigermaßen gut geht.« Ich zeige auf die Brote. »Eins ist übrigens für dich.«

Max kommt schnuppernd näher und beugt sich über meine Apfelbrote. »Sind da Rosinen drin?«

»In deinem natürlich nicht, das habe ich mit getrockneten Aprikosen gebacken.«

»Mmh«, macht er. »Können wir es gleich probieren?«

»Klar. Willst du dazu einen Tee? Ich habe grünen in der Thermoskanne.«

Er rümpft die Nase und geht zum Wasserkocher. »Erst mal Kaffee.«

»Ich nehme auch noch einen.«

»Seit wann bist du wach?«, fragt Max.

Prompt muss ich gähnen. »Seit halb sechs.«

Er schüttelt den Kopf. »Du hast freiwillig vor Sonnenaufgang den Ofen angeschmissen? An einem Sonntag?«

»Heute ist der erste Advent, ich will die Brote später noch verschenken. Davon mal ganz abgesehen, hast du deinen Kaktus mal regelmäßig pünktlich um Mitternacht gegossen, weil er sich dann besser fühlt«, kontere ich. »Und dann hast du mit ihm meditiert.«

»Stimmt.« Er grinst. »Aber nur, weil ich in irgendeiner Zeitschrift beim Friseur gelesen habe, dass man nachts ein besserer Kanal für gute Energie ist.« Er zuckt mit den Schultern. »Er hat danach drei neue Triebe bekommen. Zufall? Ich glaube nicht.«

Ich lache leise und schüttle den Kopf. »Du bist der einzige Mensch, den ich kenne, der einem Kaktus emotionale Stabilität schenken will.«

Wir grinsen beide, und für einen Moment ist der graue Nieselregen da draußen vergessen. In der Küche duftet es nach Apfel, Zimt und Butter – und nach ein bisschen erfrischendem Unsinn.

Max gießt heißes Wasser auf das Pulver in der French Press. Kurz darauf sitzen wir uns gegenüber am Tisch. Ich schneide zwei dicke Scheiben ab und schmiere Butter darauf. Sie schmilzt langsam und zieht goldene Spuren in das noch lauwarme Apfelbrot.

»Mmh«, macht Max noch einmal. Dann genießen wir einen Moment schweigend und kauend.

Es schmeckt, wie es duftet: süß und würzig, nach Zimt, Apfel, Aprikosen und ein bisschen nach Kindheit. Für einen Moment fühlt sich alles einfach richtig an.

»Wow«, nuschelt Max schließlich mit vollem Mund. »Das ist nicht nur Essen. Das ist … Nahrung für die Seele.«

Nachdem wir jeweils eine zweite Scheibe verputzt haben, zeige ich auf die Papiere, die Max auf den Tisch gelegt hat. »Für die Uni?«

Er nickt und seufzt im nächsten Moment theatralisch. »Ich arbeite gerade an einem Essay über emotionale Arbeit und soziale Rollen. Und ich komme einfach nicht weiter. Alles, was ich schreibe, klingt unprofessionell. Ich fühle überhaupt nichts dabei.« Max rauft sich die Haare. »Vielleicht habe ich mich doch für den falschen Studiengang entschieden.«

Ich nippe an meinem Kaffee. Max verliert sich manchmal zwischen den Theorien und Begriffen, den Fußnoten und Fragezeichen. Aber wenn er zweifelt, dann nicht, weil ihm etwas egal ist, sondern weil es ihm *nicht* egal ist.

Ich stelle meine Tasse ab und sehe ihn an. »Vielleicht brauchst du keinen anderen Studiengang, sondern einfach nur einen anderen Blickwinkel.«

»Du meinst, es ist wie beim Basilikum? Wenn man von unten gießt, wächst er plötzlich?«

»Genau«, sage ich. »An der Wurzel, da wo die Frage steckt, nicht da, wo du dich in den Antworten verlierst.«

Max zieht eine Augenbraue hoch. »Tiefgründig. Und das um neun Uhr morgens und obwohl du schon seit dreieinhalb Stunden wach bist.«

»Seit vier«, korrigiere ich ihn. »Ich habe noch ein wenig gelesen, bevor ich aufgestanden bin.«

»Wie machst du das nur? Ich kenne keinen Menschen, der so wenig Schlaf braucht wie du.«

Ich zucke mit den Schultern. »Keine Ahnung, da ist wohl irgendeine innere Uhr in mir.« Sie weckt mich immer um die etwa gleiche Uhrzeit.

Während ich aufstehe, um Tee zu holen, spüre ich ein leises, angenehmes Ziehen im Bauch. Wie ein Faden, der sich langsam wieder aufrollt, nachdem er lang und wirr am Boden lag. Nachdem mein Freund mich vor vier Monaten verlassen hat, war da nur Leere. Nicht nur das Wetter war dunkel. Doch jetzt habe ich das Gefühl, dass es endlich wieder hell wird in mir. Auch wenn da noch immer ein kleiner Knoten in meiner Brust ist, weil ich Julius trotz allem manchmal noch sehr vermisse. Kurz blitzt er in meinen Gedanken auf. Sein ernster Blick, als er mir gesagt hat, er könne das nicht mehr mit uns. Dass er mich noch liebe, aber eben nicht mehr als Frau. Die gemeinsame Arbeit im Restaurant habe uns als Paar entzweit. Mein Vorschlag, ich könne mir einen anderen Job suchen, um unsere Beziehung zu retten, hat er nur mit einem »Zu spät« und einem müden Lächeln abgetan und mir damit den Boden unter den Füßen weggezogen. Ich konnte einfach nicht verstehen, warum er, wenn er doch noch Gefühle für mich hat, nicht um uns kämpft, uns keine Chance gibt, etwas zu ändern.

Es hat drei Tage gedauert, bis ich endlich eingesehen habe, dass das so nicht stimmen kann. Denn was bleibt von Liebe, wenn man sich nicht mehr füreinander entscheidet? Also habe ich kurzerhand meine nötigsten Sachen gepackt und bin zu Max gezogen, der sofort sein Arbeitszimmer für mich ausgeräumt hat, als ich ihm von meiner Situation erzählt habe. Es ist nicht der Verlust allein, der so schmerzt. Es ist die Art und Weise, wie Julius mich einfach so abserviert hat. Und das ohne Vorwarnung. Ich hatte keine Ahnung, denn er hat nie mit mir darüber gesprochen, dass für ihn etwas nicht stimmt zwischen uns. Alles war wie immer gewesen. Und nun ist alles weg: Julius, mein Job in seinem Restaurant, mein Alltag.

Aber wo ein Ende ist, ist bekanntlich immer auch wieder ein Anfang. »Danke, Max«, sage ich. »Dass du mich aufgenommen hast und für mich da bist.«

Er lächelt mich aufmunternd an. »Hättest du auch für mich gemacht.«

»Das stimmt! Und ich hoffe, ich kann dir das irgendwann zurückgeben.«

Er zeigt auf die Apfelbrote. »Also, ich hätte nichts gegen eine Dauerversorgung damit.«

»Kannst du haben. Aber vielleicht variieren wir hin und wieder. Du kennst meine Croissants noch nicht. Und auch nicht meine Brioche. Oder die Zimtschnecken mit Pekannüssen.«

»Willst du nicht doch für immer bleiben?«, fragt er mit einem schelmischen Grinsen.

»Klara würde mich irgendwann vor die Tür setzen«, sage ich und stoße ihm spielerisch gegen die Schulter.

»Ach, sie mag dich«, meint er. »Und sie ist nicht der Typ Frau, die sich von selbst gemachten Zimtschnecken bedroht fühlt.«

Ich nicke. »Weil sie weiß, dass ich nicht hier bin, um zu bleiben.«

»Und so lange gibt's Frühstück Deluxe.«

»Deal«, sage ich.

»So lang, wie du willst, ein paar Wochen, ein paar Monate … Bis du wieder allein klarkommst«, hat Max damals gesagt. »Notfalls auch für immer.«

Letzteres kommt für mich nicht infrage. So dankbar ich ihm auch bin, weiß ich doch, dass ich bald wieder auf eigenen Beinen stehen will. Und außerdem ist es mir etwas unangenehm, wenn seine Freundin hier ist. Im Gegensatz zu Max habe ich nicht das Gefühl, dass sie besonders begeistert von meiner Anwesenheit ist. Ihr Lächeln wirkt aufgesetzt, wenn sie mich sieht. Nicht, dass sie eifersüchtig ist, aber definitiv störe ich ihre Zweisamkeit. Mir hätte es wohl auch nicht besonders gefallen, wenn Julius eine seiner Freundinnen bei sich aufgenommen hätte. Die WG mit Max ist also eine Lösung auf Zeit.

Wie auf Kommando summt mein Handy auf der Arbeitsplatte. Ich habe eine Erinnerung bekommen.

Besichtigung – Ladenlokal – 11:00 Uhr.

Mein Herz macht einen kleinen Sprung vor Freude. Noch eineinhalb Stunden!

Max hebt eine Braue. »Ladenbesichtigung?«

»Ja!« Ich lächle. »Vielleicht mein Café. Vielleicht der Neuanfang.«

Kapitel 2

Pünktlich um halb elf höre ich das sonore Brummen von Nickis kleinem roten Flitzer, bevor sie um die Ecke biegt und direkt vor dem Haus anhält. Wie immer parkt sie schwungvoll, aber zentimetergenau, und winkt fröhlich durch die Windschutzscheibe, als wäre das hier kein grauer Dezembermorgen, sondern ein Sommerbesuch an der Côte d'Azur.

Ich renne durch den Regen, öffne die Tür und steige ein, beuge mich zu ihr rüber, und wir drücken uns. »Danke.«

»Na klar«, sagt sie. »Ich lass dich doch nicht allein auf Besichtigungstour gehen. Wer weiß, in was für eine Absteige du dich sonst Hals über Kopf verliebst.«

Ich lache und merke, dass ich ein bisschen nervös bin. »Danke, Nicki. Echt. Dass du dir Zeit nimmst …«

»Ach was«, winkt sie ab. »Vier Augen sehen mehr als zwei. Und außerdem muss ja irgendwer auf dich aufpassen, damit du keinen Pachtvertrag unterschreibst, nur weil die Bodenfliesen süß sind.«

»Die sind allerdings echt süß«, gebe ich zurück, während ich mich anschnalle und meine feuchten Haare aus dem Gesicht streiche. In Gedanken sehe ich sie wieder vor mir: blaugraue Zementfliesen mit feinen, weißen Ornamenten, die aussehen wie zarte Spitzenmuster. Ein bisschen abgenutzt, mit kleinen Rissen an den Rändern. Nicht mehr ganz perfekt, aber genau deshalb so schön.

»Aha«, sagt Nicki, während sie das Auto wendet. »Süß wie Instagram-tauglich, aber sonst eher Katastrophe?«

Ich lache leise. »Eher wie: Hier könnte es anfangen.«

Meine Freundin sieht mich kurz von der Seite an. »Na dann, auf zur Besichtigung. Und vielleicht auf einen richtig guten Cappuccino. Die haben doch hoffentlich Hafermilch?«

»Das weiß ich nicht, im Moment ist es ja mehr oder weniger ein Imbiss. Aber der Raum hat Potenzial. Große Fenster, hohe Decken, eine Theke, die man retten könnte. Und diese Fliesen eben.«

»Na gut«, sagt sie. »Dann schauen wir mal, ob wir zwischen Frikadellen und Fettgeruch deinen Neuanfang finden.«

Ich lehne mich zurück, sehe den Tropfen zu, die über die Scheibe rinnen, und spüre, wie sich Vorfreude mit einem Hauch von Skepsis vermischt. Vielleicht ist es genau das Richtige. Vielleicht aber auch nicht.

Wir fahren durch Kaufungen, vorbei an kahlen Feldern und Bäumen, die sich im Wind wiegen, dann hinein in die Kasseler Außenbezirke. Der Regen hat nachgelassen, aber die Straßen glänzen noch feucht, als würden sie das Licht der Ampeln nicht loslassen wollen. Und dann, ganz plötzlich, beginnt er, der Vordere Westen Kassels.

Die Gründerzeithäuser, die kleinen Boutiquen mit handgeschriebenen Schildern, die Biobäckerei, in der ich früher Nussbrot geholt habe.

Und da taucht vor uns auch das Haus mit den hellgrauen Fensterläden auf, im zweiten Stock links der kleine Balkon, auf dem verwelkte Kräuter in den Töpfen stehen. Graubraun und durstig, weil sie niemand gegossen hat, seit ich weg bin. Unser altes Zuhause. Oder besser gesagt: das, was es mal war.

Ich spüre, wie mein Magen sich leicht zusammenzieht durch die Erinnerungen, die zu nah kommen. Der Balkon war früher mein Lieblingsplatz. Ich hatte dort einen alten Korbstuhl stehen, ein Kissen mit Zitronenmuster und eine Lichterkette, die Julius nie mochte, weil sie »zu verspielt« war. Jetzt hängt nichts mehr da. Kein Licht, kein Leben. Nur vertrocknete Pflanzen, die niemand mehr beachtet.

»Ich bin extra keinen Umweg gefahren«, sagt Nicki trocken. »Du musst dich daran gewöhnen, dass du das Café in der Nähe von Captain Ich-zuerst haben wirst.«

Ich lache kurz und weiß selbst, dass es nicht ganz echt klingt. Nicki taufte Julius so, nachdem ich wieder einmal spätabends völlig gerädert und zerknittert in der Restaurantküche saß, während er bei den Gästen am Tisch das Lob für das hervorragende Dessert einheimste – das ich gezaubert hatte.

Nach der Trennung hat Nicki gleich ein ganzes Repertoire wenig schmeichelhafter Namen für ihn erfunden, die sie je nach Tagesform oder Anlass aus dem Ärmel schüttelt. Neben *Captain Ich-zuerst* nennt sie ihn nun auch: Lord Selbstverwirklichung, Sir Liebeslüge, Julius von und zu Immer-Ich, Emotionaler Schmarotzer und Trennung-auf-Raten-Typ.

Sie ist überzeugt, dass da längst eine andere war, bevor er überhaupt den Mut aufbrachte, mit mir Schluss zu machen.

Und sie hat es mir natürlich gesagt. Mehr als einmal. Schließlich ist sie meine beste Freundin. Am Anfang hat sie sogar geschafft, mich zu überreden, mich mit ihr auf die Lauer zu legen. Einmal saßen wir mitten in der Nacht zwei Stunden lang in ihrem Auto und beobachteten seinen Hauseingang, als wäre es ein Tatort. Ein anderes Mal sind wir ihm, dezent unauffällig, wie Nicki es nannte, ein paar Straßen weit gefolgt, bis er vor einem Altbau stehen blieb, in dem ein alter Schulfreund wohnte, wie sich herausstellte.

Beim dritten Versuch hat Julius uns gesehen. Er kam direkt ans Autofenster, klopfte ans Glas und fragte trocken, ob wir Kaffee wollen. Ich hätte im Boden versinken können, Nicki nicht. Sie hat ganz frech ein paar Donuts dazu verlangt.

Danach war Schluss mit dem Privatdetektivspiel und ehrlich gesagt, hat es sich auch nicht richtig angefühlt.

»Ich weiß nicht, ob ich das kann«, sage ich leise, mehr zu mir selbst. »Mit dieser Nähe.« Max' Wohnung ist in Kaufungen, knapp zwölf Kilometer weit weg von Kassel. Die Wahrscheinlichkeit, dass ich Julius dort über den Weg laufe, ist gering, was gut ist für den Heilungsprozess, wie ich online in Trennungsratgeber-Portalen gelesen habe: räumlicher Abstand, Kontaktabbruch, soziale Unterstützung und neue Routinen. So stand es da. Möglichst wenig Trigger, möglichst viel Selbstfürsorge. Keine gemeinsamen Orte, keine zufälligen Begegnungen, keine Gespräche, die wieder aufreißen, was man gerade notdürftig verbunden hat.

Aber ein Café im Vorderen Westen, nur ein paar Straßenecken von ihm entfernt, ist alles andere als Abstand. Es ist Nähe mit Ansage.

Nicki sieht mich nur kurz an und legt ihre Hand auf meinen Unterarm. »Natürlich kannst du das«, sagt sie. »Du willst dir doch von der Sabberlippe nicht deine Zukunft bestimmen lassen.«

Jetzt muss ich wirklich lachen. »Der Name ist neu.«

Nicki grinst zufrieden. »Du hättest dich gar nicht erst auf ihn einlassen sollen. Das wusste ich schon, nachdem du mir erzählt hast, dass er dich beim ersten Kuss fast ertränkt hätte.« Sie schüttelt sich. »Ist mir gerade wieder eingefallen.«

Der Kuss war sehr leidenschaftlich, aber gleichzeitig so feucht, dass ich mir anschließend heimlich den Mund und das Kinn trocken getupft habe. Das hat sich im Laufe der Jahre – es waren immerhin fast vier – etwas verbessert, aber richtig verschwunden ist es nie.

»Der erste Kuss muss perfekt sein. Na ja, vielleicht nicht perfekt, aber zumindest ziemlich überzeugend«, sagt Nicki. »Und die danach auch. Am besten machst du einen Knutschtest.«

»Okay«, feixe ich. »Wenn es so weit ist, werde ich an dich denken.«

»Dann kannst du es gleich vergessen! Ich hoffe doch, er verdreht dir so sehr den Kopf, dass du gar nichts mehr denkst.« Sie bremst. »Da ist eine Parklücke!«

Nicki nimmt vom Rücksitz ihren großen, regenbogenfarbenen Schirm, klappt ihn beim Aussteigen auf und hält ihn über uns. Ich ziehe meine Tasche fester über die Schulter, und gemeinsam gehen wir über die Straße.

Der Imbiss mit dem treffenden Namen *Mittagstisch* liegt

etwas zurückgesetzt zwischen einem Bioladen und einem Friseur mit zu vielen Pflanzen im Fenster. Das Schild ist in die Jahre gekommen, die Buchstaben blättern ab, und jemand hat mit Edding darunter *»& mehr«* ergänzt und daneben ein kleines rotes Herz gemalt.

Drinnen ist es still. An der Wand hängen alte Konzertplakate, ein ausgeblichener Kalender mit Bildern von Streuobstwiesen und ein Holzbrett, auf dem *»Essen ist fertig, der Rest ergibt sich«* steht.

Es riecht nach Rührei, wie ich sofort feststelle. Es liegt gemeinsam mit kleinen Tomatenstückchen auf dem Graubrot des einzigen Gastes, der an einer der sechs schlichten Bänke am Tisch sitzt. Ab halb zwölf wird es voll, wenn die Gäste zum Mittagessen kommen. Das Konzept, täglich neben den klassischen drei Suppen nur zwei wechselnde Gerichte anzubieten – darunter ein veganes –, funktioniert gut.

Wirklich einladend sieht es hier zwar nicht aus, aber das Essen ist lecker, wie ich selbst getestet habe, nachdem ich zufällig davon erfahren habe, dass der Laden geschlossen werden soll, weil der Inhaber sich vergrößern will.

Ich schaue zur Theke aus dunklem Holz. Die Messingkante ist angelaufen, aber sie glänzt noch. Dahinter befindet sich eine breite Durchreiche zur Küche, wo sich Edelstahlflächen, offene Regale und ein alter, aber solider Ofen zeigen. Bisher habe ich nur einen kurzen Blick darauf geworfen. Aber das will ich heute ändern.

»Nicht sehr groß, der Laden, aber das muss ja nicht verkehrt sein«, sagt Nicki.

Eine junge Frau mit Locken und Nasenring, in einem

Pullover mit einem Kochtopf-Motiv, tritt hinter der Theke hervor. »Hi, was kann ich für euch tun?«, fragt sie freundlich.

»Hallo. Ich bin Helena, das ist meine Freundin Nicki. Ich habe einen Termin mit Joshua, wegen des Ladens.«

Sie nickt. »Ah, klar. Joshua ist noch nicht da, aber er müsste gleich kommen. Wollt ihr in der Zwischenzeit was trinken? Kaffee?«

Nicki hebt sofort die Hand. »Gibt es Hafermilch?«

»Klar«, sagt die Frau.

»Für mich schwarz, bitte«, sage ich.

Kurz darauf sitzen wir an einem der Tische am Fenster. Der Regen hat aufgehört, die Tropfen laufen in trägen Schlieren die Scheibe hinunter. Ich halte meine Tasse in beiden Händen und schaue nach draußen. Trotz des schlechten Wetters und obwohl es Sonntag ist, sind einige Leute unterwegs.

»Der Standort ist perfekt«, sagt Nicki.

»Auf jeden Fall«, stimme ich zu – und da sehe ich ihn.

Auf der anderen Straßenseite geht Julius, Arm in Arm mit Louisa. Ich bin so überrascht, dass ich die beiden einfach nur anstarre.

Nicki folgt meinem Blick. Sie mustert die Szene nur eine Sekunde lang, bevor sie schnaubt: »Lügner.« Da ist keine Ironie, kein Spitzname diesmal, nur dieses eine Wort, scharf wie ein Schnitt. »Du kannst mir erzählen, was du willst, das ist doch seine Aushilfs-Servierkraft. Da war doch sicher schon was, als er mit dir Schluss gemacht hat.«

Ich antworte nicht sofort. Mein Blick bleibt draußen, wo Julius gerade lässig den Arm um Louisas Schulter legt, so wie er es früher bei mir getan hat, diese selbstverständliche Geste, als gehöre ihm die Welt.

Ein Stich, kurz und brennend, durchzieht meine Brust. Und im nächsten Moment frage ich mich, was er um elf Uhr am ersten Advent auf der Straße macht, wo er doch eigentlich im Restaurant stehen müsste, weil das Weihnachtsgeschäft mit den schon vor Monaten reservierten Tischen für Familien und Firmenessen auf Hochtouren läuft.

Aber ich komme nicht dazu, mich weiter in diesem Gefühl und den Gedanken zu verlieren, denn in dem Moment geht die Tür auf, und ein Mann betritt den Raum. Er trägt den gleichen Pulli wie die Frau hinter dem Tresen.

Ich atme einmal tief ein, richte mich auf und sehe Nicki an.

»Jetzt erst recht«, sage ich leise, aber fest.

Sie nickt. Und ich weiß: Irgendwann werde ich Julius und Louisa wiedersehen. Vielleicht an diesem Fenster, vielleicht beim Markt um die Ecke, und dann werde ich feststellen, dass es mir egal ist. Noch nicht heute. Aber bald.

Der Mann kommt mit schnellen, federnden Schritten auf uns zu. Er ist groß, schlank, mit zerzaustem Haar und trägt eine dunkelblaue Cordjacke. Er lächelt schräg und wirkt nicht wie jemand, der sich allzu ernst nimmt. Im Gegensatz zu Julius, der zum Glück mittlerweile aus meinem Blickfeld verschwunden ist.

»Hi«, sagt er mit einem offenen Lächeln. »Ich bin Joshua – und ich vermute, eine von euch beiden ist Helena, richtig?«

»Das bin ich.« Ich deute auf Nicki. »Und das ist meine Freundin Nicki.«

»Schön, dass ihr da seid.« Er setzt sich zu uns an den Tisch, streicht sich eine Haarsträhne aus der Stirn. »Sorry, dass ich euch kurz warten lassen hab. Ich war noch im Lager. Das ist zwei Häuser weiter, weil hier in der Küche einfach nicht genug Platz ist. Aber dazu später.« Er sieht mich neugierig an. »Also, du hast am Telefon erzählt, dass du über deine Oma von dem Laden erfahren hast. Und von Frau Demmer.« Er grinst. »Seit ich ihr beiläufig gesagt habe, dass ich mich vergrößern und in Erfurt eröffnen will, hat sie offenbar beschlossen, es zur Gemeinwohl-Angelegenheit zu machen.«

Ich muss lachen. »Sie war bei meiner Oma zu Besuch, als ich zufällig auch dort war. Und ehrlich gesagt, hat sie sich mehr über den Verlust deines Linsencurrys beklagt als über ihre eigene Hüft-OP. Das hat mich neugierig gemacht. Also bin ich ein paar Tage später einfach mal hergekommen, hab das Curry probiert, und beim Essen hatte ich plötzlich diesen Gedanken: Vielleicht ist das genau der richtige Ort für mich.«

Er lehnt sich zurück. »Also gut. Jetzt bin ich gespannt. Was hättest du vor mit dem Laden, wenn du ihn übernehmen würdest?«

»Ehrlich gesagt habe ich noch kein ausgeklügeltes Business-Konzept, aber ich habe Bilder im Kopf. Düfte. Geräusche. Den Klang von Lachen zwischen Kuchenblechen«, erkläre ich. »Ich bin Konditorin, habe jahrelang in einem Restaurant gearbeitet, war dort aber immer im Hintergrund. Jetzt will ich nach vorne. Und zurück zu meinen Wurzeln. Ich träume von einem Café. Mit gutem Kaffee, ja. Aber vor allem mit Gebäck, das nach zu Hause schmeckt. Kein Instagram-Zirkus, einfach ehrliches, frisches, handgemachtes Backwerk.«

Joshua sieht mich aufmerksam an. »Das könnte funktionieren«, sagt er schließlich. »Wollen wir einen Blick in die Küche werfen?«

»Unbedingt«, antworte ich.

Kapitel 3

Wir sagen erst mal nichts, als wir zur Straße zurückgehen, vorbei am Schaufenster, das von innen leicht beschlagen ist. Ich werfe einen letzten Blick zurück auf die Theke, die ich so gerne mit Leben füllen würde.

Nicki öffnet die Beifahrertür für mich, dann geht sie zur Fahrerseite. Erst als sie sich anschnallt, sagt sie: »Okay. Und? Was sagt dein Bauch?«

Ich ziehe die Tür zu und antworte: »Er sagt: Ja. Sofort. Bitte.« Ich atme durch. »Aber mein Kopf ruft: Zu kleine Küche!«

»Kannst du nicht irgendwo extern backen?«, fragt sie und startet den Wagen. »Vielleicht was dazu anmieten?«

Ich schüttle den Kopf. »Genau das will ich nicht. Ich will nicht wieder irgendeine Kompromisslösung. Ich will meine Küche. Mein Handwerk – in meinem Raum.«

Nicki schweigt wieder. Ich sehe, wie sie nachdenklich den Scheibenwischer beobachtet, der über das Glas streicht.

»Die Lage ist super«, erkläre ich. »Der Laden hat Charme. Die Pacht ist, wenn der Vermieter nicht großartig erhöht, bezahlbar. Und das Viertel ist genau richtig. Da wohnen Menschen mit Geschmack, mit Zeit, mit Appetit auf gute Sachen.« Ich lehne den Kopf an die Scheibe. »Aber die Küche ist … einfach zu klein.«

»Dann musst du rausfinden, was dir wichtiger ist«, sagt Nicki schließlich ruhig. »Unabhängigkeit oder Idealbedingungen. Vielleicht kannst du ja mit dem Vermieter sprechen, ob man umbauen kann.« Sie grinst. »Notfalls machen wir die halbe Wand weg und stellen einfach alles mitten in den Gastraum.«

Ich lache leise. »Ofen auf dem Gästetisch, Mehlwolken über dem Cappuccino.«

»Klingt wie ein Konzept«, meint sie trocken.

Ich sehe sie an. »Ich weiß ja noch nicht mal, ob der Eigentümer überhaupt an mich verpachten würde.«

»Aber du weißt jetzt, dass du's willst. Ich meine, dass du dich selbstständig machen willst. Und das ist mehr, als du vor ein paar Wochen noch wusstest.«

Ich nicke langsam. »Du hast recht. In der Sache bin ich Julius sogar dankbar. Durch die Arbeit bei ihm habe ich jede Menge gelernt.« Ich sehe hinaus auf die Straße, wo das Leben zwischen Regenjacken und Fahrradkörben weiterzieht. »Natürlich war es ein Restaurant und kein Café, aber vieles ist übertragbar. Ich habe gesehen, was funktioniert und was nicht. Ich will mich nicht in einem schicken Konzept verlieren, sondern auf die Menschen konzentrieren, die da reinkommen. Und auf die Qualität meiner Backwaren.«

»Damit punktest du auf jeden Fall, da mache ich mir gar keine Gedanken«, sagt Nicki. »Und es ist doch supernett von Joshua, dass er dich als Nachmieterin vorschlagen will.«

»Ja, absolut!«, stimme ich sofort zu.

»Überhaupt fand ich ihn sehr nett«, sagt Nicki. »Und er sieht auch verdammt gut aus, findest du nicht?«

»Es ist noch zu früh«, wiegele ich sofort ab. »Und das Letzte, was ich brauche, ist, direkt wieder einen Mann an meiner Seite. Dazu noch einen, der auch in der Gastronomie tätig ist.« Ich schüttele mich. »Nein, danke!«

»Ich mein ja nur«, sagt sie betont unschuldig. »Er war freundlich, interessiert, wirkte tiefenentspannt und sah gut aus.«

Ich schüttle den Kopf, aber ein kleines Lächeln kann ich nicht ganz unterdrücken. So ist Nicki eben. Seit sechs Jahren ist sie mit Leo zusammen. Sie streiten sich über die Farbe ihrer Badfliesen und Streaming-Abos, aber lieben sich wie am ersten Tag. Sie findet es schön, jemanden an der Seite zu haben, der bleibt. Und sie wünscht sich das auch für mich.

Aber ich? Ich will gerade einfach nur herausfinden, wer ich bin, wenn niemand neben mir steht. Ich will lernen, allein glücklich zu sein, nicht als Notlösung, sondern als Wahl.

»Du brauchst niemanden«, sagt sie nun, »aber wenn es sich ergibt …«

»Im Moment wünsche ich mir vor allem eins«, sage ich schließlich. »Einen eigenen Ofen.«

»Da findest du sicher bald den richtigen!«, sagt Nicki.

Max hört laut Musik, als ich die Wohnungstür aufschließe. Der Bass wummert durch den Flur, irgendein Indie-Pop mit elektronischen Einflüssen, vermutlich *Von Wegen Lisbeth* oder *AnnenMayKantereit*, irgendetwas, das Max' Stimmung zwischen Nachdenklichkeit und Aufbruch trifft. Er lebt zwischen Spotify-Playlists und Papierstapeln und lässt Musik oft für sich sprechen, wenn Worte fehlen.

Nicki steht noch im Flur, sie schüttelt grinsend den Kopf, als ob sie sagen will: *Typisch Max.*

»In der Küche«, sage ich, und wir gehen durch den Flur.

Gerade als ich das Brot aus dem Korb nehme, stoppt die Musik abrupt, als hätte jemand den Stecker gezogen. Es folgt eine kurze Stille und dann Max' Stimme, die deutlich durch die halb offene Tür seines Zimmers zu hören ist.

»Ja, sie ist noch da«, sagt er. Eine Pause. »Nein, ich hab's ihr nicht gesagt. Was soll ich denn machen? Ich kann sie ja nicht einfach vor die Tür setzen.«

»Oh«, sagt Nicki leise neben mir.

»Nein, ich will nicht, dass es ewig so weitergeht«, fährt Max fort. »Natürlich ist es anstrengend. Ich mag sie ja, aber … es ist eben nicht dauerhaft gedacht gewesen.« Eine längere Pause. Dann leiser, fast genervt: »Nein, Klara, ich schlafe nicht bei ihr im Bett.«

Ich halte den Atem an, spüre das Apfelbrot in meinen Händen, als wäre es plötzlich zu schwer, und bin hin- und hergerissen. Wir lauschen nicht absichtlich. Aber trotzdem fühlt es sich an, als würde ich heimlich in Max' Tagebuch schauen, weil ich weiß, dass es darin um mich geht.

»Ich rede mit ihr. Bald«, sagt Max jetzt. »Nein, nicht heute. Sie hat doch gerade erst den Besichtigungstermin …«

Es folgt wieder eine kurze Stille, dann mault Max: »Einfach auflegen, sehr erwachsen!«

Im nächsten Moment geht die Musik wieder an, noch etwas lauter als zuvor.

»Komm!«, sagt Nicki und zupft an meinem Ärmel.

Drei Minuten später sitzen wir wieder in ihrem Auto.

Ich lasse mich tief in den Sitz hineinsinken. »Irgendwie kann ich Klara ja verstehen«, sage ich.

»Pf«, macht Nicki neben mir. »Die Frau wohnt noch bei ihren Eltern, die darf überhaupt nicht mitreden.«

»Sie ist vierundzwanzig und studiert noch«, sage ich.

»Max auch«, erwidert Nicki. »Seit ungefähr zwanzig Semestern. Und es werden bestimmt noch ein paar mehr werden.« Sie grummelt kurz vor sich hin. »Das war gemein. Ich mag ihn, echt.« Im nächsten Moment lächelt sie. »Dann schläfst du eben bei uns! Es wäre zwar nur die Couch im Wohnzimmer, aber wir würden uns beide freuen, wenn wir dir Asyl geben dürfen.«

»Nein«, sage ich. »Es wird Zeit, dass ich mir was Eigenes suche. Ich habe lang genug meine Wunden geleckt. Ich brauche eine Wohnung. Und einen Job. Wenn das mit dem Café nichts wird, suche ich mir was auf Angestelltenbasis, bis sich die richtige Gelegenheit findet und ich mich selbstständig machen kann.« Jetzt bin ich es, die lächelt. »Danke für das Angebot mit der Couch, aber ich denke, dass ich dann doch bis dahin in mein altes Kinderzimmer einziehen werde.«

Nicki grinst. »Bei deiner Mutter, echt? Sie hat doch letztens erst einen Meditationsraum aus deinem Zimmer gemacht.«

Jetzt muss auch ich grinsen. »Ich nehme meine Matratze mit, auf der harten Tatami-Matte schlafe ich nicht!«

»Wann willst du umziehen?«, fragt Nicki.

Ich schaue zum Fenster, hinter dem Max wahrscheinlich noch immer laut Musik hört. »So bald wie möglich.«

»Sag Bescheid, ich helfe dir auf jeden Fall beim Sachen schleppen.«

»Du bist ein Schatz.« Ich gebe meiner Freundin das Apfelbrot. »Für dich. Weil du mir wichtig bist.«

»Und du mir«, sagt Nicki.

Meine Mutter ist bei meiner Oma zum Adventskaffee. Und da fahre ich nun auch hin. Mit Max habe ich gar nicht erst um den heißen Brei herumgeredet, sondern habe ihm ganz direkt gesagt, was ich zufällig gehört habe. Es war ihm etwas unangenehm, und er hat mir angeboten, noch den Dezember zu bleiben. Klara würde damit schon klarkommen, wenn es schon ein konkretes Datum geben würde. Aber meinen Entschluss habe ich nicht geändert. Und nun wartet ein Gespräch mit meiner Mutter und danach wohl mein altes Kinderzimmer auf mich.

Aber erst einmal sitze ich in der Straßenbahn nach Bad Wilhelmshöhe. Dort hat Oma sich nach Opas Tod vor vier Jahren eine Zwei-Zimmer-Wohnung im Erdgeschoss gekauft. Ihr ganzer Stolz ist der Streifen Garten, den sie zur alleinigen Nutzung hat. Und natürlich, dass sie bei gutem Wetter vom Küchenfenster bis hinauf zur Herkules-Statue schauen kann. Es geht ihr gut in ihrem Alterswohnsitz, wie sie immer mal wieder betont. Sie hat nette Nachbarn, den Bergpark zum Spazieren in unmittelbarer Nähe, einen Supermarkt, eine Apotheke und eine Arztpraxis. Und zum

Glück hält die Straßenbahn nur fünf Gehminuten vom Haus entfernt.

Jetzt, wo das Gespräch mit meiner Mutter unmittelbar bevorsteht, fühle ich mich plötzlich schlecht. Ich bin zweiunddreißig Jahre alt und will wieder zu Mama, wenn auch nur vorübergehend. Nie hätte ich gedacht, dass mir das mal passieren würde. Ich war neunzehn, als ich zu Hause ausgezogen bin, hatte gerade meine Ausbildung zur Konditorin begonnen und war glücklich in meiner kleinen Bude, die aus einem Zimmer, einer kleinen Küche und einem Bad mit Sitzwanne bestand. Ich hätte mir längst eine Wohnung suchen müssen, sage ich mir in Gedanken, hole mein Smartphone aus der Tasche und scrolle durch die Angebote einer Immobilienbörse.

Als die Bahn an der Haltestelle ankommt und ich aussteige, habe ich mehrere Wohnungen gefunden, die für mich interessant sein könnten. Eine davon ist sogar ab sofort frei. Ich speichere sie ab, verlasse die Bahn und gehe den kleinen Hügel hinauf, auf dem Oma in einer alten, pastellgelb gestrichenen Villa wohnt.

Auf dem Tisch steht, wie nicht anders erwartet, eine Philadelphia-Torte mit Blaubeeren. Oma hat es nicht so mit Backen. Aber Kekse für den Boden krümeln, Frischkäse zusammenrühren und Blaubeeren aus dem Glas andicken, das kann sie perfekt. Ihre Torte schmeckt immer gleich und seit jeher einfach nur gut.

»Lass dich drücken, Schatz«, sagt sie und zieht mich eng an sich ran, um mich kurz darauf gleich wieder ein wenig von sich wegzuschieben. Sie mustert mich und fragt: »Hast du etwa noch mehr abgenommen?«

»Oma! Ich war erst am Mittwoch bei dir. So schnell geht das doch gar nicht.« Aber im Grunde hat sie recht. Nach der Trennung von Julius habe ich unfreiwillig mehrere Kilo verloren, weil ich aus Kummer keinen Hunger hatte. »Hier!« Ich gebe ihr das Apfelbrot. »Heute Morgen frisch gebacken.«

Oma strahlt mich an. »Ich hatte gehofft, dass du mich damit überraschst.«

»Mach ich doch jedes Jahr«, sage ich und lege das zweite Brot auf den Tisch. »Wo ist denn Mama?«

»Die kommt später, sie wollte noch irgendwas holen. Wir sollen schon mal anfangen.« Oma bugsiert zwei große Stücke Torte auf unsere Teller. Dann gibt sie ordentlich Kandis in unsere Tassen und gießt heißen schwarzen Tee darüber. Ich freue mich über das Knistern und Knacken, das dabei entsteht. Zum Schluss gibt sie einen kleinen Schuss Sahne hinzu.

»Erzähl, Liebes. Was wird aus Dörthes Imbiss? Machst du ein Café daraus?«

»Das weiß ich noch nicht. Eigentlich gefällt es mir ganz gut …« Ich bringe Oma auf den Stand der Dinge. Sie hört aufmerksam zu, und als ich fertig berichtet habe, sagt sie: »Eigentlich ganz gut, aber es klingt nicht wie: Das ist es!« Sie nimmt einen Schluck Tee und beobachtet mich über den Tassenrand hinweg. »Ich mein ja nur«, fährt sie fort, »du hast sonst so ein Strahlen in der Stimme, wenn du über das Backen redest und darüber, endlich dein eigenes Café zu eröffnen.«

»Es geht nur um den Platz«, sage ich. »Ansonsten stimmt alles. Allein schon aufgrund der Lage sollte ich zuschlagen, wenn ich die Gelegenheit dazu bekomme.« Ich nicke, wie um mich selbst zu bestätigen. »Das sollte ich wirklich. Und mich nur auf die wesentlichen Dinge konzentrieren: richtig guten Kaffee, große Cookies in verschiedenen Variationen, die sich länger halten, und jeden Tag zwei verschiedene Kuchen oder Torten, eine davon vegan. So ähnlich macht Joshua das gerade auch mit seinem Mittagstisch.«

»Da ist es wieder, das Strahlen in deinen Augen«, sagt meine Oma.

»Ja. Ich muss mir das nur alles noch mal ganz genau durch den Kopf gehen lassen.« Ich pikse in mein Tortenstück. »Die kommt auf jeden Fall auch hin und wieder in meine Kuchentheke, Oma.«

»Da freue ich mich aber«, sagt sie. In dem Moment klingelt es, zweimal lang, einmal kurz.

»Ich versteh nicht, warum deine Mutter immer dreimal klingelt und dann selbst aufschließt«, sagt Oma. Kurz hören wir die Tür aufgehen und wieder schließen.

»Huhu!«, ruft meine Mutter, noch bevor sie ganz im Raum steht. »Es ging doch ein bisschen schneller.« Und dann ist sie auch schon da – mit energischem Schritt und einem riesigen, roten Weihnachtsstern im Arm, so groß, dass er beinahe mit dem Türrahmen kollidiert.

»Für dich, Mutti«, sagt sie und stellt den Blumentopf auf den kleinen Beistelltisch neben dem Sofa. Dann dreht sie sich zu mir. »Und für dich hab ich auch einen. Der ist noch im Auto, aber du wirst staunen, der ist sogar noch ein bisschen größer. Und bei Max' Pflege wächst er bestimmt bis Ostern zur Zimmerpalme.«

Ich zögere nur eine Sekunde und sage so beiläufig wie möglich: »Dazu wird's vermutlich nicht mehr kommen.« Dann räuspere ich mich. »Ich habe nämlich ein kleines Attentat auf dich vor«, setze ich nach und lächle schief. »Ich wollte fragen, ob ich übergangsweise wieder in mein altes Zimmer ziehen kann.«

Meine Mutter blinzelt überrascht, setzt sich zu uns an den Tisch und sagt: »Natürlich, Schatz, das weißt du doch.« Sie streicht sich eine Haarsträhne hinter das Ohr und lächelt verlegen. »Es ist nur so, dass ausgerechnet gestern Rainer bei mir eingezogen ist. Aber ihr beiden versteht euch ja recht gut. Das wird bestimmt ganz nett mit uns dreien.«

Mir bleibt fast die Torte im Hals stecken. Bevor ich reagieren kann, fragt Oma: »Ach, hat er sich endlich von seiner Frau getrennt?«

Meine Mutter wirft ihrer Mutter einen strengen Blick zu. »Das sind sie schon seit drei Jahren, sie haben sich einfach nur noch das Haus geteilt.«

»Soso«, sagt Oma, und Mama seufzt.

»Ich bin keine zwölf mehr, Mutti«, sagt meine Mutter und wendet sich wieder an mich. »Ich freue mich, wenn du für eine Weile zu uns kommst.«

»Oder du ziehst in die Mansarde …«, sagt Oma plötzlich und sieht mich triumphierend an, als hätte sie auf diesen Moment gewartet.

Ich blicke irritiert auf. »Welche Mansarde?«

»Na, die unterm Dach. Die gehört eigentlich zu Frau Klüvers Wohnung. Du weißt schon, die mit dem Dackel und den Windspielen im Fenster. Aber wie ich neulich beim Wäscheaufhängen erfahren habe, nutzt sie den Raum gar nicht. Sie meint, sie sei zu alt für die vielen Treppen und habe da oben eh nichts mehr zu suchen.«

Meine Mutter zieht leicht die Stirn kraus. »Ich dachte, das sei bloß ein Abstellraum.«

»Papperlapapp«, winkt Oma ab. »Das ist ein richtiges Zimmer! Groß, mit einer Küchenzeile und einem kleinen Bad mit Dusche. Und das Beste daran ist der Ausblick. Von dort oben kannst du runter auf ganz Kassel schauen, wenn das Wetter klar ist, Helena.«

Ich sehe meine Großmutter an. Ihre Augen funkeln ein bisschen, als hätte sie mir gerade ein Geheimnis verraten.

»Ich müsste sie natürlich fragen«, sagt sie weiter und tut dabei ganz beiläufig, »aber ich glaube nicht, dass sie etwas dagegen hätte. Die freut sich immer, wenn sie jemandem helfen kann.«

Ich lehne mich in meinem Stuhl zurück und lasse die Worte sacken. Eine Mansarde über den Dächern der Stadt. Mein eigenes kleines Reich. Kein Meditationsraum, kein Beziehungsdreieck, kein Sofa, das abends zur Schlafgelegenheit wird.

»Das klingt eigentlich ziemlich perfekt«, sage ich leise und verbessere mich sofort. »Nicht eigentlich ziemlich, sondern einfach nur perfekt.«

»Ja, nicht wahr«, sagt Oma und steht auf. »Ich geh gleich mal fragen.« Sie bleibt im Türrahmen stehen und sieht auf einmal sehr nachdenklich aus.

»Was ist, Oma?«, frage ich.

»Ach, nichts. Ich habe nur gerade daran gedacht, dass ich auch mal in einer Kammer unter einem Dach gewohnt habe.«

Kapitel 4

Norderney, November 1959

Der Morgen war grau, wie so viele in diesem November. Schon beim Aufwachen hatte Gretje das Pfeifen des Windes unter den alten Ziegeln gehört. In der kleinen Kammer unter dem Dach war es immer kalt, wenn der Wind aus Nordwest kam. Sie hatte die Decke bis unters Kinn gezogen, wollte noch ein bisschen länger liegen bleiben. Doch dann war der Drang, hinauszugehen, stärker gewesen.

Leise war sie die knarrende Treppe hinuntergeschlichen, in die Küche, wo es nach Kaffee und Bohnerwachs roch. Frau Albers' Pantoffeln standen ordentlich vor dem Herd. Gretje hatte Mantel und Schal vom Haken genommen, ihre Stiefel angezogen, ohne sie zu schnüren. Das Frühstück sollte es erst später geben. »Sonntags wird ausgeschlafen«, hatte Frau Albers am Abend gesagt.

Draußen auf der Straße lag feuchter Sand in den Pflasterritzen. Über Nacht hatte sich Nebel über die Häuser gelegt, der sich nur langsam verzog. Die Fenster der Pensionen waren beschlagen, die Läden fest verriegelt. Im Sommer war es hier voller Stimmen, Lachen und Klappern von Geschirr gewesen. Nun herrschte eine eigentümliche Stille.

Gretje zog den Schal höher und ging schnellen Schrittes Richtung Dünen. Hier kannte sie jeden Pfad, jeden schiefen Brettersteg. Auf dem Weg begegnete ihr niemand. Sie war ganz allein. Nur am Hafen hatte sie einen Fischer gesehen, der Netze flickte und sie mit einem kurzen Nicken bedacht hatte.

Sie bog ab in einen schmalen Pfad zwischen den Dünen, wo das Gras gelb und hart im Wind stand. Der Boden war noch nass vom Regen in der Nacht. An manchen Stellen war der Sand dunkel und schwer.

Lene saß schon auf der kleinen Düne, ihr Platz, seit sie sich kannten. Den Rücken zum Wind, die Arme um die Knie geschlungen, die Jacke viel zu dünn für das Wetter. Ihre Tasche lag achtlos im Sand.

Gretje kletterte zu ihr hinauf. Der Wind peitschte ihr die Haare ins Gesicht.

»Seit wann bist du hier?« Ihre Stimme klang rauer, als sie wollte.

Lene zuckte mit den Schultern. »Seit's noch dunkel war.«

Gretje setzte sich neben sie. Der Wind riss an ihrem Schal. Sie zog ihn fester.

Eine Weile schwiegen sie. Das Schweigen war ihnen vertraut. Zwischen ihnen war kein Platz für die Art Fragen, die Erwachsene stellten. »Hast du ordentlich gegessen?« »Warst du artig?« »Hast du deine Sachen gepackt?«

Gretje mochte das Meer im November. Es war rauer, ehrlicher. Im Sommer schienen alle so zu tun, als sei die Insel ein Paradies. Da liefen die Kinder der Insulaner in sauberen Kleidern herum und taten, als gehöre ihnen der Strand. Für

Gretje war der Sommer schwerer. Da war sie noch mehr die Fremde.

Im November waren alle gleich. Wer bei solchem Wetter draußen war, gehörte zur Insel.

»Wieder Ärger?«, fragte Lene irgendwann, ohne sie anzusehen.

Gretje scharrte mit dem Stiefel im Sand. »Nicht richtig.«

Frau Albers hatte gestern Abend etwas von »Dankbarkeit« gesagt. Dass Gretje wissen müsse, wie gut sie es hier habe. Dass andere im Heim geblieben seien. Dass man sich so was merken müsse. Gretje wusste es. Sie wusste es bei jedem Teller, den sie abwusch, bei jedem Gang zum Brunnen, bei jedem Kopfnicken, wenn Gäste grüßten.

»Die Weiber im Laden tuscheln wieder«, sagte Lene.

Gretje verzog keine Miene. Das taten sie immer.

»Sie sagen, du gehörst nicht hierher.«

Gretje sah aufs Meer hinaus. Dunkle Wellen schlugen gegen die hölzernen Buhnen. Möwen standen in Gruppen am Spülsaum, als wollten sie sich wärmen.

»Ich weiß.«

Lene zog ihre Jacke enger. »Blöde Kühe«, murmelte sie.

Ein winziges Lächeln zuckte über Gretjes Gesicht. Für solche Worte mochte sie Lene.

Nach einer Weile zog sie die Stiefel aus und begann, mit den Zehen Muster in den nassen Sand zu malen. Spiralen, Kreise. Lene tat es ihr gleich. Sie verbrachten die meiste Zeit schweigend. Worte waren nicht nötig.

Dann spürte Gretje unter ihrem Fuß etwas Hartes. Sie

hielt inne, beugte sich vor und grub mit den Händen im Sand.

»Was ist das?«, fragte Lene aufmerksam.

Gretje zog einen honigfarbenen Klumpen hervor. Er glänzte selbst im trüben Licht. In der Mitte war eine Kerbe.

»Bernstein«, sagte sie leise.

Sie rieben den Sand ab, hielten ihn gemeinsam gegen den Himmel.

»Wie ein Sonnenklumpen«, sagte Lene.

»Ob er von hier ist?«, fragte Gretje.

»Oder von ganz weit weg.«

Gretje dachte an ihre Mutter, von der sie seit Monaten keinen Brief mehr bekommen hatte. Ganz weit weg war genau das richtige Wort.

Sie betrachteten den Bernstein lange. Dann sagte Gretje: »Behalte du ihn.«

Doch Lene schüttelte den Kopf. »Wir teilen.« Sie zog ein kleines Taschenmesser aus der Jackentasche. »Halt fest.«

Mit vorsichtigen Schlägen teilten sie den Bernstein. Zwei unregelmäßige Hälften.

»Was, wenn ich meinen verliere?«, fragte Gretje.

»Dann ist meiner doppelt so viel wert.«

Sie grinsten. Es war eines dieser seltenen, echten Grinsen.

Dann, ganz ohne Absprache, sagten beide fast gleichzeitig: »Immer füreinander da sein.«

Der Wind fegte ihnen die Haare ins Gesicht, doch sie blieben sitzen, Schulter an Schulter, die Bernsteinhälften fest in der Faust. Das Meer rauschte monoton, als wolle es sie daran erinnern, dass es da war, seit Ewigkeiten, und noch lange bleiben würde. Ein beruhigender Klang.

»Wir sollten zurück«, sagte Lene irgendwann, ohne sich zu rühren.

Gretje nickte. Frau Albers mochte es nicht, wenn sie zu lange wegblieb. Besonders sonntags. Und der Küster würde bald die Glocken läuten. Auch wenn Gretje kaum noch in die Kirche ging, sie hörte das Läuten trotzdem. Es drang bis in die Kammer unterm Dach.

Langsam standen sie auf. Gretje steckte ihre Bernsteinhälfte in die Manteltasche und zog die Stiefel wieder an. Ihre Zehen waren klamm vor Kälte, aber es störte sie nicht.

Schweigend stiegen sie den Dünenpfad hinunter. Zwischen den Grashalmen glänzte Reif. Ein alter Mann mit Stock kam ihnen entgegen. Er trug einen dicken Wollmantel und einen wettergegerbten Hut.

»Moin, ihr beiden«, sagte er mit heiserer Stimme.

»Moin, Herr Eilers«, erwiderten sie im Chor.

Er blieb einen Moment stehen, stützte sich schwer auf den Stock. Sein Blick blieb an Gretje hängen. »Bist du die, die beim Fräulein Albers wohnt?«

Gretje nickte stumm.

»Na, dann pass gut auf, dass dich der Wind nicht forträgt«, brummte er und ging weiter.

Als er außer Hörweite war, stieß Lene sie leicht an. »Der redet mit jedem so.«

Trotzdem spürte Gretje, wie sich etwas in ihr zusammenzog. Es erinnerte sie daran, dass sie hier nie einfach eines der Inselkinder sein würde.

Sie gingen durch das stille Dorf zurück. Die Läden waren noch geschlossen. Vor dem Bäcker stand ein leerer Handwagen. An den Fenstern der Pensionen hingen gestrickte Gardinen.

Vor dem kleinen Kolonialwarenladen stand eine Gruppe Frauen. Gretje erkannte zwei von ihnen: Frau Diedrichsen und Frau Bente.

»Die tuscheln wieder«, murmelte Lene.

Gretje hielt den Kopf hoch. Nicht schneller gehen. Nicht wegsehen.

»Das ist das Heimkind von der Albers«, hörte sie eine Stimme sagen, gerade laut genug, dass sie es mitbekam.

Lene packte sie am Arm. »Komm.«

Erst als sie um die nächste Ecke bogen, atmete Gretje wieder durch.

»Blöde Kühe«, wiederholte Lene, diesmal lauter.

Gretje lächelte schwach.

An der Ecke verabschiedeten sie sich. Lene wohnte zwei Straßen weiter, in einem kleinen Backsteinhaus. Sie winkte kurz und verschwand.

Gretje blieb noch einen Moment stehen. Dann ging sie weiter zur Pension.

Im Haus roch es nach Seife. Frau Albers stand in der Küche und rührte im Topf.

»Wo warst du so lange?«, fragte sie streng.

»Am Strand.«

»Du weißt, dass sonntags die Betten gemacht werden.«

»Ich bin gleich dabei.«

Frau Albers schnaubte. »Denk dran, du hast es hier gut. Andere wären froh drum.«

»Ja«, sagte Gretje leise.

Am Nachmittag war es noch dunkler geworden. Der Wind hatte zugelegt, rüttelte an den Fenstern und ließ die alten Dachbalken ächzen. Im Haus war es still. Die wenigen Gäste der Pension saßen in ihren Zimmern oder waren gar nicht erst angereist.

Gretje hatte die Betten gemacht, den Flur gefegt und im Schuppen Holz gestapelt. Frau Albers hatte kaum ein Wort gesagt, doch ihr Blick war prüfend gewesen. Gretje kannte ihn gut.

Jetzt saß sie in ihrer Kammer. Das kleine Fenster war von innen beschlagen, die Welt dahinter verschwommen. Draußen pfiff der Wind um die Dachrinne.

Gretje zog die Holzkiste unter dem Bett hervor, in der sie ihren Schatz versteckt hatte. Sie legte sie auf die Decke. Ihre Finger waren noch rau von der Arbeit. Vorsichtig öffnete sie den Deckel.

Obenauf lag der Bernstein. Er schimmerte im fahlen Licht, als hätte er die Farbe des späten Nachmittags in sich aufgenommen. Gretje nahm ihn in die Hand, wog ihn auf der flachen Handfläche. Er fühlte sich warm an, trotz der Kälte im Raum. Sie dachte an Lene. An ihr Grinsen, als sie die beiden Hälften geteilt hatten.

»Immer füreinander da sein.«

Gretje wusste nicht, was das Leben für sie bereithielt. Ob sie hierbleiben würde. Ob ihre Mutter sie je zurückholen würde. Aber eines wusste sie: Den Bernstein würde sie nicht hergeben. Nicht an Frau Albers, nicht an die tuschelnden Frauen, nicht an das Meer. Langsam wickelte sie ihn in ein sauberes Stofftaschentuch, legte ihn zurück in die Kiste.

Dann kroch sie unter die Decke, zog sie bis zum Kinn. Draußen heulte der Wind. Gretje schloss die Augen und stellte sich das Meer vor. Nicht das graue, aufgewühlte von heute. Sondern ein stilles, warmes Meer, irgendwo weit weg. Vielleicht dort, wo der Bernstein herkam.

Und in ihren Gedanken sah sie Lene neben sich sitzen. Schulter an Schulter, wie am Morgen. Nicht ganz allein.

Kapitel 5

Der Mond scheint durch mein Dachfenster. Ich liege in meinem Bett, die Arme hinter dem Kopf verschränkt und schaue in den Himmel. Fast ist es ein wenig wie damals, als ich neunzehn war und meine erste Nacht in der eigenen Wohnung verbracht habe. Auch die war im Dachgeschoss, mit Schrägen, die fast bis auf den Boden gingen, sodass ich nur an eine Wand einen Schrank stellen konnte.

Gestern hat Omas Nachbarin ihr Okay für meinen vorübergehenden Einzug gegeben, und heute bin ich bereits da. Ich rolle mich zur Seite und schaue auf Max' großen Meditationskaktus, den er mir geschenkt hat. »Total pflegeleicht, was die Wasserversorgung angeht«, hat er gesagt. »Er ist dir nicht böse, wenn du es mal vergisst. Viel wichtiger ist, dass du hin und wieder mal mit ihm sprichst.«

Der Kaktus steht da wie ein grimmiger alter Seemann. »Und was meinst du?«, frage ich. »Hältst du es mit mir aus?«, und lache im nächsten Moment über mich selbst. Max hat es tatsächlich geschafft – mit diesem stacheligen Mitbewohner, der angeblich mehr Worte als Wasser braucht. Ich überlege sogar kurz, ob ich nicht ernsthaft eine Runde mit einer

Pflanze meditiere. So weit ist es also schon. Und doch: Es fühlt sich nicht falsch an.

Ich bin froh, dass wir uns ausgesprochen haben. Dass das Missverständnis mit dem Telefonat nicht wie eine unsichtbare Wand zwischen uns stehen geblieben ist. Im Gegenteil: Dass Max mir jetzt einen seiner »besten Freunde« überlassen hat, wie er den Kaktus genannt hat, mit einem halb ernsten Blick und einem kleinen Lächeln, bedeutet mir viel.

Max und ich, das war nie kompliziert. Seit der elften Klasse, als wir im Deutsch-Leistungskurs über Rilkes *»Herbsttag«* diskutiert haben, gehören wir irgendwie zusammen.

»Herr: es ist Zeit. Der Sommer war sehr groß«, sage ich leise. *»Leg deinen Schatten auf die Sonnenuhren,*
und auf den Fluren laß die Winde los.« Die Worte haben sich in mir eingebrannt. Max fand sie damals deprimierend. Ich fand sie tröstlich, weil sie ehrlich waren. Weil sie anerkannten, dass jedes Ende auch Ordnung schafft, Raum und Klarheit. *»Befiehl den letzten Früchten voll zu sein …«* Ich spreche leise und komme zu meiner Lieblingsstelle: *»Wer jetzt kein Haus hat, baut sich keines mehr. Wer jetzt allein ist, wird es lange bleiben, wird wachen, lesen, lange Briefe schreiben …«*

Ich lasse meine Stimme verklingen. Eine seltsame Wärme breitet sich in mir aus, zart und fast ein wenig wehmütig. Ich habe diese Zeile immer geliebt. Die Vorstellung, in einer stillen Wohnung zu sitzen, in einen warmen Pullover gekuschelt, das Licht gedimmt, vielleicht ein Kerzenflackern auf dem Tisch – und zu schreiben. Lange Briefe, Gedanken auf Papier zu bannen, Wort für Wort, Satz für Satz, ohne Eile, ohne Ablenkung. So wie früher, als ich fünfzehn, sechzehn, siebzehn war und ich Fenja geschrieben habe. Wir hätten uns einfach Textnachrichten schicken können, Mails oder telefonieren. Aber stattdessen griffen wir zu Tinte und Papier und Umschläge mit bunten Briefmarken.

Sie saß an ihrem Schreibtisch auf Norderney, ich an meinem in Kassel. Fenjas Handschrift war krakelig, aber voller Leben. Und manchmal lag getrockneter Strandhafer zwischen den Seiten, etwas Sand oder eine winzige Muschel, die sich im Umschlag wie ein geheimer Schatz anfühlte. Ihre Briefe rochen nach Meer, nach Freiheit, nach einer Zeit, in der noch alles möglich war.

Fenja war meine Verbindung zur Insel. Zu dem alten Haus mit den blauen Fensterläden. Zu der Stille zwischen den Dünen. Zu den Nächten, in denen wir barfuß über den nassen Sand gelaufen sind, ohne Ziel, aber voller Geschichten.

Ich war fünfzehn, als wir fortzogen, meine Mutter und ich. Nach Kassel, wo meine Oma wohnte. Meine Mutter hatte sich ein Jahr davor bei einem Besuch in den Heilpraktiker verliebt, der mich behandelte, als ich eine sehr schmerzhafte Mittelohrentzündung hatte. Und er sich in sie. So nahm das Schicksal seinen Lauf. Oma freute sich, weil sie uns in der Nähe hatte, der Freund meiner Mutter freute sich, meine Mutter freute sich. Nur ich nicht.

In der neuen Schule war alles anders. Fremd. Laut. Aber dann kam Nicki. Sie war spontan, ein bisschen chaotisch, aber mit dem Herz am richtigen Fleck. Später lernte ich Max kennen, der mit seinen endlosen Analysen von Gedichten nervte, bis ich irgendwann merkte, dass ich mich auf jede seiner Gedankenwendungen freute. Die Briefe an Fenja wurden seltener. Ich dachte oft an sie, wollte schreiben, nahm mir vor, am Wochenende endlich zu antworten. Aber das Leben zog an mir vorbei, schneller als gedacht. Und irgendwann hörten sie ganz auf. Wir fingen an zu telefonieren, ich besuchte sie in den Ferien … Dann kam meine Ausbildung, mein erster Freund, und schließlich Julius. Im Sommer vor drei Jahren war ich das letzte Mal auf Ney. Und ich habe schon seit Ewigkeiten nichts von meiner Freundin dort gehört.

Wie elektrisiert werfe ich die Decke zurück, schlüpfe in meine Wollsocken und schleiche durch den dunklen Flur zum Schrank mit der alten Erinnerungskiste. Ich öffne die Tür, ziehe den Karton aus dem oberen Fach – er ist schwerer, als ich ihn in Erinnerung habe – und trage ihn vorsichtig in mein Zimmer zurück. Der Deckel knarzt, als ich ihn abnehme. Ein leichter Geruch nach Papier, Staub und einem Hauch Lavendel steigt mir in die Nase.

Obenauf liegt sie. Die Muschelkette.

Ich setze mich auf das Bett, ziehe die Beine an und betrachte sie im flackernden Licht der kleinen Nachttischlampe. Die Kordel ist ausgebleicht, an einer Stelle schon ein wenig ausgefranst. Aber die Muscheln sind noch da – jede einzelne mit einem feinen, natürlichen Loch, durch das wir sie damals gefädelt haben. In der Mitte die große, leicht rosafarbene, die Fenja gefunden hatte.

Fenja. Mara. Ich. Und unser Versprechen, das zwischen nassen Jackentaschen, windverwehten Haaren und Sand unter den Fingern geboren wurde. Damals, an einem dieser kalten Wintertage auf Norderney, als wir auf der alten Picknickdecke saßen und unsere Ketten fädelten.

»Wir bleiben zusammen, egal was passiert«, hatte ich gesagt.

»Und wenn eine von uns Hilfe braucht, dann sind wir füreinander da. Immer«, hatte Fenja geantwortet.

Und Mara hatte genickt, wie sie es immer tat, wenn Worte nicht reichten, und grinsend ein Stück Schokoladenkuchen über die Decke gereicht.

Ich fahre mit dem Daumen über die Muschel in der Mitte. Mara war nie die Brieffreundin gewesen, sie schrieb einfach nicht gern. Schon bald nach meinem Umzug nach Kassel brach der Kontakt ab, ohne Drama, ohne Bruch – einfach so, wie es manchmal geschieht, wenn das Leben neue Wege zieht. Aber Fenja und ich – wir hatten durchgehalten. Lange. Bis das Leben uns auch da überholt hatte.

Ich streiche mir eine Haarsträhne aus dem Gesicht. Vielleicht ist es Zeit, zurückzuschreiben. Nicht einfach irgendeine Nachricht auf dem Handy. Einen Brief. So wie früher. Wort für Wort.

Ich lege die Muschelkette auf das Nachtschränkchen, damit ich gleich morgen früh daran denke, ziehe die Decke bis zur Nasenspitze hoch, sehe durch das Dachfenster und schließe die Augen. Nur kurz darauf stehe ich auf und hole Ohrstöpsel aus dem Badezimmer. Manchmal bin ich ein wenig speziell. Ich kann schlafen, wenn laute Musik im Nebenzimmer spielt, und auch Straßenlärm stört mich in der Regel nicht. Aber das leise Tock-tock eines Sekundenzeigers kann mir den Schlaf rauben wie ein Presslufthammer – nur subtiler, tückischer. Und das *Gluck-gluck* der alten Heizungsrohre hier oben klingt, als würde der ganze Dachboden über Nacht versuchen, heimlich Suppe zu kochen.

Mit den Ohrstöpseln in der Hand bleibe ich noch einen Moment im Türrahmen stehen. Es riecht nach Holz und einem Hauch Orange, dem Reinigungsmittel, das Oma schon seit Jahren benutzt. Ein letztes Mal schaue ich auf die Uhr. Es ist kurz nach zwölf. Vor meinem inneren Auge sehe ich plötzlich blaugraue Zementfliesen mit feinen, weißen Ornamenten. Und in Gedanken beginne ich, mein kleines Café einzurichten. Es soll kein Ort werden, der glänzt. Aber einer, der wärmt. Wie eine Strickjacke bei Windstärke fünf. Vielleicht mit alten Holzstühlen, abgeschliffen und weiß lasiert, darauf Kissen in Leinenoptik, gestreift in Blau, Grau und Sandfarben. An der Wand hängen Schwarz-Weiß-Fotos von Menschen, die lachen, echte, ungestellte Momente. An der Theke steht ein Glas mit selbst gebackenen Riesen-Cookies, daneben eine große, schwere Espressomaschine, die schnauft wie ein gutmütiger Drache. Und in der Vitrine die beiden Kuchen. Oder vielleicht doch drei oder vier? Und es duftet immer nach frischem Gebäck. Dann schließe ich die Augen.

Am nächsten Morgen wache ich auf und stelle überrascht fest, dass es schon hell ist. Es ist bereits neun Uhr, wie mir ein kurzer Blick auf mein Handy zeigt. Und ich habe eine Nachricht erhalten, deren Eingang ich nicht mitbekommen habe. Sie ist von Joshua.

Kurz zögere ich, weil ich aufgeregt bin und etwas Angst

habe vor dem Inhalt, der vielleicht eine Absage ist. Aber das Gegenteil ist der Fall, wie ich verblüfft feststelle:

> *Vermieter ist grundsätzlich einverstanden, sofern die Voraussetzungen (Schufa etc. …) stimmen. Mietvertrag würde dann im März beginnen. Du könntest aber schon ab Februar rein. Was meinst du? Liebe Grüße Josh*

Mein Herz klopft ein paar Takte schneller. So schnell habe ich nicht mit einer Entscheidung gerechnet. Ich setze mich im Bett auf und starre auf mein Handy, bis mich ein Klopfen ablenkt, das dumpf den Weg in meine Ohren findet. Eine Klingel hat meine kleine Mansarde nicht. Schnell hole ich die Stöpsel aus den Ohren und öffne die Tür.

Es ist Oma. »Ich dachte, du hast vielleicht Lust auf eine Tasse Tee«, sagt sie. »Und außerdem wollte ich mal hören, wie die erste Nacht war.«

»Sehr gut. Komm rein«, sage ich.

Oma zieht die Stirn kraus und sieht auf meine nackten Füße. »Habe ich dir nicht erst letztens ein Paar Pantoffeln geschenkt?«

»Hast du!«, rufe ich zurück und springe unter die Decke, während Oma mit dem vertrauten Klack ihrer Hausschuhe ins Zimmer kommt. Sie setzt sich auf die Bettkante, reicht mir meinen Pott mit Tee – heiß, stark und süß, mit einer ordentlichen Portion Kandis und der obligatorischen Sahne. Der Dampf steigt auf, ich halte die Hände um den Ton, der sich nach all den Jahren glatt und vertraut anfühlt. Die Becher habe ich in einem Töpferkurs gemacht, irgendwann während der Oberstufe, und sie stolz wie Oskar zu Weihnachten verschenkt. Jetzt stehen sie noch immer bei Oma im Schrank und heute Morgen zwischen uns.

Gerade, als ich Oma die tolle Neuigkeit mit der Zusage erzählen will, streckt sie die Hand aus, nimmt die Muschelkette vom Nachttisch und dreht sie langsam zwischen den Fingern. »Schön, dass du die noch hast«, sagt sie leise. »Tante Jette hat gestern zum ersten Advent angerufen. Weißt du, was sie erzählt hat?« Oma hebt den Blick, legt die Kette wieder zurück. »Sie hat gesagt, dass es Mara wohl nicht so gut geht. Sie wusste auch nicht genau, was los ist, aber irgendwas scheint im Argen zu liegen. In der Aufregung gestern – du weißt schon, mit dem Café und der Mansarde – hab ich völlig vergessen, es dir zu erzählen. Jette wollte sich eigentlich selbst noch mal bei dir melden.«

Ich habe plötzlich das Gefühl, einen Stein im Magen zu haben. »Mara?«, wiederhole ich, obwohl ich es natürlich verstanden habe.

Oma nickt. »Vielleicht rufst du Jette mal an. Weißt du, manchmal ist es wichtig, die Vergangenheit ruhen zu lassen. Ich hatte auch mal eine Freundin auf der Insel. Heute wünsche ich mir, ich hätte damals anders gehandelt.«

Oma sieht nachdenklich aus. Sie spricht selten über ihre Kindheit auf Norderney. »Ich mach so lang Frühstück unten. Was hältst du davon?«

»Okay«, sage ich. Kaum ist die Tür hinter ihr zu, greife ich zum Handy. Ich wähle Tante Jettes Nummer, höre aber nur das Freizeichen, dann springt die Mailbox an. Ich hinterlasse eine Nachricht, frage, was sie genau gehört hat, und bitte sie, sich so bald wie möglich zu melden.

Dann zögere ich kurz, atme tief durch und rufe Fenja an.

Sie geht sofort ran. »Helena?«, ihre Stimme klingt ein wenig rau. »Was für ein Glück, dass du anrufst.«

»Was ist los?«, frage ich.

»Ich brauche deine Hilfe«, antwortet Fenja.

Kapitel 6

Norderney, Ende November 1959

Der Wind hatte schon die ganze Nacht gegen die Dachschrägen gepeitscht. Gretje war immer wieder aufgewacht. Böen ließen die Dachziegel klappern, rissen sie immer und immer wieder aus ihren Träumen. Irgendwann hatte sie sich aufgesetzt und lange aus dem kleinen Dachfenster geschaut. Sie beobachtete die wirbelnden Schatten der Sturmwolken. Fast sahen sie aus wie Gespenster, die durch die Nacht flogen.

Am Morgen war es kaum heller geworden. Graues Licht kroch in die Kammer. Aus dem Hausflur hörte sie, wie Frau Albers schwerfällig die Tür verriegelte. »Sturmwarnung, Mädchen«, hatte sie gestern Abend noch gesagt. »Bleib mir heute schön im Haus.«

Aber Gretje wusste längst, dass man nicht immer tun musste, was die Erwachsenen erwarteten. Manche Dinge waren wichtiger. Sie zog ihren dicken, alten Mantel über, wickelte sich einen Schal bis über die Nase und schlüpfte in ihre zerschlissenen Stiefel.

In der Manteltasche spürte sie die kühle Kante ihrer Bernsteinhälfte. Seit jenem Morgen lag sie fast immer dort. Bereit, mit ihr das Haus zu verlassen. Leise zog Gretje die Tür hinter sich zu. Draußen schlugen ihr gleich die Böen entgegen. Der Wind war stark gewesen. Stärker, als Gretje dachte. Sand fegte in feinen Fäden über die Straße. Die Fensterläden der leer stehenden Pensionen klapperten. Kein Mensch war zu sehen.

Sie bog in den Weg Richtung Dünen. Ihre Hände vergrub sie tief in den Manteltaschen. Der Wind drückte und zerrte an ihr. Aber das machte ihr nichts. Er war wild, und das sollte er auch sein dürfen.

Hinter der letzten Häuserreihe öffnete sich der Blick auf die Dünen. Das Gras bog sich flach im Sturm. Über dem Meer hingen bleigraue Wolken, in die Gischt wie Rauchfahnen stieg.

Gretje kämpfte sich den Pfad hinauf, den Sand unter den Sohlen. Als sie die kleine Düne erreichte, sah sie Lene schon dort stehen. Kein Sitzen heute. Der Wind war zu stark. Lene hatte die Hände in die Hüften gestemmt, das Haar wirbelte ihr wild ums Gesicht.

Gretje grinste und stellte sich neben sie. »Du bist verrückt«, rief sie gegen den Wind.

»Du doch auch!«, rief Lene zurück und lachte.

Sie standen einen Moment so da, die Knie gegen die Böen gestemmt, die Wellen beobachtend, die in wütenden Kämmen gegen die Buhnen schlugen.

»Wollen wir runter?«, fragte Lene.

Gretje nickte. Natürlich. Wenn schon Sturm, dann richtig am Wasser.

Sie stiegen vorsichtig den Dünenhang hinunter. Der Sand

war weich, an manchen Stellen rutschten sie ein Stück. Unten angekommen, liefen sie am Spülsaum entlang.

Der Strand war fast leer. Nur ein paar Möwen kämpften gegen den Wind an, flatterten niedrig über den Boden oder ließen sich auf dem nassen Sand nieder. Eine besonders große Möwe mit einem dunklen Fleck am Flügel schien es aufzugeben. Sie hockte zitternd an einer Buhne, das Gefieder sträubend.

»Guck mal, die arme Möwe«, sagte Gretje und blieb stehen.

»Die wartet auf bessere Zeiten«, meinte Lene.

Beide beobachteten das Tier einen Moment still. Dann zogen sie weiter.

Immer wieder warfen die Böen sie fast aus dem Gleichgewicht. In den Flutmulden schwappte schaumiges Wasser. Tang und Muschelreste lagen verstreut. Dazwischen bewegte sich eine kleine Krabbe, die mit steifen Beinchen einen Hang hinaufkletterte.

»So klein und trotzdem unterwegs«, sagte Lene anerkennend.

»Wie wir«, sagte Gretje.

Sie kamen zu einer der langen Holz-Buhnen. Die Wellen schlugen hoch, schäumendes Wasser spritzte bis auf den Steg.

»Traust du dich drauf?«, rief Lene.

Gretje spürte, wie ihr Herz schneller schlug. Sie wusste, es war nicht ungefährlich. Frau Albers hätte ihr den Kopf abgerissen. Aber neben Lene fühlte sie sich mutiger. Sie nickte.

Lene ging voran. Auf dem glitschigen Holz hielten sie

sich an den Seitenplanken fest. Der Wind riss an den Mänteln. Unten donnerte die Brandung gegen die Pfähle.

»Bis zum dritten Balken!«, rief Lene.

»Okay!« Gretje klammerte sich fester.

Sie hatten fast den dritten Balken erreicht, als eine besonders hohe Welle gegen die Buhne schlug. Gischt spritzte ihnen ins Gesicht. Gretje rutschte ab, blieb mit dem Mantelärmel an einem Haken hängen. Panik stieg auf.

»Lene!«, rief sie.

Sofort war Lene da, packte sie an der Schulter, zog sie hoch, befreite den Ärmel. Gretjes Herz klopfte wild.

»Alles gut!« Lene grinste, ihre Augen funkelten.

»Du bist verrückt!«, japste Gretje – und begann plötzlich zu lachen.

Das Lachen erfasste sie beide. Sie lachten so heftig, dass sie kaum noch stehen konnten. Schließlich kletterten sie zurück an den Strand, außer Atem, klitschnass und sandig.

Sie sahen sich an.

»Du hast mich gerettet«, sagte Gretje leise.

Lene zuckte die Schultern. »Na klar.«

Sie grinsten wieder. Dann schlangen sie die Arme umeinander und machten sich gemeinsam auf den Rückweg.

Der Wind hatte nicht nachgelassen, im Gegenteil – die Böen gewannen an Kraft, der Sand peitschte ihnen ins Gesicht. Gretje zog den Schal höher und vergrub die Hände tief in die Taschen.

Lene hatte einen Arm um ihre Schultern gelegt, und so kämpften sie sich nebeneinander die Strandtreppe hoch. Die

Möwe mit dem dunklen Flügelfleck hockte noch immer bei der Buhne, noch enger zusammengerollt.

»Die wartet echt auf bessere Zeiten«, murmelte Lene.

Gretje nickte stumm. Sie verstand das Tier nur zu gut – bessere Zeiten, darauf wartete Gretje auch. Oben in den Dünen pfiff der Wind durch die Grasbüschel. Sie hielten sich gegenseitig am Mantel, um nicht davongeweht zu werden.

Als sie das erste Häuserpaar erreichten, standen zwei alte Fischer unter einem windschiefen Schuppen und rauchten. Herr Rickmers, ein stämmiger Mann mit wettergegerbtem Gesicht, sah die beiden Mädchen und stemmte die Hände in die Seiten.

»Ihr seid ja nicht ganz gescheit!«, rief er über den Wind. »Bei dem Wetter draußen?«

»Wir haben den Sturm besiegt«, rief Lene frech zurück.

Rickmers schnaubte. »Das ist unmöglich. Gegen den verliert man, wenn man es darauf anlegt, lasst es euch gesagt sein. Und nun seht zu, dass ihr heimkommt!«

»Wir sind schon unterwegs!« Lene lachte und zog Gretje mit sich.

Sie bogen um die nächste Ecke. Der Wind riss an den Fensterläden. Vor dem Kolonialwarenladen hingen nasse Fahnen aus Papierschnipseln in der Dachrinne.

»Die tuscheln heute bestimmt nicht draußen«, meinte Lene spöttisch.

Gretje grinste. Trotzdem blieb ihr Herz ein wenig beklommen. Man vergaß nie ganz, dass die Leute redeten. Aber neben Lene war es leichter.

An der Ecke zu Gretjes Straße blieb Lene stehen.

»Kommst du noch mit?«, fragte Gretje zögernd.

Lene überlegte nur kurz. »Na klar. Sonst wirst du ja noch krank. Wir brauchen Tee.«

Gemeinsam rannten sie die letzten Meter zur Pension. Das alte Holztor klemmte, aber Lene stemmte es entschlossen auf.

Drinnen war es schlagartig stiller. Der Flur roch nach Bohnerwachs und Kohlenrauch. Niemand war zu sehen. Frau Albers war wohl in der Küche oder oben in einem der Gästezimmer.

Leise schlichen sie in Gretjes Kammer unter dem Dach.

»Schnell, Mantel aus!« Lene warf ihren triefenden Mantel über den Stuhl. Ihre Haare klebten feucht im Gesicht, Gretjes ebenso.

»Warte.« Gretje zog ein altes Handtuch hervor. Sie rieben sich lachend die Haare trocken. Dann setzte Gretje Wasser auf dem kleinen Kohleofen auf.

Kurze Zeit später saßen sie eingekuschelt auf Gretjes Bett, die Beine unter die Decke geschoben, dampfende Tassen in der Hand. Eine Weile sagten sie nichts. Das Wasser im Ofen blubberte leise, und draußen schlugen die Böen gegen die Dachschrägen.

Dann stellte Lene die Tasse ab. »Sag mal …« Sie zögerte kurz. »Wie war das eigentlich … im Heim?«

Gretje starrte auf ihre Tasse. Noch nie hatte jemand so direkt gefragt. »Hart«, sagte sie leise. »Man durfte nicht viel reden. Briefe wurden kontrolliert. Ich hab meine Mutter fast nie gesehen.«

»Und dann bist du hierhergekommen?«

»Sie hat geschrieben … sie kann mich nicht zurückholen.« Gretje schluckte. »Jetzt bin ich eben hier.«

Lene sah sie lange an. Dann zog sie ihren Bernstein aus der Jackentasche. »Wir haben's gesagt, weißt du noch? Immer füreinander da.«

Gretje nickte. Ihre Kehle war plötzlich eng. Langsam holte auch sie ihren Bernstein hervor. Die Hälften glänzten matt im dämmrigen Licht. Sie legten sie nebeneinander auf die Decke.

»Egal, was kommt«, sagte Lene.

Gretje spürte, wie etwas Warmes in ihr aufstieg. Vielleicht war sie doch nicht ganz allein auf dieser Insel.

»Egal, was kommt«, flüsterte sie.

Draußen tobte der Sturm weiter, aber drinnen war es warm. Und ein kleines bisschen heller.

Kapitel 7

Der Wind bläst eisig über das Außendeck. Ich ziehe den Mantel enger um mich und halte mich an der Reling fest. Die See ist aufgewühlt, mit hohen Wellen, die gegen die Bordwand klatschen. Sprühregen peitscht über das Deck, feine Gischt legt sich wie ein Schleier über mein Gesicht und meine Haare. In den letzten Tagen haben sich die Ereignisse geradezu überschlagen. Am Sonntag habe ich mir den Imbiss angesehen und mitbekommen, wie unglücklich Max mit der Wohnsituation ist. Am Montag bin ich in die Mansarde gezogen. Und am Dienstag habe ich erst die Zusage für mein Café bekommen und kurz darauf erfahren, dass es Mara schlecht geht.

»Sie kann einfach nicht mehr, Helena«, hat Fenja gesagt. »Sie muss raus, dringend. Aber ich weiß nicht, wie ich das hier allein stemmen soll. Und sie hört einfach nicht auf mich.«

Ich schiebe meine Hand in die Jackentasche, umfasse die Kette und spüre die rauen Ränder der Muscheln unter meinen Fingerspitzen. Max, mit seiner ausgeprägten spirituellen Ader, ist felsenfest davon überzeugt, dass es kein Zufall war, dass ich sie gerade jetzt wiedergefunden habe. Für ihn fügen sich die Dinge nie einfach so, sondern immer auf eine Art, die Sinn ergibt, auch wenn man ihn erst später versteht. Dass Klara Stress gemacht hat, ich in die Mansarde gezogen bin, die Kette an genau diesem Abend aus der alten Erinnerungskiste zog und Oma mir am nächsten Tag von der Sache mit Mara erzählt hat. Für Max ist das alles Teil eines größeren Zusammenhangs. »Das Leben spricht in Zeichen«, hat er gestern gesagt, und ich habe genickt, obwohl ich mir selbst nicht sicher war, was ich davon halten soll. Aber jetzt, mit der Kette in der Hand und dem Wind der Insel im Gesicht, frage ich mich, ob er vielleicht recht hat.

Damals haben wir uns ein Versprechen gegeben. Und ich würde mir nie verzeihen, wenn ich es brechen würde. Auch wenn in Kassel gerade alles beginnt, sich neu zu ordnen, und ich vielleicht dadurch die Chance auf mein eigenes kleines Café im Vorderen Westen verpasse.

Zumindest Joshua hat dafür Verständnis. Wie der Vermieter die Sache sieht, weiß ich noch nicht. So wie es aussieht, werde ich sicher ein paar Wochen weg sein, und ich habe bisher noch kein persönliches Wort mit ihm gesprochen.

Ich ziehe die Kette aus der Tasche und lasse die Finger darüber gleiten. *Wenn eine von uns Hilfe braucht, sind wir da.* Noch weiß Mara nicht, dass ich komme. Nur Fenja weiß Bescheid. »Wir kriegen das hin«, habe ich zu ihr gesagt. »So wie früher. Du wirst schon sehen.« Auch wenn ich zu Mara schon länger keinen Kontakt mehr habe, war für mich sofort klar, dass ich meine Freundinnen unterstützen werde.

Die Fähre stampft durch die aufgewühlte See, in einem alten, behäbigen Rhythmus, den ich in den letzten Jahren vergessen habe. Mein Blick folgt ein paar Möwen, die über den Wellen kreisen. Sie fliegen mit einer fast unverschämten Gelassenheit. Ihre Flügel sind ausgebreitet, doch sie schlagen kaum, sie gleiten, als wären sie Teil des Windes selbst. In einem Moment steigen sie steil auf, und im nächsten lassen sie sich hinabfallen, nur um sich im letzten Augenblick wieder zu fangen. Es ist kein Kampf gegen den Sturm, sondern ein Tanz mit ihm. Jede Böe, jede Windveränderung ist ihnen vertraut. Sie erinnern mich daran, dass man lernen kann, sich tragen zu lassen, auch wenn es stürmisch ist.

Ich will gerade tief einatmen, den frischen Duft des Meeres in mich aufnehmen, da trifft mich der Wind frontal, so heftig, dass mir für einen Moment die Luft wegbleibt. Der Atem bleibt mir im Hals stecken. Ich presse die Lippen aufeinander, kneife die Augen zu, ducke mich leicht hinter die Reling. Prompt knarzt eine Durchsage aus den Lautsprechern: »Sehr geehrte Fahrgäste, aufgrund der aktuellen Wetterlage bitten wir Sie, sich während der Überfahrt im Innenbereich aufzuhalten. Wir danken für Ihr Verständnis.«

Drinnen ist es warm und voll. Als ich die Kapuze zurückschiebe, zieht eine ältere Dame an mir vorbei. Ihr Mantel streift meinen Ärmel, und ein Hauch eines blumigen Parfums bleibt in der Luft zurück. Sie erinnert mich an Oma. Ich drehe leicht den Kopf und sehe ihr nach. Ihre Haltung ist aufrecht, der Schritt ruhig, aber bestimmt. Ihr graues Haar ist kurz geschnitten, sauber geföhnt, die Konturen ordentlich. Genau so trägt auch meine Oma es: praktisch, gepflegt, mit einem leichten Schwung über dem Ohr, den sie jedes Mal mit der Rundbürste zaubert. Einer spontanen Eingebung folgend, habe ich versucht, sie davon zu überzeugen, mich zu begleiten. Aber sie wollte nicht. »Vielleicht ein anderes Mal«, hat sie gesagt. »Aber nicht um diese Jahreszeit. Wenn, dann im Sommer.« Warum sie Norderney seit Jahren nicht besucht hat, weiß ich nicht. »Das Leben ist dazwischengekommen«, hat sie mal gesagt, als ich sie danach gefragt habe. Und gewissermaßen kann ich das verstehen, weil es bei mir ähnlich war, auch wenn es nur drei Jahre waren, und bei Oma sind es jetzt bestimmt zwanzig.

Als ich mich an einen freien Platz an einem der Tische am Fenster setze, entdecke ich die ältere Dame wieder. Sie sitzt zwei Bänke weiter vorn, ihren Becher fest mit beiden Händen umschlossen, den Blick ruhig auf das Fenster gerichtet, hinter dem der Regen in festen Tropfen niedergeht.

Ob sie eine Insulanerin ist? Vielleicht. Ihre Bewegungen haben etwas Vertrautes, Selbstverständliches, wie bei jemandem, der mit der salzigen Luft aufgewachsen ist. Und doch erkenne ich sie nicht. Aber das heißt nichts. Ich war fünfzehn, als ich die Insel verlassen habe, und seitdem ist Norderney gewachsen, breiter und etwas lauter geworden. Neue Häuser, neue Cafés, neue Gesichter sind hinzugekommen. Ich war zu selten hier, um die Veränderungen wirklich zu begleiten, und war zu lange fort, um noch jedes Lächeln mit einem Namen zu verbinden.

Aber ich frage mich, ob sie Oma kennt. Damals kannten sich die meisten untereinander.

Da kommt eine junge Kellnerin zu mir. »Moin! Was darf ich bringen?«

»Einen Friesentee bitte, mit Kandis.«

»Kommt gleich.«

Ich blicke hinaus. Die Fähre rollt und stampft spürbar, und in meinem Kopf kreisen die Gedanken. Was erwartet mich auf Norderney?

»Entschuldigung, ist hier noch frei?«

Ich blicke auf. Ein Mann, vielleicht Mitte sechzig, mit wettergegerbtem Gesicht, blauen Augen und einem ausgewaschenen Seemannshemd unter der offenen Jacke, steht vor mir.

»Natürlich, setzen Sie sich ruhig.« Ich rücke ein Stück zur Seite.

Er nimmt Platz und legt seine Mütze auf den Tisch. »Schön was los da draußen.«

»Ja«, sage ich. »Ganz schön stürmisch.«

Er nickt. »Nordwest. Das hatten wir schon lange nicht mehr so kräftig.« Seine Stimme ist ruhig, leicht rau.

Er bestellt sich einen Kaffee, als ich meinen Tee bekomme, und sieht mich danach an. »Nach Hause oder auf Besuch?«

Ich überlege kurz. »Beides – irgendwie.«

Er nickt, als hätte er verstanden, was ich damit meine, und zieht ohne ein weiteres Wort eine zusammengefaltete Zeitung aus seiner Jackentasche. Mit einem geübten Griff schlägt er sie auf, streicht die Seite mit der flachen Hand glatt und beginnt zu lesen. Er sagt nichts mehr. Stattdessen vertieft er sich in die schwarz-weißen Zeilen, als wäre es das

Selbstverständlichste auf der Welt, nebeneinander zu sitzen und zu schweigen.

Ich lehne mich zurück, halte meine Teetasse mit beiden Händen fest und sehe ihm einen Moment dabei zu. Dieses Verhalten ist mir vertraut. Es ist die wortlose Art der Insulaner. Auf Norderney muss man nicht immer etwas sagen. Man darf einfach da sein.

Gerade als ich meinen Tee ausgetrunken habe, ertönt eine neue Durchsage: »Wir erreichen in wenigen Minuten den Hafen von Norderney. Bitte bereiten Sie sich auf das Ausschiffen vor. Das Team der FRISIA dankt Ihnen und wünscht einen schönen, wenn auch windigen Aufenthalt auf der Insel. Passen Sie auf, dass Sie nicht wegfliegen.«

Mit einem Knacken endet die Durchsage. Na, da hat aber einer einen Clown zum Frühstück gegessen. Doch der Hinweis war vielleicht gar nicht so verkehrt. Viele Urlauberinnen und Urlauber unterschätzen das Wetter auf der Insel. So ein Sturm kann unter Umständen ganz schön gefährlich werden. Vor allem am Strand. Kurz darauf wird das Brummen der Maschinen tiefer, die Bewegungen der Fähre verändern sich. Wir nähern uns dem Hafen.

Ich weiß, dass es noch ein paar Minuten dauern wird, bis wir anlegen, aber plötzlich kann es mir nicht schnell genug gehen. Ich nehme meine Tasche, sage kurz »Tschüss« zu dem Mann und reihe mich ganz vorne in die Schlange am Ausgang ein. Durch die Fenster sehe ich schließlich die Silhouette des Hafens im Nebel auftauchen. Die Möwen kreischen lauter, die Fähre setzt ruckartig zurück, dann legen wir an.

Als sich die Türen öffnen und wir hinaustreten, schlägt

mir wieder der kalte, salzige Wind entgegen. Ich sehe mich um und entdecke meine Freundin sofort. Fenja steht ein Stück abseits, den roten Parka bis zum Kinn geschlossen. Als sie mich entdeckt, winkt sie mir.

Im nächsten Augenblick umarmen wir uns auch schon fest, und ich frage mich, warum ich drei Jahre gebraucht habe, um endlich wieder hier zu sein.

»Komm«, sagt sie nach einer kleinen Ewigkeit. »Das Auto steht gleich um die Ecke. Es ist eisig heute.«

Einen kurzen Moment wundere ich mich, auf der Insel herrscht Fahrverbot, aber wir befinden uns außerhalb der Saison. Wir gehen nebeneinander durch die Straßen.

»Ich freue mich so, dass du wirklich gekommen bist!«, sagt Fenja.

»Ist doch selbstverständlich.« Ich hole die Muschelkette wieder aus der Jackentasche. »Stell dir vor, am Abend bevor wir telefoniert haben, habe ich sie aus meiner Erinnerungskiste geholt und mir vorgenommen, dir einen langen Brief zu schreiben. Und dann stellt sich raus, dass ihr tatsächlich meine Hilfe braucht. Ist das nicht verrückt?«

»Nö«, sagt Fenja. »War doch schon immer so, dass wir irgendwie alle miteinander verbunden sind, auch wenn wir mal längere Zeit nichts voneinander hören.« Sie bleibt stehen. »Mara wird es guttun, dich zu sehen. Sie ist völlig am Ende. Sie schläft kaum noch und kann sich auf nichts konzentrieren. Aber sie will sich das selbst nicht eingestehen.«

»Oje, die Arme.«

»Gestern ist sie im Café einfach umgekippt.« Fenja schluckt. »Der Arzt sagt, sie muss raus. Sofort. Keine Verantwortung, keine Arbeit. Sonst wird es noch schlimmer. Ich kann ihr aber leider nicht so helfen, wie ich möchte. Neben meinem Job geht das nicht.«

»Jetzt bin ich ja erst mal da«, sage ich.

Wir kommen beim Auto an, verladen meinen Koffer und fahren los. Die vertrauten Straßen Norderneys ziehen an mir vorbei. Kurz denke ich an Kassel, das Café und meine eigenen Pläne. Aber die müssen warten.

Kapitel 8

Die Straßen sind nass vom Regen, der über die Insel treibt. Die Scheibenwischer schieben das Wasser im Takt beiseite, links, rechts, links, rechts … Fenjas Wagen rumpelt über das alte Kopfsteinpflaster, das sich durch die stillen Gassen zieht. Wir fahren langsam, vorbei an vertrauten Häusern, deren Fassaden im grauen Licht des frühen Abends ein wenig verblichen wirken. Die Lichter in den Fenstern sind sparsam, manche Häuser sind dunkel und wirken verlassen. Anfang Dezember verirren sich nur noch wenige Touristen hierher. Fenja sagt nichts, sie lächelt still, während ich mit den Augen den vertrauten Silhouetten folge: dem kleinen Laden an der Ecke, der früher eine Bäckerei war, den niedrigen Gartenmauern, hinter denen ich als Kind nach Igeln gesucht habe, dem alten Teehaus mit dem krummen Schild.

Fenja schenkt mir einen kurzen, aufmunternden Blick. »Schön, dass du hier bist. Mara wird Augen machen, wenn sie dich gleich sieht.« Ihre Stimme klingt warm und zuversichtlich.

Ich nicke, aber in mir regt sich plötzlich ein Gefühl, das sich nicht abschütteln lässt. Es ist ein leises, nagendes schlechtes Gewissen. Dabei bin ich doch diejenige, die jetzt kommt. Die, die ihre Pläne auf Eis legt, sich auf den Weg gemacht hat, um da zu sein. Ich weiß nicht genau, warum, doch der Gedanke lässt mich nicht los, dass ich meine Freundin damals vielleicht zu früh aufgegeben habe. War ich es, die zu wenig nachgefragt hat, als Mara nicht auf meine Briefe geantwortet hat? Habe ich zu schnell akzeptiert, dass sie sich zurückgezogen hat? Oder war ich einfach erleichtert, dass ich mich nicht um sie kümmern musste, weil ich selbst genug mit meinem Leben zu tun hatte? Schließlich war ich erst fünfzehn und hatte nach dem Umzug nach Kassel mein Zuhause verloren, mein Umfeld. Ich war beschäftigt mit meiner eigenen Traurigkeit.

Jetzt erst, wo ich wieder auf der Insel bin, weil es ihr nicht gut geht, fragt sich ein Teil von mir, ob es zu spät ist.

»Ich hoffe, sie freut sich wirklich«, sage ich leise.

Fenja nickt sofort. »Na klar. Es wird ihr guttun, dich zu sehen.« Sie blickt kurz zu mir rüber. »Auch wenn sie es nicht gleich zugeben wird. Du weißt doch, wie sie ist.«

»Wie eine Muschel«, sage ich. »Hart von außen, aber innen so weich, dass man sie kaum berühren darf, ohne dass sie sich schließt.«

Fenja grinst. »Den Vergleich habe ich damals gemacht, erinnerst du dich? Und du hast gelacht und gesagt, das passt besser zu Mara als jedes Horoskop.«

Ich lächle bei dem Gedanken. »Ja, das war, nachdem Mara sich in der Schule so sehr über den dummen Streit mit Annika aufgeregt hat und danach den ganzen Nachmittag schweigend am Strand entlanggestapft ist. Wir haben sie in

Ruhe gelassen und sind ein Stück hinter ihr hergelaufen, bis sie irgendwann stehen geblieben ist, sich zu uns umgedreht und gesagt hat, sie will zurück und ein Stück Kuchen. Und du hast sie nur angesehen und gesagt, dass sie Sternzeichen Muschel ist und dass das bei schlechtem Nordseewetter besonders häufig vorkommt.« Ich sehe uns vor meinem inneren Auge, wie in einem alten, leicht verblassten Super-8-Film: zwölfjährige Mädchen, eingepackt in viel zu große gelbe Friesennerze, die bis zu den Knien reichen und bei jedem Schritt rascheln. Die Socken in unseren Gummistiefeln sind längst feucht und kalt, aber das macht uns nichts aus. Unter den Kapuzen lugen zerzauste Ponyfransen hervor, verklebt vom salzigen Wind. Fenja mit ihren blonden Zöpfen, die an den Seiten hervorquellen, Mara mit dem rostroten Haar, das sich immer aus jedem Haargummi windet, und ich mit meiner wilden, braunen Mähne, die sich sofort kräuselt, sobald sie mit Feuchtigkeit in Berührung kommt, was an der Nordsee praktisch immer der Fall war.

Unsere Wangen sind gerötet vom Wind, und wir tragen ein stilles, trotziges Leuchten in den Augen. So, als wären wir gegen jedes Wetter gewappnet, solange wir zusammen sind. Die Luft riecht nach Tang, Möwen kreischen über unseren Köpfen, und hinter uns schwappen die Wellen ans Ufer.

Ich sehe, wie Mara damals stehen bleibt, mit hochgezogenen Schultern und verkniffenem Mund. Und wie Fenja auf einmal anfängt zu lachen, dann ich, und schließlich auch Mara, die dabei versucht, ernst zu bleiben, es aber nicht lange schafft.

Und jetzt, all die Jahre später, fahren wir durch den Regen, durch die stillen Gassen dieser Insel, und ich hoffe, dass von diesem Lachen noch etwas übrig ist.

»Was macht Annika eigentlich mittlerweile?«, frage ich, aus einem Impuls heraus, als ob der Gedanke plötzlich durch eine alte, kaum geöffnete Tür schlüpft. »Hast du mal wieder was von ihr gehört?«

Fenja zieht die Augenbrauen hoch und wirft mir einen Seitenblick zu. »Witzig, dass du das fragst. Die ist tatsächlich wieder da.«

»Was? Echt?« Ich richte mich ein Stück auf.

»Nach dem Abi hat sie ja in Hamburg studiert, dann hat sie in irgendeiner Werbeagentur gearbeitet und geheiratet, wie du ja weißt. Die Ehe ist in die Brüche gegangen, ziemlich unschön, wie ich gehört habe. Und jetzt ist sie zurück, gemeinsam mit ihrer Tochter.«

Ich blinzele. »Oh. Sie hat eine Tochter, das wusste ich gar nicht. Ich mochte Annika nie besonders. Sie war immer so … überklar. So jemand, der nie zögert und ständig alles besser weiß. Aber das tut mir leid für sie.«

»Sie hat sich verändert.« Fenjas Stimme klingt nachdenklich. »Irgendwie ist sie stiller geworden. Vielleicht auch verletzlicher. Immerhin ist sie Mutter.«

»Wie heißt ihre Tochter?«

»Jonna. Vier Jahre alt. Blonde Locken, riesige Augen und stellt Fragen, bei denen du sofort merkst, dass du keine gute Antwort hast.« Fenja lacht leise. »Sie hat neulich in der Buchhandlung gefragt, ob Möwen auch ein Zuhause haben. Und ob sie traurig sind, wenn der Wind sie zu weit wegträgt.«

»Klingt, als hätten wir da eine kleine Philosophin auf der Insel.«

»Absolut. Ich war auch überrascht, als sie auf einmal mit ihrer Tochter in der Buchhandlung auftauchte. Ich habe gar nichts mehr von ihr mitbekommen. Es war, als würde sie einfach nicht mehr existieren. Und auf einmal war sie wieder da«, sagt Fenja und lenkt den Wagen in eine schmale Seitenstraße. »Und sie schien sich ehrlich zu freuen, mich zu sehen.«

»Vielleicht sind wir alle ein bisschen weicher geworden«, murmele ich.

»Oder einfach nur älter«, entgegnet Fenja trocken. Dann fügt sie nach einem Moment hinzu: »Und klüger. Hoffentlich.« Sie lächelt wieder. »Apropos Wind. Das war damals dein Sternzeichen. Du warst der Nordwestwind, du pustest alles durcheinander, und danach ist die Luft klar.«

Ich drehe mich zu ihr, überrascht, wie viel mir plötzlich wieder einfällt. »Und ich habe zu dir gesagt, du bist der Anker. Weil du bleibst, wenn alles andere wegfließt.«

Fenja schaut geradeaus, aber ich sehe, wie sich ihre Lippen leicht heben. Sie sagt nichts, aber ihre Hand löst sich kurz vom Lenkrad und ruht für einen Moment auf meinem Arm. Meine Zweifel von eben lösen sich in Luft auf. »Dann wollen wir mal sehen, dass wir unsere Muschel dazu bringen, sich zu öffnen.«

»In der Natur öffnen sich Muscheln nur, wenn das Wasser ruhig ist«, erwidert Fenja. »Wenn sie sich sicher fühlen.«

»Das stimmt«, sage ich. »Ich hoffe, wir können ihr dabei helfen. Und vielleicht findet sie in sich eine wunderschöne

Perle.« Ich blicke hinaus in die dunklen Straßen, der Regen trommelt leise gegen die Scheiben. »Perlen entstehen doch, wenn etwas von außen eindringt. Etwas, das wehtut. Und die Muschel beginnt, sich zu schützen, legt Schicht um Schicht um den Schmerz. Nicht, um etwas Schönes zu schaffen, sondern um überleben zu können.« Ich halte inne, spüre die Worte in mir nachhallen. »Und doch entsteht dabei etwas Wertvolles. Ausgerechnet aus dem, was wehgetan hat.«

Neben mir wird es für einen Moment ganz still, dann höre ich Fenja leise lachen. Nicht spöttisch, sondern eher überrascht. »Und ich dachte immer, ich wäre die Poetin von uns dreien«, sagt sie. »Aber das war wirklich schön, Helena.«

Ich zucke die Schultern und lächle schief. »Wie gesagt, ich bin eben auch ein bisschen weicher geworden.«

Fenja grinst. »Weißt du was? Ich konnte mich damals nie entscheiden, ob du eher Wind oder Seeigel bist.«

Ich drehe den Kopf zu ihr. »Seeigel?«, frage ich entrüstet.

»Ja. Außen voller Stacheln, unberechenbar und irgendwie … schwer zu greifen. Aber innen überraschend weich. Empfindlich sogar. Du hast es nur gut versteckt.«

Ich blinzele und spüre, wie mich diese Worte mehr treffen, als ich erwartet hätte. »Toll«, murmle ich. »Jetzt bin ich offiziell ein stacheliger Nordwestwind-Seeigel.«

Fenja lacht. »Genau. Und trotzdem einer von den liebsten Menschen, die ich kenne.«

Ich sage nichts, aber in mir wird es still – auf die gute Art.

Fenja biegt ein letztes Mal ab. Die Straße ist gesäumt von niedrigen Hecken und alten Gartenzäunen, die der Wind über die Jahre schief gedrückt hat. Maras Pension liegt in der zweiten Reihe, nur drei Minuten zu Fuß vom Strand entfernt. Ein altes Backsteinhaus mit verwitterten Fensterläden und einem winzigen Vorgarten. Die Fensterläden sind etwas schief, aber charmant. Über der türkisfarbenen Haustür hängt ein Holzschild mit der verblassten Aufschrift *Haus Muschelsand*. Die kleinen Verzierungen, eine Muschel und eine Welle, sind kaum noch zu erkennen. Als Kind war ich oft hier. Ich kenne jede Ecke des Hauses, weiß, wie es riecht, wenn die Gäste im Sommer die Badetücher auf der Terrasse zum Trocknen aufhängen, wie die Dielen knarzen und wie Mara abends den Tee aufbrüht: stark, ungesüßt, mit einem Hauch von Zitrone. Genau wie ihre Mutter damals.

Fenja schaltet den Motor aus. Ich blicke zur Tür und spüre, wie sich Aufregung in mir breitmacht. Aber anders als vorhin ist sie nicht mehr von Zweifel begleitet, sondern von Vorfreude.

»Bereit?«, fragt Fenja.

»Ja«, sage ich. Und dann habe ich doch wieder Bedenken. »Vielleicht hätten wir sie vorwarnen sollen.«

»Ja, vielleicht«, sagt Fenja. »Aber jetzt ist es, wie es ist. Du bist da, und wir gehen rein. Komm!«

Vor der Haustür bleibt sie kurz unter dem Vordach stehen. »Ich habe dich im Kellerzimmer einquartiert. Ich hoffe, das ist okay für dich. Die anderen sind ausgebucht.«

»Ach, echt, das ist ja gut. Um die Jahreszeit?«

»Die Damen vom Rommé-Club sind wieder da.«

»Die gibt es immer noch?«, frage ich und ziehe leicht die Augenbrauen hoch. »Sind die nicht sonst immer im Frühling gekommen?«

»Alle noch quicklebendig. Sechs Frauen aus dem Ruhrpott, die Jüngste ist sechsundsiebzig, die Älteste einundachtzig. Alle mindestens genauso schlagfertig wie früher. Letztes Jahr waren sie auch schon im Dezember da. Der Winter auf der Insel ist rauer, echter, sagen sie. ›'n bisschen Wind und 'ne steife Brise sollen schließlich das Herz jung halten.‹«

Ich lache. »Und das schaffen sie mit Karten und Eierlikör?«

»Glühwein statt Eierlikör«, verbessert Fenja. »Und an Nikolaus wollen sie ein kleines Romméturnier auf der Terrasse veranstalten und dabei grillen, nur schon mal für dich als Vorwarnung.«

Ich muss grinsen. »Mit Wärmflaschen statt Sonnenhüten?«

»Ganz genau«, sagt Fenja und zieht den Schlüssel aus der Zündung.

Kapitel 9

Der unverkennbare Duft von frisch gebackenem Brot empfängt uns, kaum dass Fenja die Tür aufschließt. Warm, kräftig, mit einer feinen Note von Fenchelsamen. Ich bleibe kurz im Türrahmen stehen und schnuppere. »Mmh!«

»Sie backt abends«, flüstert Fenja und schließt die Tür hinter uns. »Fürs Frühstück der Gäste.«

Wir gehen durch den Flur, der in weiches Licht getaucht ist. Eine alte Lampe mit gemustertem Schirm wirft einen honigfarbenen Schein auf die Wände. Rechts steht noch immer das Schuhschränkchen, darauf ein Glas mit Muscheln und ein Korb mit Mützen und Schals.

»Sie macht sich viel Arbeit«, sagt Fenja leise, während sie den Mantel aufhängt. »Mehr, als sie müsste. Für sechs Gäste. Das rentiert sich gar nicht. Und doch tut sie's. Jeden Abend.«

Ich nicke, ziehe meine Schuhe aus und lasse den Blick über den Boden schweifen. Das Holz ist hell, abgeschliffen, aber die Spuren von Jahren und Menschen sind nicht zu übersehen. Wie oft sind wir als Kinder hier entlanggerannt!

Lichtschein dringt aus der Küche durch die geöffnete Tür.

Wir gehen leise weiter. Ich höre Schritte, dann ein dumpfes Klacken, als würde etwas Schweres abgestellt.

Die Küche ist gemütlich und voller Wärme, das war sie schon immer. Ein Brotschieber lehnt an der Anrichte, daneben ein Korb mit Körnern und ein cremefarbenes Leinentuch. Mara steht am Fenster, den Rücken zu uns, den Ofenhandschuh noch an einer Hand. Sie hebt ein rundes, frisch gebackenes Brot aus der Form und legt es auf ein Gitter zum Auskühlen.

Fenja macht einen Schritt vor. Ihre Stimme ist weich. »Nicht erschrecken, Mara. Ich bin's nur. Und ich hab dir jemanden mitgebracht.«

Mara dreht sich langsam um. Einen Moment lang erkenne ich sie nicht. Ihr Haar ist viel kürzer als früher. Der warme Kupferton ist geblieben, aber etwas Klares, Kantiges liegt nun in ihrem Gesicht. Ihr Strickpullover fällt locker über die Schultern, als wäre er eine Nummer zu groß.

Etwas zieht sich in mir zusammen. Sie sieht nicht krank aus, aber müde. Auf eine Art, die nicht von einer schlaflosen Nacht kommt, sondern von Wochen, Monaten oder vielleicht Jahren.

»Hey«, sage ich leise und gehe auf sie zu.

Da schlägt Mara plötzlich die Hand vor den Mund. Tränen steigen in ihre Augen, und im nächsten Moment bin ich auch schon bei ihr und schließe sie in die Arme. Wir weinen beide, bis Mara mich von sich wegschiebt, sich mit dem Handrücken über das Gesicht wischt und fragt: »Hat Fenja dich etwa zur Unterstützung angefordert?« Sie sieht Fenja streng an. »Sie versucht, mich die ganze Zeit zu überreden, eine längere Auszeit zu nehmen. Aber du kannst dir bestimmt vorstellen, wie das ist in einer Pension. Wenn du einmal nicht da bist, fällt alles auseinander. Frühstück, Wäsche, Zimmer …«

Ich schnaube leise. »Glaub mir, ich weiß, wovon du redest. Ich habe auch bis vor Kurzem in Julius' Küche gearbeitet, in einem Restaurant, in dem man denkt, dass die Welt untergeht, wenn das Basilikum alle ist.«

Mara hebt eine Augenbraue. »Gastro ist wie ein Sprint im Kreisverkehr.«

»Und Pensionsbetrieb wie eine Theaterbühne ohne Vorhang«, ergänze ich.

Ein kurzes, ehrliches Lachen bricht aus ihr heraus. Nicht laut, nicht leicht, aber es ist echt. Fenja schüttet wortlos Wasser in die Kanne und tut so, als höre sie nicht zu, aber ich sehe das Lächeln, das sie nicht unterdrücken kann.

»Was meinst du mit bis vor Kurzem?«, fragt Mara.

»Wir haben uns vor vier Monaten getrennt«, antworte ich. »Oder besser gesagt, hat er sich von mir getrennt.«

»Das wusste ich ja noch gar nicht«, sagt Fenja überrascht. »Davon hast du noch nichts erzählt.«

»Weil ich es dann zweimal machen müsste«, antworte ich und versuche zu lächeln. »Jetzt habe ich euch beide auf einmal, da reicht einmal erzählen.« Ich atme tief durch, lehne mich gegen die Anrichte. »Aber lasst uns das irgendwann mal in Ruhe besprechen.« Dann wende ich mich zu Mara. »Ist es okay, wenn ich eine Weile in deiner Pension bleibe?«

Sie sieht mich an, ein kurzer Ausdruck von Verwunderung huscht über ihr Gesicht, dann nickt sie sofort. »Na klar!

Ich freue mich, dass du hier bist. Du müsstest allerdings im Keller schlafen.« Mara zieht ein entschuldigendes Gesicht. »Die anderen Zimmer sind belegt – der Rommé-Club ist wieder auf Inselbesuch.«

»Sechs Damen aus dem Ruhrpott«, ergänzt Fenja, »mit mehr Schlagfertigkeit als die ganze Talkshow-Riege im Fernsehen.«

»Letztes Jahr wollten sie bei Sturm am Strand spazieren gehen. Weil der Wind die Sorgen wegbläst, haben sie gesagt. Ich habe ihnen gesagt, dass bei der Windstärke eine Tasse Tee genau richtig wäre und sie überzeugt, hierzubleiben. Am Ende saßen sie eingewickelt in Decken auf der Terrasse im Garten, haben Tee getrunken und dabei gekichert wie Teenager.«

Ich muss lachen. »Klingt nach uns in fünfzig Jahren.«

»Stimmt«, sagt Fenja. »Und was jetzt auch genau richtig wäre, wäre eine Tasse Tee für uns.«

»Gerne. Aber Friesentee, ja?« Ich blinzele.

»Was sonst?«, fragt Mara und schaltet den Wasserkocher ein.

Kurz darauf setzen wir uns an den alten Holztisch. Fenja gibt Kandis in die Tassen, schüttet den dunklen Tee darüber und dann ein wenig Sahne. Kleine, milchige Schlieren ziehen sich durch das kräftige Braun. Ich nehme einen Schluck, schließe kurz die Augen und atme tief durch.

»Das hier«, sage ich leise und halte meine Tasse ein Stück hoch, »ist mein Geschmack von Kindheit.«

Fenja lächelt. »Na also, es funktioniert noch.«

»Ich mache ihn in Kassel genauso«, erkläre ich. »Und Oma

auch. Mit der gleichen Teesorte, Kandis und Sahne. Aber er schmeckt trotzdem anders.«

Mara lächelt. »Weil es hier anders ist. Das Wasser hier ist viel weicher als eures da unten. Es hat weniger Kalk. Das macht tatsächlich einen Unterschied, vor allem bei schwarzem Tee. Deswegen bringen wir echten Ostfriesen doch zur Not sogar eigenes Wasser mit, wenn wir irgendwo zu Besuch sind.«

Ich lache und freue mich über den kleinen Schalk in Maras Augen. »Okay, Punkt für dich.«

»Zweitens«, fährt sie fort, »die Luft. Der Wind. Das Salz darin. Du glaubst gar nicht, wie viel das ausmacht, wenn du etwas trinkst. Es riecht hier anders, und riechen ist Geschmack, oder?«

Ich nicke langsam.

»Und drittens«, sagt sie und sieht mich an, »ist's halt einfach Ney. Du sitzt wieder am Küchentisch, an dem du mit zehn schon gelacht hast. Du hörst das Knarzen vom alten Holzfußboden, das leise Pfeifen vom Wind am Fenster. Dein Kopf weiß, dass du zurück bist, und dann schmeckt eben auch der Tee wie früher.«

Ich betrachte den dampfenden Becher zwischen meinen Händen. »Also liegt's gar nicht am Tee.«

»Doch«, sagt Mara. »Aber auch ein bisschen an dir.«

»Du hast recht.« Ich trinke einen Schluck und seufze. »Es ist Ney.«

Einen Moment genießen wir still unseren Tee, und ich sehe mich in der Küche um. Alles wirkt ein wenig kleiner, als ich es in Erinnerung hatte. Die Farben und das Licht haben sich verändert. Oder ich habe mich verändert. Aber da ist auch etwas Unverrückbares, ein Kern, der geblieben ist.

»Weißt du noch«, sage ich zu Mara, »wie wir hier gesessen haben, mit dem Atlas auf dem Schoß und uns gegenseitig Reiseziele ausgesucht haben? Du wolltest immer nach Island. Ich nach Marokko. Und Fenja …«

»Fenja wollte auf der Insel bleiben«, sagt Mara. »Hat sie früher schon gesagt. Für immer.«

Fenja zuckt die Schultern. »Und ich bin noch hier.«

»Und ich auch«, sagt Mara.

»Wobei du dir echt endlich mal eine Pause gönnen solltest, Mara.« Fenja sieht sie fest an. »Und ich weiß, du willst es nicht hören, aber du solltest wirklich darüber nachdenken.«

Mara seufzt. »Ja, ich weiß«, sagt sie überraschenderweise. »Ich kann mich nur irgendwie nicht aufraffen. Aber ich denk darüber nach.«

»Ich übernehme für dich, wenn du dir die Auszeit nimmst.« Das Café-Angebot in Kassel verschweige ich lieber. Stattdessen sage ich: »Im Moment bin ich sowieso mehr oder weniger wohnungs- und joblos. Es käme mir also gerade recht.«

Mara geht nicht auf mein Angebot ein. »Wo wohnst du denn?«, fragt sie.

»In einer Mansarde im Mehrfamilienhaus, in dem auch meine Oma wohnt. Aber das ist nur eine Übergangslösung. Sagt mal …« Ich sehe zum Fenster. »Der Regen hat nachgelassen. Wollen wir noch rausgehen? An den Strand? Nur kurz … Und alles andere besprechen wir dann in Ruhe.«

»Ja. Gute Idee. Ein bisschen frischer Wind tut gut«, sagt Mara.

Fenja nickt. »Er pustet die Probleme weg.« Ein schelmisches Grinsen macht sich auf Fenjas Gesicht breit. »Wartet mal kurz, ich bin gleich wieder da.«

Mara schaut mich an und zuckt mit den Schultern.

Es dauert keine fünf Minuten, bis unsere Freundin wieder vor uns steht. Eingehüllt in einen viel zu großen gelben Friesennerz. Sie sieht aus wie ein überdimensional großer, gelber Seestern. Die Arme hat sie weit von sich gestreckt, die Kapuze bis über die Augenbrauen gezogen.

Ich muss lachen, und auch auf Maras Lippen wird ein Schmunzeln sichtbar.

»Bitte sehr, die Damen«, sagt sie und hält jeder von uns ein weiteres Exemplar der quietschgelben Jacken hin.

»Wo hast du die denn her?«, fragt Mara und zieht eine Augenbraue hoch.

Fenja lacht. »Die habe ich letztens in einer Kiste in deinem Keller entdeckt, als ich die Konserven auf die Mindesthaltbarkeiten überprüft habe. Da sind noch mehr drin.«

»Ah!« Mara nickt. »Das sind die Leihmäntel für die Gäste, die meine Mutter mal vor Ewigkeiten besorgt hat.« Eine steile Falte bildet sich auf ihrer Stirn. »Ich muss echt mal Inventur da unten machen. Im Moment habe ich keinen Plan, was da noch so alles rumliegt.«

»Gummistiefel habe ich auch entdeckt«, sagt Fenja. »Hast du wetterfeste Schuhe dabei, Helena?«

»Na klar, was denkst du denn!«, antworte ich und schlüpfe in den Mantel, den sie mir hinhält. Kurz darauf schaue ich an mir runter. »Wie kann es sein, dass die Dinger immer zu groß sind?«

»Als wir klein waren, haben unsere Eltern sie zu groß gekauft, damit wir nicht zu schnell rauswachsen«, erklärt Mara. »Und meine Mutter hat sie so groß gekauft, damit sie möglichst vielen Gästen passen.«

Fenja zieht ihren an. »Oversized ist doch immer noch voll in!«

»Stimmt«, sagt Mara und schlüpft in ihren. Ihre Augen leuchten. Und ich bin mir sicher, meine auch.

Kapitel 10

Sand knirscht unter unseren Schuhen, als wir das Dünenende erreichen. Der Wind bläst uns scharf entgegen, trägt feine Salzkristalle mit sich, die auf der Haut prickeln. Mara zieht ihren Friesennerz enger um die Schultern, die Kapuze hängt ihr tief im Gesicht. Der Himmel über uns ist schwer und grau, ein endloses Dach aus sich jagenden Wolken, das die Grenzen zwischen Himmel und Meer verschwimmen lässt.

Fenja läuft ein paar Schritte voraus, bleibt dann aber stehen und dreht sich zu uns um. Der Wind zerrt an ihrer Kapuze, ihr Gesicht ist gerötet. »Kommt ihr klar?«, ruft sie gegen den Wind.

Ich nicke. Mara sagt nichts, aber sie geht weiter. Wir erreichen die Stelle, an der der Strand breiter wird. Das Wasser steht heute weit zurück, aber der Sand ist feucht und von tausend Rinnsalen durchzogen. Dünengras biegt sich im Wind, und eine einzelne Möwe taumelt in der Luft, kreischend, als würde sie sich gegen die Böen stemmen.

»Es ist, als wäre ich nie weg gewesen«, murmele ich. Der

Wind vermischt sich mit meinen Worten, aber Mara scheint sie trotzdem zu hören.

»Und gleichzeitig ist alles anders, oder?« Ihre Stimme ist leise.

Ich nicke. »Ja.«

Eine Weile gehen wir schweigend weiter. Ich höre das Knirschen von Muschelsplittern unter unseren Sohlen, sehe die Gischt, die wild gegen angeschwemmte Holzplanken schlägt.

»Ich hätte dich damals gebraucht«, sagt Mara plötzlich. Sie bleibt stehen und blickt auf das Meer hinaus.

»Ich weiß«, sage ich. »Und ich war nicht da. Das tut mir so leid, Mara. Ich war zu sehr mit meinen Problemen beschäftigt. Und dann warst du einfach verschwunden. Ich wusste nicht, wie ich dich erreichen soll. Und irgendwann … irgendwann dachte ich, du willst keinen Kontakt mehr.«

Mara sieht mich nicht an, aber sie schüttelt den Kopf. »Ich war einfach nur leer.«

Ein Stück weiter vorne bückt sich Fenja plötzlich. Als sie zu uns kommt, hält sie eine große Muschel in der Hand, die sie mit der Taschenlampe ihres Smartphones beleuchtet. Die Muschel glänzt in einem zartrosa Schimmer.

»Die ist für dich«, sagt sie und reicht sie Mara. »Das ist die schönste, die ich seit Langem gefunden habe.«

Mara nimmt sie zögernd. »Danke.«

Fenja grinst. »Sie bringt Glück.«

Einerseits finde ich es schade, dass Fenja unser Gespräch unterbrochen hat, und andererseits bin ich ein bisschen froh. Lieber möchte ich noch mal ganz in Ruhe mit Mara über die

Vergangenheit sprechen. »Sie sieht ein bisschen aus wie die Muschel, die du damals gefunden hast, Mara, als wir die Ketten gemacht haben. Erinnerst du dich?«

Mara schaut auf die Muschel in ihrer Hand, dann langsam zu mir. »Ich habe die Kette immer aufgehoben«, sagt sie leise. »Sie ist in einer Schachtel. Ganz hinten im Schrank.«

Ein Kloß steckt mir im Hals. »Ich habe meine aus der Schachtel geholt, weil ich plötzlich an euch denken musste. Am nächsten Tag habe ich Fenja angerufen. Und jetzt bin ich hier.« Ich hake mich bei ihr unter. »Wo ist deine, Fenja? Hast du sie auch noch?«

»Was denkst du denn? Klar! Aber nicht in einer Kiste. Ich hab sie in meinen Traumfänger gehängt. Der hängt im Wohnzimmer, direkt über dem alten Sessel. Da, wo das Licht morgens so schön fällt.« Fenja hakt sich bei ihr ein.

Und plötzlich ist die Nähe wieder da, die nie wirklich verschwunden war. Wir gehen weiter. Der Wind bläst uns ins Gesicht, treibt den Sand in langen Schlieren über den Boden.

Da taucht wie aus dem Nichts ein Mann mit einem Fischerhut und orangefarbenen Gummistiefeln auf. Er kommt aus einem schräg in den Dünen gelegenen Schuppen und winkt kurz.

»Nicht zu weit raus heute!«, ruft er mit rauer Stimme. »Der Wind dreht bald, da wird's ungemütlich!«

Fenja winkt zurück. »Danke, Herr Matthiessen! Wir bleiben in Ufernähe!«

Ich lächle. Inseltypisch. Die Einheimischen behalten nicht nur das Wetter, sondern auch ihre Mitmenschen im Blick.

Ein paar Minuten später erreichen wir die Stelle, an der die Wellen mit besonders viel Kraft auf den Strand treffen. Hier haben wir früher oft gestanden, wenn eine von uns etwas loswerden musste. Die aufgewühlte See war wie ein Spiegel. Vielleicht wegen der Lage hier am westlichen Rand der Insel, wo die Nordsee ungebremst aus der Ferne heranrollt, wo der Wind sich nicht in Dünen oder Buhnen verfängt, sondern frei auf das Ufer trifft. Es war, als würde das Meer hier lauter sprechen. Und offener.

»Was meinst du, Mara? Willst du raus? Wenigstens für ein paar Tage?«, fragt Fenja plötzlich sanft.

Mara schweigt ein paar Sekunden, bevor sie antwortet: »Lasst mich eine Nacht darüber schlafen.«

Wir drehen langsam um. Ich gehe zwischen Fenja und Mara, und ich merke, dass mir gar nicht bewusst war, wie sehr ich die beiden vermisst habe und unser Wir.

Zwei Stunden später ist es halb zwölf. Fenja ist nach Hause gegangen und Mara nach oben in ihre kleine Wohnung unter dem Dach. Ich liege im Keller in meinem Zimmer. Es ist klein, aber gemütlich. Das Bett steht unter einem kleinen, niedrigen Fenster, durch das man die Äste eines windgebeugten Strauches sehen kann. Wenn ich mich ganz ans Kopfende kuschle und den Blick nach oben richte, sehe ich zwischen den Ästen einen schmalen Streifen Himmel. Und zwischen den Wolken blitzen hin und wieder ein paar Sterne auf.

Die kariert gemusterte Bettdecke ist ein bisschen kratzig, aber angenehm schwer. Ich ziehe sie mir bis unter das Kinn. Neben der Tür lehnt meine Reisetasche, die ich noch nicht ausgepackt habe, und über dem Stuhl hängt der Friesennerz. Ein Lächeln huscht über mein Gesicht, als ich mit den Füßen die warme Wölbung der Wärmflasche spüre. Mara hat sie mir gemacht, still und wie selbstverständlich, kurz bevor sie nach oben verschwunden ist. Das Wasser darin ist noch heiß, die Gummihülle fest eingeschlagen in ein altes Küchentuch mit verblasstem Blumenmuster. Ich drücke die Füße dagegen, dankbar für die Wärme und für diese kleine, stille Geste. Obwohl ich müde bin, kann ich nicht einschlafen. Stattdessen lasse ich den Tag Revue passieren. Wie Mara mich angeschaut hat. Wie Fenja grinsend die Friesennerze aus dem Schrank geholt hat. Wie vertraut sich alles angefühlt hat, obwohl wir so lange nicht miteinander gesprochen haben. Ich hatte befürchtet, dass ich mich fehl am Platz fühlen würde. Doch jetzt liegt ein fast heimeliges Gefühl über mir wie die Wärmflasche in meinem Bett. Das hatte ich schon lange nicht mehr.

Ich schließe die Augen. Draußen pfeift der Wind leise um die Ecken. Im Haus gluckert die Heizung, irgendwo klappert eine lockere Fensterverriegelung im Takt der Böen, und über mir knarrt eine Diele, als würde eine der Rommé-Damen über den Flur schleichen.

Meine Ohrstöpsel liegen auf dem Nachttisch neben mir. Aber ich brauche sie nicht, weil mich die Geräusche nicht stören. Im Gegenteil. Mein Atem wird langsamer. Die Wärme der Wärmflasche breitet sich bis in meine Schultern aus. Und während draußen das Meer in der Ferne rauscht, sinke ich tief in den Schlaf.

Kapitel 11

Norderney, zweites Adventswochenende 1959

Graupel war in der Nacht vom Himmel gefallen. Kein richtiger Schnee, nur eine krümelige, glitzernde Schicht, die sich in den Ecken der Fensterbretter gesammelt hatte und am Morgen schon wieder zu tauen begann. Das kleine Dachfenster in Gretjes Kammer war von innen beschlagen. Mit der Handfläche wischte sie ein Guckloch frei, durch das sie auf den schmalen Hinterhof blicken konnte. Der Himmel über der Insel war hell, aber farblos – wie mit kaltem Wasser ausgespült. Kein Blau, kein Grau, nur diese unbestimmbare Leere, die sie an ein Blatt Papier erinnerte, das noch niemand beschrieben hatte.

Unten rumpelte Frau Albers mit dem Kohleeimer. Das metallische Klappern der Schaufel, das Knarzen der alten Dielen, das stoßweise Schnaufen, wenn sie den schweren Eimer ins Wohnzimmer schleppte – all das war inzwischen so vertraut, dass es fast ein bisschen wie zu Hause klang. Fast.

Gretje zog sich langsam an. Dicke Strumpfhosen, das selbst gestrickte Unterkleid, das furchtbar kratzte, darüber der grüne Wollpullover mit dem kleinen Loch unter dem Arm. Der Wintermantel war zu groß, aber warm. In seiner rechten Tasche lag eine Muschelschale, die sie ein paar Tage zuvor gefunden hatte, bei dem Ausflug mit Lene ans Watt. Die Schale war angebrochen, an einer Kante abgesplittert, aber Gretje mochte sie. Weil sie nicht perfekt war. Weil sie echt war. In der linken Tasche der Bernstein, glatt und kühl.

Heute war einer dieser Tage, an denen sie alles ein bisschen besser aushalten konnte. Vielleicht, weil sie wusste, dass Lene draußen wartete. Vielleicht, weil sie ein kleines Geheimnis mit sich trug.

Sie verließ das Haus leise durch die Hintertür, so wie sie es gelernt hatte. Wenn man sich unauffällig verhielt, fragte niemand nach. Niemand wollte wissen, was ein stilles Mädchen im Winter draußen suchte. Das war ihr recht. Sie mochte keine Fragen, auf die sie keine Antworten hatte.

Lene wartete wie verabredet am Rand der Dünen. Sie trug eine lila Mütze, so schrill in der blassen Winterlandschaft, dass sie wirkte wie ein bunter Punkt in einem Schwarz-Weiß-Film. Als sie Gretje sah, hob sie grinsend die Hand. Ihre Wangen waren gerötet, ihr Blick lebendig.

»Bereit?«, fragte sie.

»Wenn du's bist«, antwortete Gretje.

Lene zwinkerte. »Heute bauen wir uns ein Zuhause.«

Der Weg zu ihrem geheimen Platz führte durch schmale Pfade zwischen den Dünen. Das Gras war von Frost überzogen, an manchen Stellen knirschte der Sand unter den Stiefeln. Kein Mensch war unterwegs. Nur zwei Möwen flogen tief am Himmel.

Die Senke, die Lene entdeckt hatte, lag geschützt zwischen zwei Hügeln. Ein kleiner Hohlraum, wie eine Mulde im Sand, an drei Seiten umgeben von dichtem Gestrüpp. »Hier sieht uns keiner«, hatte Lene gesagt. »Und der Wind kommt nicht ganz so durch.«

Als sie den Platz erreichten, war Lasse schon da. Er stand neben einem Haufen Holzreste, den sie in den letzten Tagen gesammelt hatten – angeschwemmte Bretter, alte Kisten, verwitterte Planken, einige sogar noch mit Spuren von Farbe. Lasse hatte einen Hammer in der Hand, einen Beutel mit Nägeln im Sand abgelegt. Sein Haar war zerzaust, die Nasenspitze rot vor Kälte.

»Na, ihr zwei?«, sagte er. »Schon bereit fürs Bauhandwerk?«

»Wir sind immer bereit«, erwiderte Lene und stemmte die Hände in die Hüften.

»Aber du sagst niemandem was«, fügte Gretje leise hinzu.

Lasse nickte ernst. »Versprochen. Das ist euer Ding. Ich helf nur ein bisschen.«

Gemeinsam begannen sie mit dem Aufbau. Lasse zeigte, wie man die tragenden Balken halbwegs gerade in den Sand grub. Gretje hielt Nägel und reichte Bretter an. Lene durfte hämmern – was sie mit solcher Euphorie tat, dass ihr mehrmals der Hammer aus der Hand rutschte. Aber niemand lachte.

Das Holz war kalt, teils brüchig. Vier Pfosten, eine schiefe Rückwand, ein Dach aus schräg gelegten Brettern. Die Hütte war schief, windschief sogar, aber sie stand. Und sie gehörte ihnen.

»Fehlt nur noch ein Türschild«, meinte Lasse, als sie sich

mit einem Schluck Malzkaffee wärmten, den er mitgebracht hatte.

»Sturmwinkel«, sagte Lene wie aus der Pistole geschossen.

»Was?«, fragte Gretje.

»So soll sie heißen. Weil wir hier sitzen können, wenn draußen alles tobt.«

Gretje lächelte. »Das klingt gut.«

Lasse nickte, zog sein Taschenmesser hervor und begann, die Buchstaben in ein schmales Holzbrett zu ritzen. Während er arbeitete, sagte niemand ein Wort. Man hörte nur das Schaben des Messers, das Rauschen der Wellen und das ferne Rufen der Möwen.

Als er fertig war, hielten sie das Schild gemeinsam über die Türöffnung. Die Buchstaben waren ungleichmäßig, ein bisschen krumm – aber deutlich.

»Sieht gut aus«, sagte Lene zufrieden. Dann holte sie ein altes Döschen mit weißer Farbe aus ihrer Jackentasche und begann, die Kerben sorgfältig auszumalen.

Drinnen legten sie eine alte Decke aus, die Lene heimlich aus dem Wäscheschrank genommen hatte. Ein paar flache Steine dienten als Sitzfläche. In einer Ecke stellten sie ein Windlicht ab – ein altes Marmeladenglas mit einem Teelicht, das Gretje von ihrer Pflegemutter erbettelt hatte, ohne zu sagen, wofür.

Als sie fertig waren, vergruben sie einen flachen Stein unter dem Eingang. Lene hatte ihre Initialen eingeritzt. Gretje berührte ihn kurz mit den Fingerspitzen, bevor sie den nassen Sand darüber schob.

»Damit's niemand findet«, sagte sie.

»Damit es immer unser Ort bleibt«, erwiderte Lene.

Sie saßen noch lange in ihrer Hütte, obwohl es kalt war. Ihre Finger waren taub, die Nasen rot, die Wangen rosig, aber das Herz war warm.

Irgendwann stand Lasse auf und verabschiedete sich. Er versprach noch einmal, nichts zu verraten, und klopfte beiden auf die Schulter, bevor er den Hügel hinauf verschwand.

Gretje und Lene blieben sitzen, bis das Teelicht flackernd ausging. Draußen sank der Tag in die Dämmerung, und am Horizont färbte sich der Himmel ein wenig rosa, wie von innen beleuchtet.

»Meinst du, wir können morgen wiederkommen?«, fragte Gretje leise.

»Klar. Das ist doch jetzt unser Zuhause.«

Und in diesem Moment – zwischen kaltem Sand, Bretterwänden und stillen Versprechen – war es das wirklich. Ihr Ort. Ihr Winkel im Sturm. Ihr Zuhause.

Kapitel 12

Am nächsten Morgen liegt der Duft von frischen Kräutern und geröstetem Brot in der Luft, als ich die Küche betrete. Es ist kurz nach sieben, draußen ist es noch dunkel. Der Wind pfeift leise ums Haus, aber es regnet nicht mehr. Die Wettervorhersage hat, passend zum Dezember, endlich trockeneres, kälteres Wetter angekündigt.

Mara steht schon am Herd. Ihr Haar hat sie ordentlich aus dem Gesicht gekämmt, den Pony mit einer schlichten Klammer zurückgesteckt. Über einem dicken Pullover trägt sie ein einfaches blaues Leinenkleid, das an ihr so selbstverständlich aussieht wie der alte Holzlöffel in ihrer Hand. Auf dem Küchentisch liegt eine lange Liste, voll handgeschriebener Notizen.

»Du bist früh«, sagt sie, ohne sich umzudrehen.

»Ich wollte dir doch helfen.«

»Stimmt.« Sie nickt und reicht mir einen Stapel kleiner Gläser. »Die sind für den Frischkäse. Füllst du sie? Ich habe drei Sorten gemacht: Natur mit Kräutern, Rote-Bete-Meerrettich und eine mit gerösteten Walnüssen und Birne. Steht alles im Kühlschrank. Und dann kannst du auch gleich die

Konfitüre rausholen und rüberbringen, such drei aus. Die Sachen kommen auf die Anrichte neben das Müsli.«

»Mach ich.« Ich gehe zum Kühlschrank und staune. In den unteren Fächern stehen sauber beschriftete Gläser in Reih und Glied. Ich ziehe zwei heraus und lese: *Orange mit Kardamom,* daneben *Bratapfel mit Rosinen und Zimt.* Im nächsten Regal entdecke ich *Zwetschge mit Tonkabohne* und eine fast bernsteinfarbene *Quittenmarmelade mit Vanille.* Daneben stapeln sich kleine Fläschchen mit frisch gepresstem Apfel-Birnensaft, ein paar Schälchen mit geschälten Mandarinen, und ein Topf mit goldgelber Lemon Curd, mit einem handgeschriebenen Etikett: *Vegan – für Frau Löwenstein!*

Ich sehe zu Mara. »Du machst das wirklich alles selbst?«

»Na klar«, sagt sie, fast ein wenig verwundert. »Die Damen vom Rommé-Club sind anspruchsvoll. Und ich – na ja, ich mag es, wenn der Tag gut anfängt. Für sie. Und für mich.«

Ich stelle die Gläser auf ein Tablett, während Mara Eier aufschlägt. Dann fülle ich den Frischkäse ab, balanciere das Tablett durch den Flur und öffne die Doppeltür zum Frühstücksraum.

Dabei fällt mir auf, wie groß der Raum eigentlich ist. Sechs Tische stehen hier, jeder mit vier Stühlen, auf denen weinrote Sitzkissen liegen. Mara hat zwei der Tische zusammengeschoben. In der Mitte steht eine flache Schale mit Hagebuttenzweigen, zwischen denen ein kleines Windlicht flackert. Die Stoffservietten an jedem Platz sind bunt gemustert. Sie sind kunstvoll gefaltet, jede anders, jede mit einer kleinen getrockneten Orangenscheibe und einem Zweig Rosmarin beschwert. Alles wirkt bis ins Detail durchdacht.

Die Fenster gehen zum Garten hinter dem Haus hinaus. Draußen ist es noch stockdunkel, bis auf die zarten Lichtpunkte von vier weiteren Windlichtern, die Mara heute Morgen schon auf der Terrasse verteilt haben muss. Ihre Flammen zittern und spiegeln sich in den noch regennassen Steinfliesen.

Hier drinnen ist es wohlig warm. Zwei kleine Heizlüfter schnurren an der Wand in der Nähe des gedeckten Tisches. Ich stelle das Tablett ab und bewundere noch einmal die verschiedenen Aufstriche. Das hier ist kein normales Frühstück. Es ist ein kleines Fest.

Zurück in der Küche, sehe ich, wie Mara gerade noch einen Teller mit Käse anrichtet, konzentriert, mit leisen Bewegungen. Da geht die Tür auf, und Fenja steckt den Kopf herein. Ihre Wangen sind gerötet vom Wind, die dunkle Strickmütze sitzt ein wenig schief.

»Ich muss erst um zehn in der Buchhandlung sein«, sagt sie, »und ich dachte spontan, ich schau mal vorbei. Vielleicht kann ich ein bisschen helfen. Oder wenigstens eine Scheibe Brot abstauben, bevor alles weg ist.«

Mara schüttelt den Kopf, ohne aufzusehen. »Komm rein, du Schmarotzerin. Der Kaffee ist frisch.«

»Was wäre das Leben ohne Freunde, die ungefragt auftauchen und sich durchfüttern lassen?«, murmelt Fenja, während sie sich die Mütze vom Kopf zieht und auf einem der Barhocker an der Arbeitsplatte Platz nimmt.

Ich reiche ihr eine Tasse und lächle. Es ist schön, sie hier zu haben.

Dann sagt Mara fast mehr zu sich selbst als zu uns: »Ihr

habt recht. Ich werde zu meiner Mutter fahren. Sie freut sich. Und ich brauche wirklich etwas Abstand, um zu überlegen, wie es weitergehen soll. Mit mir. Mit der Pension. Mit Norderney.« Erst als sie hinzufügt: »Vorausgesetzt, du übernimmst das hier so lange, wie ich weg bin, Helena. Vielleicht für eine Woche?«, hebt sie den Blick.

»Na klar!«, sage ich, ohne zu zögern.

»Am besten machen wir gleich ein paar Fotos, damit du weißt, wie alles auszusehen hat.« Sie nickt in Richtung des liebevoll gedeckten Tisches. »Ich habe auch schon eine Liste mit den Dingen geschrieben, die jeden Tag erledigt werden müssen. Ich weiß ja, dass du gern kochst und backst, aber zu einer Pension gehört doch noch mehr. Am Samstag reisen die Rommé-Frauen ab, ab Sonntag kommen neue Gäste. Die Zimmer müssen geputzt werden, du musst einkaufen, Wäsche waschen – das volle Programm.«

»Das schaff ich«, sage ich, auch wenn ich innerlich kurz schlucke. Ich werfe einen Blick zu Fenja, die gerade genüsslich in ihr Brot beißt.

»Und notfalls hilfst du mir, oder?«, frage ich.

»Auf jeden Fall«, nuschelt Fenja sofort. »Finde ich gut, dass du fährst, Mara. Wir machen das hier schon.«

Mara seufzt, diesmal nicht erschöpft, sondern eher erleichtert. »Danke.«

»Ach was«, sage ich und winke ab. »Doch nicht dafür.«

Aber in Gedanken nehme ich mir bereits vor, ab morgen sehr früh aufzustehen. Mara steckt so viel Liebe und Sorgfalt in jedes Detail, und wenn ich das auch nur annähernd halten will, brauche ich Zeit. Zeit für die kleinen Dinge, die das

Frühstück hier so besonders machen. Für das schöne Gedeck, den frisch geschnittenen Obstsalat, den noch warmen Tee, der dampfend auf dem Tisch steht, wenn die Gäste kommen.

»Die Frühstückszeiten sind von acht bis elf«, sagt Mara jetzt und lehnt sich zurück. »Ich mache kein Buffet, das lohnt sich nicht, da bleibt zu viel übrig. Nur die Aufstriche und Marmeladen stehen auf dem Sideboard. Der Rest wird frisch serviert, wenn die Gäste kommen. Die Rommé-Frauen sind da ganz entspannt. Vier sitzen meistens schon um Punkt acht, aber zwei schlafen gern aus. Die kommen auch mal erst um zehn.«

Ich runzele die Stirn. »Und das heißt: jedes Mal neu eindecken?«

»Genau«, sagt Mara.

»Und dann sitzen sie bis zwölf und haben nicht nur gefrühstückt, sondern auch gleich mittaggegessen. Und das für sechzig Euro pro Nacht, wenn sie sich ein Doppelzimmer teilen.« Fenja zieht die Augenbrauen hoch und schüttelt leicht den Kopf. »Das ist eigentlich Wahnsinn, wenn man sieht, was du hier alles auffährst.«

Mara zuckt mit den Schultern, sagt aber nichts. Vielleicht ist sie zu müde, das zu rechtfertigen. Oder sie weiß selbst, dass es nicht aufgeht, so viel zu geben und so wenig zu verlangen.

»Du musst daran denken, abends die Wärmflaschen auf die Zimmer zu bringen«, wendet sich Fenja dann an mich und stupst mich leicht mit dem Ellbogen an. »Die Damen sind verwöhnt.«

»Doch nur, weil die Heizung nicht funktioniert«, sagt Mara. Und dann fügt sie leicht trotzig hinzu: »Vielleicht sollte ich doch lieber hierbleiben, wenn ihr keine Lust habt, das so zu machen wie ich.«

»Also, ich habe mich sehr über die Wärmflasche in meinem Bett gefreut«, versichere ich schnell. »Und ich finde es schön, dass du das für die alten Damen auch machst. Das gehört dann also ab sofort zu meinen Aufgaben, ich übernehme das gerne.«

Mara überlegt einen Moment, dann nickt sie langsam. »Die Wärmflaschen sind im Schrank im Flur, dritte Tür links. Ich mach sie immer kurz vor neun, damit sie bis zum Schlafengehen noch warm sind.«

»Wir sorgen hier dafür, dass niemand friert, nichts anbrennt und dass hin und wieder etwas Gebäck auf dem Tisch steht.« Ich lächle. »Immerhin bin ich immer noch Konditorin, auch wenn ich in den letzten Jahren als Köchin gearbeitet habe.«

»Ich helf auch«, sagt Fenja. »Ich meinte doch nur, dass du die Preise etwas erhöhen könntest, Mara.«

»Ja, du hast ja recht«, lenkt Mara ein. »Ich wollte schon längst mal neu kalkulieren.«

»Dabei kann ich dir helfen, wenn du willst«, biete ich an. »Bei Julius im Restaurant habe ich auch oft die Zahlen gemacht. Also nicht offiziell, aber ich kenne mich gut aus mit Einkauf, Kalkulation, Buchhaltung …«

Mara sieht mich überrascht an, dann blinzelt sie kurz, als müsse sie sich neu sortieren. »Du warst also nicht nur für den

Geschmack verantwortlich? Du hast gekocht und den ganzen Bürokram erledigt?«

»Ja«, antworte ich.

»Und was hat Julius gemacht?«, fragt Fenja.

»Tja.« Ich seufze. »Gute Stimmung bei den Gästen.«

Fenja grinst breit. »Das hört sich so an, als wärt ihr ein gutes Team gewesen, ihr beiden. Pass mal auf, Mara, wenn du zurückkommst, gibt es nicht nur Wärmflaschen, dann hat Helena wahrscheinlich auch noch unentgeltliche, begleitete Spaziergänge bei Windstärke sechs im Angebot. Inklusive Thermoskanne.«

Mara lacht, und ihre Schultern entspannen sich ein wenig.

»Gute Idee, das mit den Spaziergängen«, feixe ich. »Vielleicht nennen wir es ›bewegtes Frühstück‹ und essen einfach unterwegs.«

Da ertönt eine helle, etwas krächzende Stimme vom Flur her. »Guten Morgen, die Damen! Ist es vielleicht möglich, jetzt schon eine Tasse Kaffee zu bekommen? Ich bin heute sehr früh wach geworden, weil …«, ein seufzender Ton, entfährt ihr, »weil die gute Elfriede die halbe Nacht geschnarcht hat wie 'n Presslufthammer im Einsatz.«

Fenja unterdrückt ein Lachen, Mara dreht sich leicht zur Tür, und ich sehe gerade noch, wie eine zierliche Gestalt im geblümten Hausmantel auftaucht. Ihre grauen Haare sind kunstvoll toupiert, ihre Augen blitzen hellwach. »Das ist wie früher mit meinem Alfred. Der hat auch jede Nacht gesägt, dass mir fast die Gardinen von der Stange gefallen sind. Und was macht das Schicksal, wenn man endlich Ruhe hat?

Schickt einem ’ne Zimmergenossin, die klingt wie Alfred und ’ne Säge gleichzeitig.«

Während ich noch völlig perplex auf die alte Dame schaue und ihren ausgefallenen Morgenmantel bewundere, sagt Mara freundlich: »Guten Morgen, Frau Hegemann. Der Kaffee ist fertig, und Sie bekommen gleich den ersten Becher.«

»Ach, Sie sind ein Goldstück«, sagt Frau Hegemann und winkt mir zu. »Und Sie da, Sie sind neu. Frisches Personal?«

»Ich spring nur ein«, sage ich. »Für eine Woche.«

»Na, dann wünsch ich viel Glück und feste Nerven. Vor allem beim Rührei von Frau Löwenstein. Die will das ja immer fluffig und gleichzeitig durch oder sogar ein wenig angebräunt.«

Mara reicht Frau Hegemann eine dampfende Tasse. »Noch fünf Minuten, dann ist das Frühstück fertig.« Sie mustert sie lächelnd von oben bis unten. »Bleiben Sie so oder ziehen Sie sich noch um?«

»Ich beeil mich ja schon!«, sagt sie und rauscht davon.

Ich sehe Mara an. Ihre Augen lachen. Und für einen kurzen Moment sieht sie nicht mehr müde aus, sondern einfach lebendig.

»Weißt du was, ich freue mich richtig darauf, den Laden hier mal für eine Weile zu schmeißen«, sage ich. »Das wird bestimmt lustig mit den Damen.«

»Am Sonntag kommt dann eine Familie aus Münster«, sagt Mara. »Ein älteres Ehepaar mit ihren drei Kindern.« Sie zieht eine Schnute. »Schade eigentlich. Die fünf hätte ich schon gern erlebt. Der Vater wird 70. Sie wollen gemeinsam seinen Geburtstag auf Ney feiern.«

»Waren sie denn auch schon mal hier?«, frage ich.

»Nein. Sie kommen auf Empfehlung anderer Gäste. Aber alle drei Kinder, zwei Töchter und ein Sohn, haben mir unabhängig voneinander eine Mail geschrieben, in der sie sich dasselbe Zimmer gewünscht haben: das unterm Dach.«

»Ach was«, sage ich. »Ausgerechnet das? Das ist doch viel kleiner als die anderen.«

Mara grinst. »Alle wollten nach oben. Und zwar jeder für sich. Als wäre das das letzte Rettungsboot auf dem Familienschiff.«

»Und wen hast du da einquartiert?«, fragt Fenja neugierig.

»Die ältere Tochter. Sie hat zuerst geschrieben, und ich hatte schon zugesagt, bevor die anderen Mails kamen. Die jüngere Schwester und der Bruder schlafen also unten, so auch die Eltern.«

»Warum hast du nicht die Eltern nach oben verfrachtet?«, frage ich.

»Weil denen das Zimmer bei der Anfrage egal war. Und wie gesagt, die ältere Schwester hat zuerst gefragt.«

»Wie alt ist sie denn?«, fragt Fenja.

»Sechsundvierzig. Sie heißt Jana. Die jüngere Schwester, Julia, ist zweiundvierzig. Und der Bruder ist achtunddreißig.«

»Alle vier Jahre ein Kind«, sage ich spontan.

Mara grinst wieder. »Ich sag ja, die Familie ist spannend. Echt schade, dass ich weg bin.« Im nächsten Moment wird sie ernst. »Aber es ist gut, dass ich bei meiner Mutter sein werde. Auch wenn es schon so lange her ist, zünden wir am Todestag meines Vaters immer noch eine Kerze an. Dieses Jahr können wir es dann gemeinsam machen.«

»Oh, das habe ich ganz vergessen.« Das kurze Gespräch gestern Abend am Meer fällt mir wieder ein. Ich war gerade vier Monate in Kassel, als Maras Vater bei dem Autounfall starb. Mara saß auf der Rückbank, Fenjas Bruder Jannik vorne neben Maras Vater, als das Auto auf eisglatter Straße auf dem Festland ins Schleudern kam und gegen einen Baum geprallt ist. Maras Vater war sofort tot. Jannik kam mit ein paar gebrochenen Rippen und einer oberflächlichen Kopfverletzung davon. Und Mara hatte gar nichts abbekommen, zumindest keine körperlichen Verletzungen.

Bei dem Gedanken daran, wie es Mara damals wohl ergangen ist, fröstelt es mich. »Ich werde dann auch eine Kerze anzünden«, sage ich. »Und an euch denken.«

»Wir«, sagt Fenja. »Jannik ist doch im Moment auch hier auf Ney. Das können wir dann zu dritt machen.«

»Das ist eine schöne Idee«, sage ich. Wie sehr ich mich darüber freue, Jannik wiederzusehen, behalte ich für mich. Denn im Moment geht es um Mara.

Fenja sieht das anscheinend anders. »Ich bin gespannt, ob du ihn noch erkennst, Helena«, sagt sie. »Er und ich haben überlegt, wie lange es her ist, dass ihr euch das letzte Mal gesehen habt. Jannik sagt, bestimmt schon zehn Jahre.«

»Das kommt ungefähr hin«, sage ich. Damals war ich dreiundzwanzig und mit meinem Freund Linus auf Norderney, der sehen wollte, wo ich aufgewachsen bin. Dass ich mich drei Monate danach von Linus getrennt habe, weil ich fast ununterbrochen an Jannik gedacht habe, wissen meine

Freundinnen nicht. Und auch Jannik weiß es nicht. Nur Nicki in Kassel habe ich davon erzählt. Aber dann hat mich Raphael zwei Jahre lang von Jannik abgelenkt. Und danach kam Julius.

Kapitel 13

»Guten Morgen, Frau Hegemann.«

»Guten Morgen, Schätzchen.« Die alte Dame steht in der Küchentür und macht einen langen Hals. »Oh, das sieht aber wieder alles gut aus.«

»Ich hoffe, es schmeckt Ihnen auch genauso«, sage ich und halte ihr den Pott Kaffee hin. »Die Treppe knarzt, ich habe gehört, dass Sie kommen.«

Frau Hegemann nimmt die Tasse entgegen. Aber anstatt wieder hoch in ihr Zimmer zu gehen, kommt sie rein. »Ich darf doch, oder? Wissen Sie, ich habe früher einen kleinen Imbiss gehabt …« Sie beugt sich über ein Tablett mit frisch gebackenen Mini-Quiches.

Sie schnuppert genießerisch. »Oh«, sagt sie, die Augen plötzlich ganz wach, »das erinnert mich an meine Käse-Schinken-Törtchen von damals! Ihre sehen allerdings hübscher aus. Und sie riechen nach richtig guter Butter.«

»Die ist auch reichlich drin«, sage ich. »Und außerdem Lauch, Käse und ein Hauch Muskat.« Beim Backen habe ich mich ganz genau an Maras Rezept gehalten und an den Plan für die Tage, bis sie wieder hier ist.

»Sie verwöhnen uns«, sagt Frau Hegemann. »Sehr sogar.«

»So soll es auch sein.« Ich halte ihr ein kleines Schälchen mit einem Löffel Eiersalat hin. »Probieren Sie den mal. Den hat Frau Grabowski sich für heute gewünscht.«

Frau Hegemann nimmt den Löffel, kostet und bleibt einen Moment still. Dann hebt sie die Augenbrauen und schaut mich neugierig an. »Und was ist da drin? Der schmeckt so … ehrlich.«

Ich lächle. »Schmand, ein bisschen Mayonnaise und frisch gemahlener Pfeffer. Mehr nicht.«

Sie sieht mich an, als hätte ich ihr ein gut gehütetes Geheimnis anvertraut. »Kein Senf? Keine Gurke? Kein Gewürzsalz mit Riesenetikett?«

Ich schüttle den Kopf. »Kein Schnickschnack. Nur Ei, Schmand und ein bisschen Gefühl.«

Frau Hegemann nickt langsam, wie jemand, der gerade in seinem inneren Rezeptbuch eine Seite umblättert. »Manchmal muss man sich wieder an die einfachen Sachen erinnern lassen.« Dann grinst sie. »Aber verraten Sie das nicht den anderen. Die sollen denken, Sie hätten tagelang gerührt.«

»Versprochen«, sage ich. »Unser kleines Küchengeheimnis.«

Sie gibt mir die Schüssel zurück. »Das ist nicht selbstverständlich, wissen Sie das? Dass jemand sich so kümmert. Dass auf die Wünsche der Gäste wirklich eingegangen wird.«

»Mara ist das wichtig«, sage ich. »Und ich hab's einfach übernommen. Ich mach das gern.« Ich lächle, doch während ich mich wieder den Tellern zuwende, denke ich: Für ein paar Wochen ist es machbar, aber nur mit wenigen Gästen, überschaubaren Wünschen und genug Zeit für jedes Detail. Aber sobald die Saison beginnt? Wenn alle Zimmer belegt sind, die Küche unter Hochdruck läuft und ständig jemand kommt oder geht?

Ich sehe Mara vor mir: Wie sie abends Brot backt, morgens das Frühstück zubereitet, mittags Betten bezieht, nachmittags Gäste abholt und abends noch schnell die Fenster putzt, weil morgen Besuch aus Münster kommt. Ein Fahrservice von der Fähre, Zimmerreinigung, individuelle Frühstückswünsche, und das alles mit einem Lächeln. Und fast immer allein.

»Aber es ist schön, wenn man merkt, dass es ankommt«, sage ich laut. »Dass es jemand sieht.«

Frau Hegemann nickt. »Oh ja. Und wie es ankommt. Sie machen das ganz wunderbar.« Sie schaut sich kurz um und beugt sich leicht zu mir. »Und wenn ich darf, helfe ich Ihnen morgen gern bei den Vorbereitungen. Ich war schließlich mal vom Fach.«

»Sehr gern. Aber nur, wenn Sie mir auch das Rezept für Ihre Käse-Schinken-Törtchen verraten.«

»Ach«, sie winkt ab. »Da habe ich bessere Sachen auf Lager. Was halten Sie von Strammen Jungs auf Pumpernickel, mit ordentlich Gewürzgurke und einem Klecks Senf obendrauf? Oder meine Bütterken deluxe, mit Apfelscheiben und Röstzwiebeln. Da stehen Ihnen die Gäste Schlange, glauben Sie mir.«

Ich lache. »Das klingt üppig.«

»Kindchen«, sagt sie und sieht mich verschwörerisch an, »heutzutage ist es modern, fettreduzierte Kokosmilch mit

Chiasamen zu frühstücken, und dann wundern sie sich, warum sie um zehn schon wieder Hunger haben.« Sie lässt ihren Blick anerkennend über meine zubereiteten Speisen gleiten. »Aber das hier, das hat Substanz. Das hat Seele.«

Sie deutet mit ihrer Tasse auf die Mini-Quiches, den Eiersalat, das Brot. »Man sieht, dass Sie sich Mühe geben. Das hier ist Frühstück mit Handschlag.«

Ich schmunzle. »Das nehme ich jetzt mal als Kompliment.«

»Das ist eins.« Sie stibitzt sich frech eine der Mini-Quiches und tippelt davon. »Ich mach mich dann mal schick. Bis gleich.«

Ich schaue ihr nach, wie sie leichtfüßig mit ihrem Kaffeepott in der einen und der Quiche in der anderen Hand aus der Küche trippelt. Dass sie schon über achtzig ist, sieht man ihr wirklich nicht an.

Als sie um die Ecke verschwindet und ich im Flur das vertraute Knarzen der Treppe höre, atme ich durch und trage alles in den Frühstücksraum. Dort rücke ich noch eine Serviette zurecht, stelle die Teekanne auf das Stövchen und hole mein Handy aus der Schürzentasche. Nach einem kurzen Blick durch den Raum mache ich ein Foto und tippe: *Alles bereit. Frau Hegemann hat bereits gekostet und ist jetzt »in der Maske«. Morgen hilft sie beim Frühstück. Und dein Eiersalat war ein voller Erfolg. Liebe Grüße an dich!*

Die Nachricht schicke ich ab und weiß, dass Mara keine fünf Minuten später fragen wird, ob ich auch die Kaffeemaschine entkalkt und an den veganen Aufstrich gedacht habe. Das mit dem Abschalten hat also bisher noch nicht geklappt.

Aber das habe ich auch nicht anders erwartet. Zwei Tage reichen nicht, um Maras innere Frühstückspension zu schließen.

Es ist zehn nach elf, als ich die Spülmaschine einschalte. Die Damen haben fast drei Stunden gemeinsam gefrühstückt und zu sechst fast drei Liter Kaffee getrunken, eine Kanne Tee und je ein Glas Orangensaft. Die kleinen Leckereien haben sie komplett aufgeputzt. Und als ich Frau Haller, die mit der lautesten Stimme des Sextetts, von meinem eigentlichen Beruf erzählt habe, hat sie sich einen Überraschungskuchen für den Nachmittag gewünscht. Ich habe mich dazu hinreißen lassen, »Gern!« zu sagen, ganz die perfekte Gastgeberin.

»Am liebsten was mit viel Obst«, hat sie noch gerufen, als ich auf dem Weg in die Küche und sie eigentlich bereits wieder im Gespräch mit Frau Grabowski versunken war. Als hätte ich jederzeit ein Kilo Himbeeren und einen perfekten Biskuitboden in der Schublade. Ich muss heute also auf jeden Fall noch einkaufen gehen.

In der Küche klaffen auch die ersten Lücken, wie ich festgestellt habe. Die Eier sind fast alle, es ist nicht mehr genug Käse da, und die letzten Äpfel sind eher geeignet für Apfelmus als für Kuchen. Ich schreibe »Obst« auf die Einkaufsliste, dann fällt mir der Vorratskeller ein.

Die Tür quietscht leicht, als ich sie öffne, aber alles ist, wie ich nicht anders erwartet habe, in bestem Zustand. Ich stehe vor gleichmäßig angeordneten Regalbrettern und Etiketten in Maras geschwungener Handschrift. Mein Blick wandert über Gläser mit Zwetschgen, Quitten und Kompott von dunklen Kirschen. Und dann entdecke ich sie: drei große Gläser mit *eingekochten Birnen*, in heller Zuckerlösung, mit Vanillestangen, sauber beschriftet: *Williamsbirne, Oktober 2023*. Ich nehme eins aus dem Regal und schreibe in Gedanken dunkle Schokolade auf die Einkaufsliste.

Um zwölf Uhr stelle ich die Waschmaschine an, weil die Damen ihre Handtücher ausgewechselt haben wollen. Schließlich ziehe ich Jacke und Schuhe an und mache mich samt Einkaufstrolley auf den Weg zum Supermarkt. Das Teil ist nicht besonders elegant, aber unglaublich nützlich. Maras Modell ist dunkelblau mit kleinen weißen Punkten und hat einen Reißverschluss an der Rückseite, in dem ich einen zusammengefalteten Stoffbeutel entdecke. Ich ziehe die Kapuze über den Kopf, öffne die Haustür und lasse mir den kalten Dezemberwind ins Gesicht wehen. In den letzten beiden Tagen nach Maras Abreise ist das Thermometer rasant nach unten gefallen. Wir haben zwei Grad plus, der Himmel ist klar, ganz in der Nähe rauscht das Meer, und in der Luft liegt dieser salzige Hauch, der selbst den kürzesten Weg zum Supermarkt wie einen Kurzurlaub wirken lässt.

Der Einkaufstrolley holpert leicht über die Pflastersteine, während ich in Gedanken bereits den Kuchen präsentiere: *Birne trifft Schokolade* – saftig, warm, mit einem Schuss Espresso im Teig. Und ein kleines Schild für Frau Haller: *Überraschungskuchen*.

Im Supermarkt will ich gerade meine Einkäufe im Wagen zur Kasse schieben, da sehe ich einen Mann im Gang gegenüber, mit dem ich hier nicht gerechnet habe. Ich erkenne ihn sofort. Er steht seitlich von mir, den Kopf leicht geneigt, und studiert das Regal mit den Süßigkeiten. Sein Profil ist mir vertraut: die gerade Nase, das leicht kantige Kinn. Nur den Bart, den er nun trägt, habe ich an ihm noch nie gesehen. Und das störrische blonde Haar ist etwas länger. Früher hat er es immer sehr kurz getragen, nun kräuselt es sich im Nacken. Es ist Jannik. Er trägt eine dunkelgrüne, wattierte Jacke mit abgewetzten Ellbogen, darunter lugt ein grauer Wollpulli hervor. Seine Jeans ist hell, und an den Füßen trägt er braune Boots. Groß ist er, wie ich ihn in Erinnerung habe, und ein bisschen schmaler vielleicht.

Ich bleibe wie angewurzelt stehen, mitten im Gang bei den Haushaltswaren, direkt vor den Waschmitteln. Er hat mich nicht gesehen und greift nun ins Regal; während ich so tue, als würde ich mir die Vorzüge von Colorwaschmittel gegenüber Vollwaschmittel durch den Kopf gehen lassen, beobachte ich ihn aus dem Augenwinkel. Warum ich nicht auf ihn zugehe und einfach »Hallo« sage, als wäre es das Normalste auf der Welt, jemanden nach all der Zeit wiederzusehen, weiß ich selbst nicht. Stattdessen bleibe ich stehen und stelle fest, dass mein Herz ein wenig schneller klopft, als es sollte.

Unwillkürlich schüttele ich den Kopf und ärgere mich über mich selbst. Ich bin zweiunddreißig und fühle mich gerade wie die Fünfzehnjährige, die damals unsterblich in ihn verliebt war. Aber genau in dem Moment, in dem ich mich doch in Bewegung setzen will, ist Jannik auch schon auf dem Weg zur Kasse. Dann ist er weg.

»Tolle Leistung«, sage ich leise zu mir selbst und gehe auch bezahlen.

Draußen schaue ich mich noch einmal um, kann Jannik aber nirgends entdecken. Spätestens übermorgen werde ich ihn aber sowieso treffen, wenn wir, wie Fenja vorgeschlagen hat, gemeinsam die Kerze für Maras Vater anzünden. Wenigstens bin ich jetzt vorbereitet, sage ich mir, wobei mich meine Reaktion auf ihn nicht gerade entspannt.

Dass ich richtig gedacht habe, merke ich erst ein paar Minuten später. Ich biege gerade in den Vogteiweg ein, die Straße, in der Maras Haus liegt, als ich Jannik ein zweites Mal sehe. Er kommt direkt auf mich zu – und mein Herz klopft wieder ein wenig schneller.

Auch er hat mich entdeckt, hebt die Hand zum Gruß und beschleunigt seine Schritte. Kurz darauf bleibt er vor mir stehen. »Hey!«, sagt er. »Da bist du ja. Ich war gerade schon am Haus und wollte dich besuchen.«

»Hey!«, sage auch ich. Jetzt, wo Jannik direkt vor mir steht, fällt mir sofort wieder die kleine Narbe über seiner rechten Augenbraue auf, die nach all den Jahren immer noch sichtbar ist. Es ist ein feiner, blasser Strich, der an den Autounfall erinnert, bei dem Maras Vater gestorben ist. Und auch daran, dass Jannik mehr Glück gehabt hat. Wie ein Wunder ist er bei dem Frontalzusammenstoß mit dem Baum weitestgehend unverletzt geblieben. »Ich war einkaufen.«

»Sag bloß im Supermarkt um die Ecke? Dann haben wir uns nämlich nur knapp verpasst. Da war ich auch.« Jannik hebt eine braune Papiertüte hoch, die leicht knistert. »Ich habe was für dich gekauft.«

»Oh, echt?«

»Willst du raten?«, fragt er mit diesem leichten Schalk in der Stimme, der bei ihm nie ganz verschwindet.

»Nougat!«, antworte ich sofort.

Er grinst breit. »Bitte schön.«

Er reicht mir die Tüte, ich greife hinein – und tatsächlich: drei kleine Packungen der winzigen, quadratischen Nougatwürfel mit der goldenen Folie.

»Im Miniformat und gleich dreimal. Danke!« Ich grinse jetzt auch und halte sie einen Moment lang in der Hand, als wären es kleine Schätze.

Als Kind war ich ganz verrückt nach den Dingern. Ich war fest davon überzeugt, dass sie im Miniformat gemacht wurden, weil sie für Kinder waren.

Aber sie waren teuer. Es gab sie nur zu besonderen Gelegenheiten. Eine davon war mein erster Schultag. Eine Packung steckte ganz oben in meiner Schultüte, gleich neben einem Bleistift mit Pferdemotiv und einem Glitzerhaarband.

Später, als ich mit sechzehn meinen ersten richtigen Liebeskummer hatte, der, bei dem man nachts unter der Bettdecke weint, ohne zu wissen, wie lange es dauern wird, bis das Herz wieder ruhig schlägt, da hat Oma mir auch eine Packung gekauft. Ohne viel zu sagen. Sie hat sie einfach auf den Tisch gelegt, neben die Teetasse. Daran habe ich ewig nicht mehr gedacht.

Ich schaue Jannik an. »Du hast ein gutes Gedächtnis«, sage ich.

»Ja.« Er betrachtet mich aufmerksam und ruhig, mit diesem offenen Blick, den ich schon immer an ihm mochte. Dann fragt er leise: »Darf ich dich drücken?«

»Sehr gern.«

Er tritt einen halben Schritt näher und schließt die Arme um mich. Mein Gesicht liegt für einen Moment auf seiner Schulter, und ich schließe dabei die Augen. Als wir uns voneinander lösen, bleibt seine Hand noch einen Moment an meinem Arm.

»Gut, dich zu sehen«, sagt Jannik.

»Dito!« Ich lächle. Die Aufregung von eben ist verschwunden. Stattdessen ist da jetzt eine stille Vertrautheit, die sich breitmacht.

Jannik sieht mich an, als wolle er etwas sagen, entscheidet sich dann aber dagegen. Er blickt auf meinen Einkaufstrolley und hebt leicht die Augenbrauen.

»Shoppen für die Rommé-Damen? Fenja hat mir von ihnen erzählt.«

Ich lache leise. »Ja, sie haben sich einen Überraschungskuchen gewünscht. Und da ich im Keller noch eingemachte Birnen gefunden habe, will ich sie in Schokoteig versenken.«

»Birne Helene als Kuchen?«, fragt Jannik.

Ein kleines Lächeln spielt um meine Lippen. »Ja. Fühl dich eingeladen«, sage ich spontan. »Heute Nachmittag.«

Sein Blick verrät, dass er sich wirklich freut, bis Bedauern über sein Gesicht huscht. »Mist«, sagt er. »Ich bin heute Nachmittag schon verplant. Aber hättest du vielleicht Lust, am Abend mit mir was trinken zu gehen? Oder essen?«

Ich zögere. Nicht, weil ich nicht will, sondern weil ich

will und mir gleichzeitig klar wird, wie sehr ich mich auf heute Abend mit Fenja freue. »Ich bin schon mit deiner Schwester verabredet«, sage ich. »Und ehrlich gesagt – ich will den Abend mit ihr allein verbringen. Wir haben uns ewig nicht richtig gesehen.«

Jannik nickt sofort. »Versteh ich.«

»Aber«, sage ich, während ich mir eine Strähne hinters Ohr schiebe, »du könntest jetzt mitkommen. Auf einen Kaffee. Und vielleicht ein bisschen helfen?«

Er grinst, und ich erinnere mich daran, wie er früher mal behauptet hat, dass der beste Tag einer Woche immer der mit Schokolade sei. »Du hast doch auch«, füge ich schmunzelnd hinzu, »eine Schwäche für alles, was aus Kakaobohnen besteht.«

Jannik greift nach dem Trolley. »Außerdem bin ich ein hervorragender Teigrührer, wie du ja vielleicht noch weißt. Und ich lass dir diesmal auch was zum Naschen übrig, wenn ich die Teigschüssel auskratze.«

»Mara hat eine sehr gute Küchenmaschine«, sage ich schnell.

Er lacht. »Ach komm. So schlimm war's nicht.«

Ich sehe ihn von der Seite an. »Du hast den halben Teig mit dem Handrührgerät an die Fliesen geschleudert.«

»Unabsichtlich.«

»Und mindestens ein Viertel genascht, bevor der Kuchen überhaupt im Ofen war.«

»Professionelle Qualitätssicherung«, sagt er mit gespielter Würde.

Ich schüttle den Kopf, kann mir das Lächeln aber nicht verkneifen. »Wie alt waren wir damals eigentlich?«, frage ich.

Er denkt keine Sekunde nach. »Du warst vierzehn, ich sechzehn. Es war an Fenjas Geburtstag. Du hast extra deine rosa Schürze mitgebracht, mit der Erdbeere vorn drauf.«

Ich stutze. »Du erinnerst dich an die Schürze?«

»Ich erinnere mich an alles an dem Tag«, sagt er ruhig. »Auch an den Kuchen. Es war ein Zitronenkuchen, oder?«

»Mit Himbeeren. Die sollten rein, und ein paar wollten wir für den Puderzuckerguss aufheben, damit er rosa wird. Aber du hast sie alle vorher gegessen.«

»Das stimmt ja gar nicht. Ich habe lediglich getestet, ob sie noch genießbar sind, weil sie schon sehr weich waren.«

»Wenn das so ist, darfst du dich auch gern gleich als Tester der Birnen betätigen, bevor ich sie verarbeite. Ich gehe zwar davon aus, dass sie noch gut sind, aber sicher bin ich mir nicht.«

Er wirft mir einen skeptischen Blick zu, wir lachen beide und gehen nebeneinander den Vogteiweg entlang bis zu Maras Haus.

Kapitel 14

Jannik steht am Herd und rührt konzentriert mit einem Löffel in dem kleinen Topf, in dem sich langsam dunkle Schokolade im frisch aufgebrühten Espresso auflöst. Der Duft von Kaffee und Kakao vermischt sich mit dem warmen Vanillegeruch, der aus der Schüssel vor mir steigt, als ich einen Löffel der Essenz hineingebe.

Jannik lehnt sich kurz gegen die Arbeitsplatte, den Löffel noch in der Hand. »Ich hatte irgendwann einfach genug vom Herumziehen«, sagt er. »Genug von Hotelzimmern und Flughäfen. Ich wollte wieder festen Boden unter den Füßen haben. Also bin ich zurück nach Ney.«

Das weiß ich schon. Fenja hat es erzählt, zwischen einem Satz über ihre knarzende Gartenpforte und einem trockenen Kommentar über Wintergäste mit zu dünnen Jacken. Aber es ist interessant, es von ihm noch mal ausführlicher zu hören.

»Und wie geht es dir jetzt hier, so mitten im Winter?«, frage ich. »Wenn fast nichts los ist?«

»Ich genieße die Stille. Genau das habe ich gebraucht: kein Termindruck, kein Stimmengewirr. Nur Wind. Und Zeit.« Jannik rührt wieder in der Espresso-Schoko-Mischung.

»Ruhe«, sage ich.

»Ja. Zwischendurch hatte ich ein paar kleinere Jobs hier. Nichts Großes und auch nicht besonders anspruchsvoll, aber es macht erschreckenderweise Spaß. Ein Ferienhausbesitzer wollte neue Bilder für seine Website: alles in warmem Licht, mit Möwen am Himmel und dieser typisch nordfriesischen Melancholie.«

Ich grinse. »Möwen auf Kommando?«

»Du weißt ja, die Biester sind verfressen«, sagt er trocken. »Dafür hatte ich letzte Woche einen schönen Auftrag. Da war ich für die Tourist-Info unterwegs, sie wollten Winterbilder: Dünen, Pfützen, leere Bänke mit Blick aufs Watt. Ich mag das. Es erzählt mehr von der Insel als die Sommerpostkarten.«

Ich nicke langsam. Jannik war schon früher jemand, der das Leise im Lauten gesucht hat.

»Und nächste Woche«, fährt er fort, »mache ich ein paar Porträts von Frau Fisser.«

»Unsere ehemalige Nachbarin, die ein paar Häuser weiter gewohnt hat? Die, die sich früher mal so mit meiner Oma gestritten hat?«

»Genau die«, antwortet Jannik. »Wusstest du, dass sie Gedichte schreibt? Sie hat einen Band über das Inselleben rausgebracht und findet, dass ihre alten Passfotos nicht mehr ›zu ihrer inneren Landschaft‹ passen.« Er malt Anführungsstriche mit den Fingern in die Luft.

Kurz blitzt Frau Fisser vor meinem inneren Auge auf, wie sie am Gartenzaundurchbruch steht, mit den Armen in die Hüften gestemmt, die Lippen zu einem schmalen Strich gepresst, während ihre silbergrauen Locken im Wind flatterten wie die Wäsche auf der Leine. Ihre Augen sind wach und von einem stechenden Hellblau. Sie hatten immer diesen prüfenden Ausdruck, als wöge sie jedes Wort ab, bevor sie es gelten ließ. Damals war sie Mitte sechzig, drahtig, aufrecht, mit einem schnellen Schritt und einem nicht weniger scharfen Urteil.

»Ich habe sie bestimmt seit zehn Jahren nicht mehr gesehen«, sage ich. »Vielleicht sogar länger. Damals, als Oma noch hier lebte, da hatten die beiden sich ständig in den Haaren. Mal wegen der Hainbuchenhecke, die immer zu weit über Omas Garten auf die Straße wuchs, oder wegen des Pflaumenkuchens, den Oma angeblich für das Gemeindefest mit dem falschen Teig gebacken hatte.« Ich schnaube leise. »Aber irgendwie gehörte das auch dazu.«

»Sie hat sich verändert«, sagt Jannik. »Sie ist immer noch eigen, ja. Aber weicher, irgendwie. Und spezieller, was ihren Kleidungsstil angeht. Sie trägt jetzt diese langen, wollenen Westen, du weißt schon, die so handgestrickt aussehen, mit eingearbeiteten Muschelmustern.« Er hält inne, nippt an seinem Kaffee und schaut dann auf. »Als ich letztens bei ihr war, hat sie gesagt, der Winter schmeckt für sie nach Salz, nach Blei und nach verpassten Gelegenheiten. Und dass das Meer sie daran erinnert, dass alles irgendwann wiederkommt. Nur nicht immer in derselben Gestalt.«

Ich blinzele. Das klingt poetisch, aber echt nicht nach der streitlustigen Frau Fisser, die ich von früher kenne. »Sie schreibt jetzt echt Gedichte?«

»Ja, und sie klingen, als würde die Insel selbst flüstern«,

sagt Jannik. »Manche sind krumm und eigen wie ihre alten Apfelbäume. Aber da ist was drin, Helena. Etwas, das bleibt.«

Ich lasse seine Worte nachklingen. Eine Frau, die ich in Erinnerung habe wie eine verkniffene Gartenstatue mit Schürze und Stachelblick, schreibt nun Verse über das Meer und lässt sich porträtieren, weil ihr Inneres nicht mehr zu ihrem alten Passfoto passt.

»Sag mal«, frage ich schließlich, »wann fotografierst du sie?«

»Übermorgen«, sagt er. »Sie hat auf Licht um drei bestanden, sie meint, das sei das Richtige für ›den Glanz der späten Jahre‹.« Er schmunzelt. »Möchtest du mitkommen?«

»Das fände sie bestimmt nicht lustig. Also nein«, antworte ich und füge spontan hinzu: »Aber weißt du was, richte ihr doch bitte liebe Grüße von mir aus.«

»Mach ich.« Jannik tunkt seinen Finger in die Espresso-Schokolade, steckt ihn in den Mund und schließt kurz die Augen. »Mhm. Das wird richtig gut.«

Ich werfe ihm einen gespielt strengen Blick zu. »Wenn du so weitermachst, bleibt am Ende nur ein Hauch Aroma für den Kuchen übrig.«

Er grinst und hebt beide Hände. »Das war rein berufliches Probieren. Qualitätskontrolle.«

Ich schüttle lachend den Kopf und schiebe ihm eine der Birnenhälften hin, die ich inzwischen aus dem Glas genommen und abtropfen lassen habe. »Dann kontrollier mal weiter. Aber mit Messer und Gabel.«

»Verstanden«, sagt er und greift nach dem Schneidbrett.

»Du kannst gern etwas von der Schokomasse drüberträufeln. Ich habe extra etwas mehr gemacht. Birnen haben wir auch genug.«

Jannik nickt zufrieden, nimmt ein kleines Messer und beginnt, die Birnenhälfte in dünne Scheiben zu schneiden. Dann lässt er die Schokomasse langsam über das helle Fruchtfleisch fließen.

»So?« Er hebt das Brett leicht an und zeigt mir sein Werk, als hätte er gerade ein Dessert im Sternerestaurant angerichtet.

»Sieht aus wie im Feuilleton eines Feinkostmagazins«, sage ich trocken. »Fehlt nur noch ein Pinselstrich Himbeercoulis daneben. Hast du eigentlich schon mal an Food-Fotografie gedacht?«

Jannik rollt mit den Augen. »Bloß nicht.« Er legt seine Hand auf seinen Bauch. »Es gibt Dinge, die will ich einfach nur genießen.« Er betrachtet mich nachdenklich. »Wie ist das bei dir? Hat sich dein Blick aufs Backen verändert, seit du's beruflich machst? Ich mein, früher hast du ja gebacken, wenn du dir den Kopf freimachen wolltest. Jetzt ist es dein Alltag. Ist das noch Genuss für dich oder eher Grammangaben, Zeitpläne und Preiskalkulation?«

Ich zögere kurz, dann zucke ich mit den Schultern. »Die letzten Jahre habe ich ja kaum noch richtig gebacken, zumindest nicht so, wie ich es mal gelernt habe. Ich war meistens in der Küche von Julius' Restaurant eingespannt. Da gab es viel Herzhaftes, viel Improvisation, viele Tellergerichte. Und kaum Zeit für Mürbeteig oder Baiser. Dabei war das ja mal mein eigentlicher Beruf.«

»Schade«, sagt Jannik.

Ich nicke. »Oh ja. Aber weißt du was? Ich freu mich gerade richtig drauf, wieder damit anzufangen. Mit richtigen Kuchen. Mit Mehlsorten, die was können. Mit Teigen, die ruhen dürfen. Und mit Rezepten, die Geschichten erzählen. In Kassel wartet vielleicht ein kleines Café auf mich …«

Jannik hört aufmerksam zu. »Ich drück dir beide Daumen, dass es klappt«, sagt er schließlich. »Du hast doch früher immer schon von deinem eigenen kleinen Café geträumt.«

»Ja.« Ich seufze. »Es wird Zeit!«

»Sieht ganz danach aus«, sagt Jannik. Und kurz darauf: »Weißt du, es fühlt sich merkwürdig vertraut an, mit dir in dieser Küche zu stehen. Als hätte sich gar nicht so viel verändert in all den Jahren.«

Ich halte inne und sehe ihn kurz an. Dann zucke ich ganz leicht mit den Schultern. »Vielleicht hat es das ja auch nicht.«

Pünktlich um drei steht der Kuchen im Frühstücksraum. Der Duft von Schokolade und gebackenen Birnen liegt süß in der Luft, und durch die Fenster fällt ein milchiges Nachmittagslicht auf die gedeckte Tafel. Die Rommé-Damen sind noch auf ihren Zimmern, aber die große Kanne Friesentee steht schon bereit, und ich habe zwei Sahneschälchen neben die Kuchenglocke gestellt, weil Frau Haller gestern beiläufig erwähnte, dass »ein ordentlicher Klecks« nie schade.

Jannik habe ich versprochen, ihm ein großes Stück Kuchen aufzuheben. Ich habe angeboten, es Fenja mitzugeben, wenn ich sie am Abend treffe. Jannik wohnt zurzeit in einer der Ferienwohnungen seiner Eltern, in der großen roten Klinkervilla hinter dem alten Krüppelkiefernwäldchen, mit

Blick Richtung Dünen. Vier Wohnungen haben sie dort. Früher waren sie meist an Sommergäste vergeben, aber inzwischen stehen sie auch im Winter nicht leer: In einer wohnt Fenja, in der anderen, direkt nebenan, ist Jannik eingezogen, vorerst, wie er sagt. »Nur, bis ich weiß, wie lang ich bleibe.«

Den Kuchen darf ich Fenja nicht geben. »Lieber nicht«, hat Jannik gesagt. »Die isst den sonst selbst. Ohne mit der Wimper zu zucken.« Er hat den Kopf geschüttelt, halb belustigt, halb resigniert. »Du weißt ja, wie sie ist. Bei Süßem kennt sie keine Verwandten. Am Ende erzählt sie mir, sie habe ihn unterwegs ›verloren‹.«

Ich musste lachen, weil ich Fenja genau in diesem Moment vor mir sah, wie sie mit ihrer Jacke, die immer ein bisschen nach Teerose riecht, in der Küche steht, eine Gabel in der Hand, ganz schuldbewusst und mit leichtem Krümelrand am Mund: »Welcher Kuchen?«

Auf den dürfen sich nun aber erst einmal die Gäste freuen. Ich sehe auf die Uhr. Noch zehn Minuten, dann werden die Damen eine nach der anderen hier eintrudeln. Ich lege schon mal den Tortenheber zurecht und schneide den Kuchen in zwölf gleichmäßige Stücke. Sie sind nicht zu groß, nicht zu klein und genau richtig für ein gemütliches Stück am Nachmittag, mit Platz für einen Nachschlag, falls jemand schwach wird.

Das erste, besonders schöne Stück setze ich auf einen Teller für Jannik und bringe es in die Küche. Wir haben uns darauf geeinigt, dass er es morgen zum späten Frühstück um elf Uhr bekommt, zu dem wir uns hier verabredet haben.

Gerade als ich aus der Küche zurückkomme, höre ich

die Damen oben an der Treppe kichern. Nicht einzeln und mit würdevollen Schritten wie sonst, sondern im Rudel, lautstark, fast schon verschwörerisch. Sekunden später stehen sie im Frühstücksraum: alle sechs, dicht beieinander wie eine gut eingespielte Theatergruppe kurz vor der Vorstellung.

»Ohhh«, macht Frau Haller und bleibt dramatisch vor dem Tisch stehen. »Das sieht ja aus wie beim Konditor!«

»Ist die liebe Helena doch auch«, wirft Frau Grabowski ein. »Sie ist vom Fach!«

»Sagen Sie, was nehmen Sie denn dafür?«, fragt Frau Hegemann und lehnt sich neugierig über den Kuchen. »Der duftet himmlisch.«

Ich öffne den Mund und schließe ihn wieder. Daran habe ich tatsächlich noch gar nicht gedacht. Ich wollte einfach nur, dass er schmeckt. »Ich stelle eine kleine Spendendose auf«, entscheide ich. »So wie Mara das manchmal gemacht hat.«

»Ach, hör'n Sie auf mit Spenden!«, platzt es da ausgerechnet aus Frau Behr heraus, die sonst eher zu den Leiseren gehört. »Ich kenn doch meine Pappenheimer. Am Ende liegen da drei Euro zwanzig und ein Knopf drin!«

Es folgt eine kurze, lebhafte Diskussion. Worte wie Anstand, Wertschätzung und Kuchenhandwerk fliegen durch den Raum, bis sich alle ein wenig ausgeredet haben und Frau Lichtenberg trocken einwirft: »Also ich hab gestern in der Stadt vier achtzig für ein trockenes Stück Apfelkuchen gezahlt, ohne Sahne. Und noch mal genau so viel für den Tee.«

»Du würdest zehn Euro zahlen?«, fragt Frau Haller.

»Sie bekommen den Hauspreis«, entscheide ich spontan. »Drei Euro fürs Stück, ein Euro für einen Pott Tee.«

»Drei Euro fünfzig und eins fünfzig, macht fünf Euro pro Nase. Das ist fair«, entscheidet nun Frau Grabowski. »Punkt.«

Plötzlich herrscht Einigkeit, und alle nicken.

»Also gut«, sage ich, ein bisschen überrumpelt und auch ein bisschen gerührt. »Fünf Euro für Tee und Kuchen.«

Das ist im Grunde genommen immer noch zu wenig, wenn ich an die üblichen Preise denke, aber es fühlt sich richtig an. Nicht nach Verkauf, sondern nach Wertschätzung. Und ehrlich gesagt: Die Art, wie sie jetzt erwartungsvoll dasitzen, ein bisschen aufgedreht wie Mädchen bei einem Ausflug, ist unbezahlbar.

Frau Haller mustert ihr Kuchenstück von allen Seiten und sagt dann feierlich: »So. Und jetzt bitte nicht stören. Ich muss mich konzentrieren.«

»Ich auch«, murmelt Frau Behr, während sie sich die Serviette auf den Schoß legt, als säße sie in einem Fünf-Sterne-Restaurant.

Ich verteile die übrigen Stücke, gieße Tee nach, höre, wie jemand »mmmhh« macht, und sehe, wie Frau Hegemann genießerisch die Augen schließt, als würde sie sich für einen Moment von der Welt abmelden. »So hat meine Mutter gebacken«, sagt sie leise, mehr zu sich selbst als zu mir.

Mehr braucht es nicht. Kein großes Lob, kein Tamtam. Nur diesen Satz, der mich gleichzeitig wärmt und mir noch deutlicher macht, wo ich mich beruflich in der nächsten Zeit sehe.

Am Ende sind neun Kuchenstücke verputzt. Jede der Damen hat eineinhalb geschafft. Ich habe, samt Trinkgeld, sechzig Euro eingenommen und freue mich über die gelungene Premiere als Gastgeberin mit Kuchenlizenz.

Während ich beginne, die Teller abzuräumen, diskutieren die Damen bereits darüber, was es morgen geben könnte. Frau Haller schlägt etwas mit Mohn vor, Frau Grabowski hebt mahnend den Finger und sagt, die kleinen Körnchen blieben zwischen ihren Zähnen hängen.

Da meldet sich Frau Behr zu Wort, leise, aber bestimmt: »Hätten Sie denn überhaupt Lust und Zeit, Helena?«

Ich stelle gerade eine Teetasse auf das Tablett und sehe kurz auf. »Ja, klar!«, antworte ich, schneller, als ich gedacht hätte. Und während ich das sage, merke ich, dass ich es wirklich meine. »Ich backe gern noch mal für Sie.« Dann halte ich inne und sehe in die Runde. »Gibt es denn etwas außer Mohn, das jemand von Ihnen gar nicht mag oder nicht verträgt?«

Ein Murmeln geht durch die Gruppe. Frau Lichtenberg sagt: »Mir wäre lieb, wenn es nix mit zu viel Sahne gibt. Als Klecks obendrauf, ja. Nur keine Sahnetorte.«

Die anderen mögen und essen alles, wie sie beteuern, und sie alle wollen sich wieder überraschen lassen.

»Gut. Kein Mohn, keine Sahne. Aber lecker. Da fällt mir bestimmt was ein.« Ich schaue auf meine Uhr. »Aber ich muss das Café jetzt leider schließen. Es ist schon nach fünf, und ich habe gleich noch eine Verabredung.«

Gut gelaunt verabschieden sich die Damen von mir. Frau Grabowski bleibt noch einen Moment länger stehen. »Wenn Sie bei uns zu Hause in der Stadt ein Café hätten, wäre ich Stammkundin«, sagt sie.

Es dämmert schon, das Licht ist weich und silbern, als hätte jemand einen Filter über die Insel gelegt. Ich sitze im Schneidersitz im Sessel in meinem Zimmer, die Teetasse in beiden Händen, das Smartphone ans Ohr geklemmt.

»Hast du kurz Zeit?«, frage ich, als Nicki rangeht. »Ich muss dir was erzählen.«

»Schieß los.«

»Heute ist etwas Merkwürdiges passiert.« Ich seufze. »Also, ich war im Supermarkt, um die Zutaten für einen Kuchen einzukaufen. Und dann stand da plötzlich Jannik.«

»Okay – der Name sagt mir was. Aber nichts Konkretes. Hilf mir auf die Sprünge.«

»Das ist Fenjas Bruder. Ich hab dir nicht viel von ihm erzählt«, erkläre ich. »Er war so was wie mein Jugendschwarm. Wir hatten nie etwas miteinander, nicht mal einen Flirt. Ich war fünfzehn, er siebzehn, und wir haben uns einfach gut verstanden. Ich hab ihn so was von bewundert. Und irgendwann war ich bis über beide Ohren in ihn verknallt. Aber ich hab's ihm nie gesagt. Dann bin ich nach Kassel gezogen …« Ich halte kurz inne, erinnere mich an die Szene im Supermarkt. »Und heute steht er in einem anderen Gang, und ich hätte nur zu ihm gehen müssen, um Hallo zu sagen. Aber stattdessen habe ich mir minutenlang Waschpulver angeschaut, als wäre ich die größte Haushaltsexpertin der Insel.«

Nicki lacht laut und herzlich. »Oh, Helena.«

»Ich weiß.« Ich seufze wieder. »Ich war völlig überfordert. Mein Herz hat angefangen, schneller zu klopfen, wie früher.« Ich ziehe die Beine näher an mich, lehne mich in die Sessellehne. »Da war damals dieser Unfall. Ich habe dir mal davon erzählt. Maras Vater ist dabei gestorben. Jannik saß mit im Auto. Er war leicht verletzt. Ich war ja schon in Kassel, also habe ich ihm geschrieben. Und ich weiß auch noch genau, was. Nachdem ich vorher zwei Seiten vollgekritzelt hatte, habe ich alles in den Papierkorb geworfen und einfach nur: *Ich denke an dich. Wenn du willst, melde dich,* geschrieben. Aber er hat nie geantwortet.«

»Er war bestimmt traurig und musste das alles erst mal verarbeiten. Und danach?«

»Danach haben wir uns gelegentlich gesehen, wenn ich auf Norderney war. An Geburtstagen, bei gemeinsamen Freunden. Immer kurz, immer freundlich. Da war keine Aufregung, kein Kribbeln. Und heute reicht ein Blick, und es ist wieder da. Und ich frag mich: Warum jetzt?«

Nicki braucht einen Moment, bevor sie antwortet: »Vielleicht wegen dieser Muschelkette-Sache, das Versprechen, das ihr euch damals gegeben habt, du und deine beiden Freundinnen. Vielleicht sind da alte Erinnerungen hochgekommen. Man glaubt ja immer, man hat das alles verarbeitet«, fährt Nicki fort. »Aber Erinnerungen sind keine fertigen Kapitel. Es ist doch oft so, dass alte Geschichten plötzlich wieder auftauchen, wenn man an die Orte zurückkehrt, an denen sie entstanden sind. Und Jannik gehörte eben auch in diese Zeit.«

Ich blicke zum Fenster, wo sich die Lichter der Nachbarhäuser spiegeln. »Wahrscheinlich hast du recht. Ich denke ganz oft an meine Kindheit, seitdem ich hier bin.«

»Was bin ich nur für eine gute Hobbypsychologin!«, ruft Nicki triumphierend.

»Die beste«, erwidere ich. »Was würde ich ohne dich nur machen?«

»Dir weiter den Kopf zermartern, ist doch klar«, kontert sie. »Aber jetzt zu den wirklich wichtigen Dingen. Erzähl doch mal. Wie sieht dein Jannik denn aus? Was macht er? Und jetzt sag mir bitte nicht, dass er Fischer ist, muskelbepackt, bärtig, mit wettergegerbter Haut und einem Boot, auf dem er bei Sonnenaufgang übers Watt schippert, während im Hintergrund melancholisch eine Möwe kreischt.«

Ich lache. »Nein«, sage ich. »Ganz und gar nicht. Kein Boot, kein Muskelspiel, obwohl er ganz gut gebaut ist. Breite Schultern, groß …« Ich lehne mich zurück, lasse den Tee auf meinem Schoß stehen. »Er fotografiert. Natur, Menschen, Insellicht. In den letzten Jahren war er in der ganzen Welt unterwegs. Jetzt ist er ruhiger geworden, nachdenklicher vielleicht. Er wohnt in einer der Ferienwohnungen seiner Eltern, so wie Fenja auch. Vorübergehend, wie er sagt.«

»Hm«, macht Nicki. »Klingt nach jemandem, der sich noch sucht.«

»Oder gefunden hat«, entgegne ich. »Ich weiß es nicht. Aber er hatte diesen Blick, den man nur hat, wenn man im Reinen mit sich ist. Du weißt schon. Als würde er mich wirklich sehen. Nicht nur anschauen.«

Am anderen Ende ist es wieder still. Dann sagt Nicki mit einem feinen Lächeln in der Stimme: »Ich dachte, du hast nur das Waschpulver studiert und nicht ihn.«

»Ach so, ja … Als ich dann zurück zum Haus ging, kam

er mir entgegen. Er war nämlich im Supermarkt, um Nougat für mich zu kaufen, das er mir bringen wollte. Wir haben dann spontan gemeinsam gebacken.«

»Jetzt wird es interessant«, sagt Nicki. »Mit Herzklopfen?«

»Nein, das war weg. Es hat sich einfach angefühlt wie früher. Irgendwie sehr vertraut.«

»Oje«, sagt Nicki. »Ist er denn Single?«

»Weiß ich nicht«, antworte ich. »Außerdem bin ich doch eh bald wieder weg hier.«

Nicki fängt laut an zu lachen.

»Was?«, frage ich.

»Ich freu mich einfach«, sagt sie, immer noch kichernd. »Ganz egal, was daraus wird, mit deinem Jannik auf Norderney. In diesem Tonfall, so weich, aber gleichzeitig aufgeregt, habe ich dich schon lange nicht mehr über jemanden reden hören. Er scheint dein Licht wieder angeknipst zu haben. Und das ist auch gut so. Das heißt, dass du die Sabberlippe endgültig abgehakt hast.«

»Hab ich doch längst«, sage ich und muss plötzlich auch lachen. »Du hast recht. Ich fühl mich frei. Und ohne diesen inneren Knoten, der sonst immer da war.«

Nicki macht ein zufriedenes Geräusch. »Gut, ich habe nämlich letztens den verdammt netten Bruder einer Kollegin kennengelernt.«

»Du bist unmöglich«, schimpfe ich.

»Er ist Sportlehrer, Sport und Englisch.«

»Auch das noch. Vergiss es!«

Wir reden und lachen noch zehn Minuten. Als wir das Gespräch beenden, bin ich dank Nicki wieder ein wenig schlauer. Ich verstehe meine Reaktion auf Jannik besser und freue mich auf einen schönen Abend mit seiner Schwester.

Kapitel 15

Maras Rad ist ein echtes Kunstwerk. Sie hat Muscheln auf den Rahmen geklebt, kleine weiße und violette, dazwischen winzige Schneckenhäuser, manche mit Goldlack überzogen. Am Lenker hängt ein Weidenkorb, in den sie Hühnergötter und ein paar bunte Bänder eingearbeitet hat. Es quietscht ein wenig, als ich um die letzte Kurve biege. Der Wind fährt mir kalt unter den Parka, ich ziehe den Schal höher, bis er mir fast bis unter die Augen reicht, und schüttle mich einmal durch. Zum Glück habe ich in Kassel noch daran gedacht, meine Handschuhe einzupacken. Steife Finger im Fahrtwind sind auf der Insel keine Kleinigkeit. Der Wind beißt, selbst an Tagen, die auf den ersten Blick harmlos wirken.

Ich trete kräftiger in die Pedale und versuche, durch Bewegung Wärme in meine Beine zu bringen. Der Sattel ist ein bisschen zu niedrig eingestellt, weil ich die verrosteten Befestigungsschrauben nicht lockern konnte. Meine Knie stehen steil beim Treten, und bei jeder Bodenwelle klappert etwas am Schutzblech. Aber das stört mich nicht. Ich fahre an Häuserreihen vorbei, die vorweihnachtlich geschmückt sind. Es ist kurz nach halb sechs und längst stockfinster. Es ist dieses tiefe, dichte Schwarz, das Mitte Dezember schon am späten Nachmittag über die Insel fällt, als hätte jemand einen schweren Samtvorhang über den Himmel gezogen.

In den Fenstern leuchten Papiersterne und Lichterketten. Auf den Fensterbänken stehen rote Christsterne zwischen Tannengrün und kleinen Holzfiguren. Es ist still geschmückt, norddeutsch zurückhaltend, aber warm und einladend, wie ein Lichtzeichen gegen die frühe Dunkelheit.

Um Viertel vor sechs komme ich an der Buchhandlung an. Meine Finger sind trotz der Handschuhe eiskalt, als ich das Fahrrad in den Ständer vor der Tür schiebe. Ich bleibe einen Moment stehen und betrachte das Schaufenster. Zwischen kunstvoll gefalteten Sternen und fantasievollen Adventskalendern sind die weihnachtlichen Kinderbücher dekorativ arrangiert. Dazwischen stehen kleine Holzfiguren: ein tanzender Nussknacker, ein Elch mit roter Mütze und ein winziges Lebkuchenhaus, das aussieht, als könnte es nach Zimt duften. Ein paar Tannenzweige rahmen die Bücher ein, und in einer Ecke glitzert Kunstschnee auf einem Bett aus Watte. Mein Blick bleibt an einem Buch hängen, auf dessen Cover zwei Kinder zwischen Elfen, Kobolden und einer dampfenden Schüssel voll Teig in einer Backstube stehen. Die kleinen Wesen schauen verschmitzt und neugierig, als wollten sie gleich aus dem Buch herausklettern. Für einen Moment vergesse ich die Kälte, denn mir fällt unser Lieblingsbuch von früher ein. Plötzlich bin ich wieder acht oder neun. Fenja, Mara und ich liegen nebeneinander auf dem Bauch auf dem Wohnzimmerteppich, eine Wolldecke über den Füßen, vor uns das aufgeschlagene Buch *»Hinter verzau-*

berten Fenstern« von Cornelia Funke. Ich kann mich noch genau erinnern, wie wir Seite um Seite gelesen haben, Fenja immer ein bisschen schneller als wir, und wie wir uns gegenseitig zu erklären versuchten, was hinter dem nächsten Fenster wohl stecken könnte. Ich denke an unsere heißen Kakaotassen auf dem Couchtisch, an die Kerzen im Adventskranz, an die Stimme meiner Mutter, wenn sie uns zur Schlafenszeit ermahnte und wir um »nur noch zehn Minuten!« bettelten. Und während ich dastehe, den Blick auf das Schaufenster gerichtet, Maras wunderschönes Fahrrad neben mir, wird mir klar, dass ich all die Jahre nie so bewusst gefühlt habe: Ich hatte eine schöne Kindheit. Sie war nicht immer leicht. Aber warm, mit Menschen, zu denen ich immer wieder zurückfinden durfte. So wie auch jetzt.

Ein kleines Glöckchen klingelt über mir, als ich die Tür öffne. Fenja steht an der Kasse und kassiert gerade. Sie trägt eine grobe Strickjacke in dunklem Petrol und Zopfmuster. Ihr Haar hat sie locker hochgesteckt. Als ich reingehe, hebt sie den Blick, lächelt kurz und nickt mir zu.

Ich winke und beginne, mich im Laden umzusehen. Seit dem Umbau im letzten Jahr hat sich einiges verändert: Die Räume sind offener, die Regale heller, neue Genres haben Einzug gehalten. Und doch ist der Charme geblieben oder vielleicht sogar gewachsen.

Noch immer finden sich liebevoll gestaltete Details in jeder Ecke: eine kleine Möwenlampe über dem Kinderregal, ein Modell-Leuchtturm bei den Reisebüchern, ein alter Strandkorb als Leseplatz in der Belletristik. Es wirkt nicht inszeniert, sondern echt, wie eine Einladung zu bleiben.

Langsam schlendere ich an den Regalen entlang: Gedichte, Romane, Bildbände, Romantasy, englischsprachige Titel, ein ganzes Regal mit Notizbüchern in allen Farben und Formaten. Ich lasse die Augen über die Buchrücken schweifen und bleibe schließlich bei der Lyrik stehen.

Hier, zwischen zarten Einbänden, geprägtem Leinen und fein gesetzten Versen, habe ich das Gefühl, dass der Raum plötzlich anders atmet.

Ein schmaler, weißer Band sticht mir ins Auge. Auf dem Cover ist ein gemaltes Segelboot zu sehen, das sich auf stürmischer See behauptet. Die Linien sind grob skizziert, fast durchsichtig, als würde das Boot im nächsten Moment vom Wind erfasst und aus dem Bild gerissen. Im Hintergrund liegt, blass und nebelhaft angedeutet, die Silhouette unserer Insel.

Der Name der Autorin steht schlicht auf dem Umschlag: Imke Fisser. Es gibt keinen Titel, keine Zitatzeile, nicht einmal einen Untertitel. Nur das Bild und den Namen. Ich nehme das Buch in die Hand. Es muss der Gedichtband sein, von dem Jannik gesprochen hat. Die Gedichte, die unsere frühere Nachbarin geschrieben haben soll.

Ich spüre das kühle, matte Papier unter den Fingerspitzen. Dann lasse ich den Zufall entscheiden und schlage das Büchlein irgendwo in der Mitte auf.

Du bist das Meer in mir,
die Flut, die kommt,
wenn alles andere schweigt.

Es sind nur drei Zeilen. Und doch bleibt mein Blick daran hängen, länger als erwartet.

Ich lese sie noch einmal.

Du bist das Meer in mir.

Wer ist dieses »Du«? Ein Mensch? Eine Erinnerung? Eine Liebe, die geblieben ist, oder eine, die nie wirklich da war? Vielleicht auch nur ein Gefühl, das zu groß wurde für den Alltag.

Ich blättere weiter, bis mir ein weiteres Gedicht ins Auge springt. Diesmal sind es vier Zeilen, etwas rauer im Ton und dichter gesetzt.

Ich warte nicht mehr auf Wind,
ich bin der Sturm geworden.
Meine Stimme trägt Salz,
mein Herz schlägt gegen Felsen.
Nichts mehr in mir bittet um Erlaubnis.

Diese Zeilen klingen anders. Sie sind entschlossener, wilder, fast trotzig. Und auch hier lebt das Meer in der Sprache.

Ohne weiter darüber nachzudenken, klappe ich das Buch zu und gehe damit zur Kasse.

»Frau Fisser«, sagt Fenja, als sie sieht, was ich auf die Theke zum Bezahlen lege. »Schön.«

»Ja, finde ich auch.«

»Sie hat es nicht leicht gehabt, nachdem ihr Mann sie damals von einem Tag auf den anderen einfach so verlassen hat«, sagt sie leise. »Zumal die halbe Insel mitbekommen hat, dass er längst was mit einer anderen hatte. So was bleibt hier ja nicht lange verborgen.«

»Oh, das wusste ich nicht.«

»Ist ja auch schon eine Weile her.« Fenja überlegt einen Augenblick. »Etwa zehn Jahre.« Sie packt das Buch in eine Papiertüte. »Gedichtbände gehen hier eher selten über die Ladentheke, Romane mit ganz viel Inselfeeling sind unsere Verkaufsschlager«, sagt sie und zeigt auf einen Tisch direkt im Eingang, auf dem sich eine ganze Menge Bücher mit romantischen Einbänden stapeln, die quasi danach schreien, genau hier am Meer gelesen zu werden. »Aber ihr Buch verkauft sich auch erstaunlich gut.«

»Hast du es gelesen?«, frage ich.

»Ehrlich gesagt nur durchgeblättert. Aber ich habe mir immer mal wieder vorgenommen, mich dem in Ruhe zu widmen. Vielleicht nach dem Weihnachtsgeschäft, wenn ich die Muße dazu habe. Auf so was muss man sich einlassen.«

»Bei einer Tasse Tee im Lesesessel.« Ich grinse. »Oder bei einem Gläschen Haselnussgeist und einer Schachtel Nougat im Bett.«

»Klingt gut. Ich bin gespannt, was du erzählst«, sagt sie. »Gib mir fünf Minuten, dann können wir los. Wollen wir ins Kuselmann? Was meinst du?«

Wir schieben unsere Fahrräder nebeneinander her, bis wir aus der Stadtmitte raus sind. Dann steigen wir auf und fahren schweigend durch Gassen, vorbei an leeren Cafés und kleinen Läden, die ihre Lichter schon gelöscht haben. Ich habe mir meinen Schal bis über die Nasenspitze gewickelt. Der Wind hat aufgefrischt, er sticht bei jedem Atemzug, die Luft ist klar und schneidend. Wir fahren eine kleine Anhöhe zum Deich hoch. Links von uns rollt das Meer in Wellen auf den Strand zu. Rechts von uns leuchtet Norderney in warmen Lichtern. Wie sehr habe ich die Abende auf der Insel vermisst! Und auch die Nordsee, die dunkel neben uns liegt. Ein halber Mond hängt am Himmel. Auf der Wasseroberfläche liegt stählerner Glanz, als hätte jemand flüssiges Blei ausgegossen. Kein Boot ist unterwegs, kein Licht ist draußen zu sehen. Da ist nur das schimmernde Schwarz und das Rauschen des Wassers und des Windes, dieses Zusammenspiel, das einem das Herz weit und still zugleich macht. Der Wind weht mir meine Kapuze vom Kopf, zerrt an meinem Schal, ich ziehe ihn fester ums Gesicht. Und dann sind wir auch schon angekommen.

Kapitel 16

Das Restaurant am Strand ist einer dieser Orte, die von außen kaum auffallen. Unscheinbar, man könnte meinen, es sei ein normales Wohnhaus. Doch aus den Fenstern fällt warmes Licht. Wir stellen unsere Räder im Fahrradständer vor der Tür ab und gehen hinein. Es riecht nach Bratkartoffeln, wie ich sofort feststelle. Es ist nicht irgendein Duft, sondern genau dieser herzhafte, leicht rauchige, der an gusseiserne Pfannen erinnert, an geschmolzenes Butterschmalz, an goldgelbe Ränder und gebräunte Zwiebelwürfel.

Kaum haben wir die Tür hinter uns geschlossen, geht ein Kellner mit zwei Tellern an uns vorbei. Ich kann nicht anders, ich muss hinschauen. Auf beiden liegt ein Stück gebratener Kabeljau. Darunter ein Bett aus Bratkartoffeln. Kurz denke ich an Julius' Restaurant und daran, wie lang ich daran gefeilt habe, dass meine perfekt werden. Aber da werden wir auch schon von einer Frau begrüßt, die hinter der hölzernen Bar steht und gerade ein Weinglas poliert.

»He, Fenja!«, sagt sie mit einem Lächeln. Sie nickt mir zu. »He.«

»He!«, sagen Fenja und ich gleichzeitig.

Ich sehe mir die Frau unauffällig an, während wir an ihr vorbei zu einem freien Tisch am Fenster gehen. Ihr Gesicht wirkt vertraut, aber eine Bekannte ist sie wohl nicht. Vielleicht haben wir früher mal zur gleichen Zeit im Hallenbad unsere Schwimmabzeichen gemacht oder standen beide in der Schlange beim Inselbäcker? Aber nein, ich kenne sie nicht. Und sie mich offenbar auch nicht, sonst hätte sie bestimmt etwas zu mir gesagt.

Kurz darauf hängen wir unsere Jacken über die Stuhllehnen, wir setzen uns, und ich sehe mich um. Seit meinem letzten Besuch vor drei Jahren im Sommer hat sich kaum etwas geändert. Die Einrichtung besteht aus massivem Eichenholz. Sie ist schlicht, etwas in die Jahre gekommen, aber mit ganz viel Charme. An den beigen Wänden hängen große Fotografien aus vergangenen Zeiten. Sie bilden Norderney ab, zeigen die Marienhöhe, das Kurtheater, das Badehaus, und auch ein Foto vom Strand darf natürlich nicht fehlen.

Es dauert keine fünf Minuten, bis die Frau von der Theke mit einem Lächeln im Gesicht vor uns steht. Sie reicht uns die Karten. »Wollt ihr vielleicht schon etwas trinken?«

»Unbedingt«, sage ich. »Für mich bitte einen frischen Minztee und ein Glas Merlot.«

»Für mich das Gleiche«, sagt Fenja.

Die Bedienung grinst. »Spannende Kombi.«

»Zum Aufwärmen und danach zum Genießen«, erkläre ich.

»Klingt logisch. Kommt gleich.« Sie geht zurück hinter die Theke.

Fenja seufzt. »Es ist echt schön, dass du da bist.«

»Ja, das finde ich auch.« Ich schaue aus dem Fenster. »Ney in der kalten Jahreszeit ist schon was Besonderes, sonst war ich ja immer im Sommer da. Aber vor allem freue ich mich natürlich, dass ich euch jetzt mal wieder um mich rum habe. Auch wenn Mara jetzt gerade weg ist.«

»Für sie ist es super, dass du gekommen bist. Ohne dich hätte sie sich wahrscheinlich niemals eine Auszeit genommen.«

»Hat sie sich heute schon bei dir gemeldet?«, frage ich. »Ich habe noch nichts gehört. Und normalerweise kommt mindestens eine Erinnerungs-Nachricht von ihr. Oder sie will wissen, ob alles läuft, was ich ja verstehen kann.«

»Es geht ihr gut.« Fenjas Gesicht verändert sich. Ihre Stirn legt sich leicht in Falten, der Blick wird weicher, aber auch nachdenklich. Sie stützt die Ellbogen auf dem Tisch ab. »Wir haben vorhin kurz gesprochen. Sie überlegt, ob sie wirklich mal eine längere Auszeit einlegt. Sie will sich ein bisschen umsehen in der Welt, wie sie gesagt hat.«

Ich warte, denn ich sehe an Fenjas hochgezogenen Augenbrauen, dass da noch etwas kommt.

»Sie hat davon erzählt, mit ihrer Mutter nach Schweden zu fliegen«, fährt sie fort. »Das volle Programm, weißt du? Nordlichter jagen auf Schneemobilen, im Iglu schlafen, Elche füttern, Huskyschlittentour, all das. Und ehrlich gesagt, hab ich sie selten so begeistert erlebt.«

»Wow. Das klingt ja auch traumhaft.«

Fenja nickt langsam. »Ja, total. Aber ihre Mutter ist sich noch nicht sicher. Ihr neuer Lebensgefährte ist offenbar alles andere als begeistert von der Idee. Er will lieber in die Sonne, er ist so ein typischer Gran-Canaria-Typ. Flipflops, Poolbar, Happy Hour.«

»Will Mara denn, dass er mitkommt?«

»Nein. Es soll was für sie und ihre Mutter sein. Nur sie zwei. Aber er macht wohl ein bisschen Druck.«

Ich verziehe das Gesicht. »Na super.«

Fenja seufzt. »Tja, und jetzt hat Mara beschlossen, dass sie notfalls alleine fährt. Einfach los. Was ich verstehe, aber …«

»Aber du machst dir Sorgen.«

Fenja sieht mich an und nickt langsam. »Ja. Es ist nicht das Reisen an sich. Es wird ihr bestimmt guttun. Sie braucht das vielleicht auch gerade. Aber sie hat sich in der letzten Zeit immer mehr zurückgezogen.« Fenja zuckt mit den Schultern. »Ach, ich weiß auch nicht.«

»Sie will doch nicht in der Savanne irgendwelche Nashörner jagen gehen«, sage ich. »Und Schweden im Winter klingt toll. Da könnte ich glatt mitfahren.«

Den letzten Satz hätte ich nicht sagen dürfen. »Mach doch!«, sagt Fenja sofort.

»Nein.« Ich winke lachend ab. »Ich habe da ein Café, das vielleicht in Kassel auf mich wartet. Und außerdem bin ich jetzt ja erst mal hier, um mich um Maras Gäste zu kümmern. Wenn ich das nicht mache, kann sie doch gar nicht nach Schweden.«

»Du hast recht. Außerdem ist ja noch gar nichts entschieden. Aber was ist denn jetzt Stand der Dinge bei dir? Hat sich denn dieser Joshua noch mal gemeldet? Hat er mit dem Vermieter gesprochen?«

»Ich rufe ihn morgen an«, antworte ich.

»Da bin ich ja mal gespannt. Ich hoffe echt, dass es klappt. Du musst danach unbedingt berichten, wenn du mit ihm gesprochen hast.« Fenja deutet auf die Karte. »Aber jetzt lass uns erst mal etwas zu essen bestellen, ich habe echt Hunger.«

»Ich schwanke zwischen dem gebackenen Kürbis und der Trüffelpasta«, sage ich, nachdem ich die Karte studiert habe.

»Geht mir ähnlich, wobei ich auch große Lust auf eine klassische Gemüselasagne habe.«

»Dein Lieblingsessen«, sage ich und lächle.

»Nach all den Jahren unverändert.« Fenja schiebt die Karte ein Stück zur Seite, sie hat sich also schon entschieden. »Manche Dinge bleiben eben. Zum Glück.«

Ich horche überrascht auf. Für einen Moment bin ich mir nicht sicher, ob das nur eine beiläufige Bemerkung war oder ob mehr dahintersteckt. Ob sie damit vielleicht meinte, dass ich nicht auf Ney geblieben bin. Und ich bin auch nicht für immer zurückgekommen, wie ich damals hoch und heilig versprochen habe. Ich sage nichts. Manche Dinge dürfen einfach in der Luft hängen bleiben. Immerhin bin ich nicht freiwillig gegangen.

»Was nimmst du?«, fragt Fenja.

Ich entscheide mich für die Trüffelpasta. Wir teilen uns einen Brotkorb mit leckeren Aufstrichen als Vorspeise, lachen über alte Geschichten und erzählen uns welche, die neu für die jeweils andere sind.

»Gut, dass du Julius los bist, Helena«, sagt Fenja plötzlich. »Du warst in seinem Restaurant doch auch nie wirklich glücklich, oder?«

Ich überlege einen Moment. »Anfangs war es sehr schön«,

sage ich schließlich. »Da haben wir noch ab und zu zusammen gekocht, ausprobiert, neue Ideen gesammelt, viel gelacht. Ich hatte das Gefühl, wirklich Teil von etwas zu sein. Er hat sich dann überwiegend um den Gastraum gekümmert, ich mich um die Küche. Beruflich waren wir ein gutes Team.« Ich streiche mit dem Finger über den Rand meines Glases. »Aber mit der Zeit hat sich das verändert. Ich war nur noch die, die funktioniert. Die, die abliefert. Es gab kaum Raum für Kreativität. Und vor allem: Ich habe nicht mehr gebacken.«

Fenja zieht die Augenbrauen hoch. »Gar nicht?«

Ich schüttle den Kopf. »Nicht wirklich. Vielleicht mal einen Schokokuchen für das Personalessen, wenn es hochkam. Aber keine Torten, keine Tartelettes, keine Vanilleduftwolken am Morgen. Und das hat mir gefehlt. Ich habe das Backen vermisst. Richtig vermisst. Aber ich habe mir immer wieder schöngeredet, dass ich es immer noch privat als Hobby ausleben kann. Habe ich aber nicht. Dazu war ich meistens viel zu kaputt.«

Sie nickt, und ich sehe, wie ihr Blick warm wird.

»Ich habe zwar gern gekocht«, fahre ich fort, »und es war auch nicht so, dass ich mich gequält hätte. Es war oft schön, das Brutzeln, das Anrichten, der Moment, wenn die Teller aus der Küche getragen wurden, und ich wusste, das war jetzt gut. Aber das war nicht genug. Wenn ich backe, denke ich nicht nach. Ich fühle einfach. Und ich glaube, mit der Zeit bin ich irgendwie abgestumpft. Ich war ja gar nicht mehr ich selbst.« Ich nehme einen Schluck Wein. »Und dann kamen die langen Arbeitszeiten, die Wochenenden, an denen ich nie freihatte. Ich habe nur noch funktioniert. Meine Ideen, meine Lust auf Neues, alles wurde weggewischt. ›Nicht praktikabel‹, hat Julius gesagt. Oder: ›Dafür ist keine Zeit.‹ Irgendwann habe ich es einfach nicht mehr versucht. Er war der Chef, es war sein Restaurant, und ich letztendlich nur seine Angestellte.«

Fenja schaut mich lange an. »Das klingt traurig. Weil du doch immer so für das gebrannt hast, was du gemacht hast. Schon früher. Weißt du noch? In der alten Küche von deiner Oma, als du zum ersten Mal diese Zimtschnecken gemacht hast und alle dachten, du hättest sie gekauft?«

»Mein allererster Hefeteig.« Ich muss lächeln. »Das war noch mit der alten Küchenwaage. Die mit dem Sprung in der Anzeige.«

Fenja nickt. »Du warst so begeistert damals. So bei dir.«

»Heute habe ich für die Damen im Café einen Schoko-Birnen-Kuchen gebacken. Nichts Kompliziertes, aber saftig, mit dunkler Schokolade und Espresso im Teig. Und als ich ihn aus dem Ofen geholt habe, da war plötzlich alles wieder da. Dieses Kribbeln. Diese Ruhe. Das hat sich so gut angefühlt.«

Fenja lächelt. »Klingt, als wärst du da ganz in deinem Element gewesen.«

»War ich. Und morgen kriegen sie was Neues. Ich dachte an einen Rahmkuchen, mit Mürbeteig, in dem ein Hauch Kardamom steckt.«

»Oh, das klingt lecker. Und du klingst so zufrieden dabei«, sagt Fenja leise. »Wie du's erzählst, das ist einfach schön. Gut, dass du dich jetzt um dich kümmerst.«

Ich nicke. »Ja! Und du? Was gibt es bei dir eigentlich Neues? Gibt es aktuell jemanden in deinem Leben?«

»Na ja, nach der Trennung von Alex vor drei Jahren habe ich ja erst mal ein Jahr lang einfach nichts gemacht. Ich wollte rausfinden, wer ich bin, wenn keiner was von mir will und mich beeinflusst. Ich meine, wir waren seit Ewigkeiten ein Paar. Und dann habe ich festgestellt, dass ich mich als Erwachsene selbst nicht wirklich kenne, dass ich keinen Plan hatte, wer ich eigentlich bin.«

»Und? Hast du's rausgefunden?«

»Ich bin noch dabei«, sagt Fenja ernst. »Aber es wird besser. Ich lebe allein. Ohne Beziehung, ohne Drama. Ich stehe morgens auf, mache Yoga, schreibe meine Gedanken auf, trinke Kaffee, gehe arbeiten. Am Anfang war es eine Challenge, ich wusste überhaupt nicht, wie Alleinsein funktioniert. Und … wie erfüllend es sein kann. Aktuell bin ich mehr als glücklich. Ich suche nicht. Aber ich glaube, irgendwann kommt der Richtige. Einfach so. Von ganz allein. Und wenn doch nicht, habe ich mich. Und ich habe gelernt, dass das reicht.« Fenjas Augen leuchten, und sie wirkt zufrieden.

»Ich freue mich für dich, Fenja«, sage ich. »Das hört sich alles sehr erfüllend an.«

»Das ist es. Weißt du …«

Ich lausche Fenjas Worten und spüre beim Zuhören den leisen Wunsch in mir aufsteigen, dass ich da auch hinkomme. Irgendwann. Vielleicht nicht morgen. Vielleicht nicht mal übermorgen. Aber irgendwann. Noch bin ich nicht so weit. Ich stecke irgendwo zwischen dem, was war, und dem, was vielleicht kommen könnte. Aber zum ersten Mal seit Langem fühlt es sich nicht mehr an wie ein Irrweg, sondern wie ein Übergang.

»Und das mit dem Yoga, das kriegst du morgens wirklich hin?«, frage ich schließlich mit einem kleinen Lächeln in der Stimme.

Fenja lacht. »Nicht immer. Aber es hilft. Und es ist mein Moment. Nur für mich.«

Ich nicke. Nur für mich. Ein Gedanke, der sich warm und leise in mir anfühlt.

Nach dem Essen bezahlen wir. Draußen weht ein eisiger Wind. Ich bin mir sicher, dass wir nun zum ersten Mal Minusgrade haben, wahrscheinlich knapp unter null, aber es fühlt sich kälter an, hier an der See. Der Himmel ist nun vollkommen klar. Sterne funkeln wie stecknadelkleine Splitter, ein halber Mond hängt am Himmel und taucht alles in einen silbrigen Glanz.

Fenja schaut auf ihre Uhr. »Gleich halb zehn. Wollen wir noch runter zum Wasser?«

Ich nicke und ziehe meine Kapuze über die Wollmütze.

Wir laufen den schmalen Pfad hinunter, unsere Schritte knirschen im Sand. Kleine Wölkchen bilden sich beim Ausatmen vor unseren Mündern und verschwinden wieder. Das Rauschen des Meeres nimmt alles ein, inklusive meiner Gedanken. Der Wind pustet meinen Kopf frei, der Klang der Wellen beruhigt mich. Immer, wenn ich auf Norderney bin, nehme ich mir vor, häufiger zu kommen, und ich weiß nicht, warum ich es nicht mache.

»Am Spülsaum steht jemand«, sagt Fenja plötzlich leise.

Ich blinzle gegen den Wind und kneife die Augen ein wenig zusammen. Im ersten Moment nehme ich nur eine Bewegung wahr, einen dunklen Schatten, der sich kaum vom Hintergrund abhebt. Doch dann erkenne ich eine Gestalt, kaum dreißig Meter entfernt, dort, wo das Wasser in silbrigen Wellen an den Strand läuft.

Die Person steht vollkommen still, fast wie ein Teil der Landschaft. Sie trägt einen dunklen, langen Mantel, der im Wind flattert, und eine helle Mütze, die sich deutlich vom schwarzen Wasser und dem dunklen Himmel abhebt.

Wir gehen weiter und in einigem Abstand an der Person vorbei, um sie nicht zu stören, doch da fällt mir auf, dass sie bis zu den Waden im Wasser steht.

Kapitel 17

»Das ist Annika«, sagt Fenja.

Ich drehe den Kopf, starre in die Richtung, aus der wir eben noch gekommen sind, und versuche, in der Silhouette, die so unbewegt in der Brandung steht, ein vertrautes Gesicht zu erkennen. Aber es ist zu dunkel, zu weit, und das Licht des Mondes ist nicht hell genug.

»Wir sollten sie ansprechen«, sage ich, ohne nachzudenken, nur aus einem Gefühl heraus. »Komm.«

Fenja nickt. Wir wenden uns um und gehen langsam auf Annika zu. Das Wasser ist nun ganz nah, der Boden weicher, dunkler, das Rauschen lauter. Der kalte Wind weht uns Tröpfchen vom Meer ins Gesicht.

Als wir fast bei ihr sind, sagt Fenja mit gedämpfter Stimme: »Annika? Bitte erschrick dich nicht, ja? Ich bin's, Fenja, und ich habe Helena bei mir.«

Annika reagiert nicht sofort. Ihr Blick geht aufs Wasser hinaus, wie festgefroren.

»Annika, alles in Ordnung?«, fragt Fenja, jetzt mit einem Hauch mehr Nachdruck, aber immer noch behutsam.

Ganz langsam dreht Annika den Kopf in unsere Richtung. Für einen Moment habe ich das Gefühl, sie wisse nicht, wo sie ist. Oder wer wir sind. Aber dann fängt sie sich.

»Mir geht's gut«, sagt sie. Ihre Stimme klingt belegt, als hätte sie lange nicht gesprochen.

Ich trete einen halben Schritt näher. »Du stehst mitten im Wasser.«

»Ich weiß.« Sie sagt es nicht trotzig, nicht einmal traurig. Eher sachlich. Als wäre das alles vollkommen in Ordnung.

Ich werfe Fenja einen Blick zu. Auch sie sieht irritiert aus, bleibt aber ruhig. »Du bist schon ganz nass. Es ist kalt heute Abend.«

Annika sieht wieder aufs Meer hinaus. Noch immer ist da etwas Unnahbares an ihr, dann atmet sie tief ein, und sie nickt. Langsam dreht sie sich aus dem Wasser, Schritt für Schritt, die Hosenbeine dunkel und tropfend. Als sie mich ansieht, huscht ein kleines, erkennendes Lächeln über ihr Gesicht. »Lange nicht mehr gesehen. He.«

»Ja«, sage ich. »Ungefähr fünfzehn Jahre nicht mehr.« Ich nicke zum Deich. »Kommst du mit uns zurück?«

»Ja.«

Wir nehmen sie in unsere Mitte, und die ersten Meter sagt keine von uns etwas. Ich warte darauf, dass Fenja das Wort ergreift, da sie Annika besser kennt. Aber es ist schließlich Annika, die sagt: »Ich weiß, das sah gerade seltsam aus.« Ihre Stimme ist ruhig, fast ein wenig heiser, als müsse sie sich erst wieder daran gewöhnen, laut zu sprechen. »Ich gehe manchmal ins Wasser, wenn ich klar denken muss«, fährt Annika fort, ohne dass sie eine von uns anschaut. »Nicht weit, nur so wie eben. Es beruhigt mich.« Sie bleibt stehen und zieht ein Hosenbein hoch. »Das sind wasserdichte Stiefel, sie gehen fast bis zu den Knien.«

So ganz nehme ich ihr die Erklärung nicht ab. Da ist irgendetwas an ihrer Stimme, dieser gleichmäßige Ton, diese fast überlegte Sachlichkeit, die auf mich wirkt wie ein Schutzschild. Ich sehe sie an, wie sie neben mir steht. Es ist dieselbe Annika von früher und doch eine völlig andere. Ihr Gesicht ist etwas runder geworden, und da ist eine neue Ruhe in ihren Zügen, die mich überrascht. Früher empfand ich ihre Stimme oft als scharf, manchmal sogar keifend, besonders wenn sie sich ungerecht behandelt fühlte oder alles auf einmal wollte.

»So ein Blödsinn!«, sagt Fenja nun streng. »Du stellst dich doch nicht mitten im Dezember bei diesem Wind um diese Uhrzeit ins Wasser, weil du deine Gedanken ordnen willst.« Sie sieht an Annika runter. »Und wenn, dann hättest du wenigstens deine Hose in die Stiefel stecken können.« Sie schnauft. »Mir ist fast das Herz in die Hose gerutscht, als ich dich da stehen sehen habe. Tu mir den Gefallen und bleibe beim nächsten Mal zwei Meter weit weg vom Wasser.«

Annika ist wohl genauso überrascht wie ich. Für einen Moment blinzelt sie nur, als müsste sie prüfen, ob Fenjas Worte tatsächlich ihr gelten, dann seufzt sie und sagt: »Ich wollte euch wirklich nicht erschrecken. Ehrlich gesagt habe ich gar nicht gemerkt, wie hoch das Wasser an mir hochgeschwappt ist. Es ist nur so …« Ihre Stimme bricht etwas, und sie räuspert sich. »Meine Tochter übernachtet heute zum ersten Mal bei meinen Eltern. Ich habe also seit Langem mal wieder einen Abend für mich.«

Sie macht eine kleine Pause, als müsste sie den nächsten Satz innerlich vorsortieren, bevor sie ihn ausspricht. Dann fährt sie fort: »Ich hatte mich richtig darauf gefreut. Auf Ruhe, auf Zeit, auf Stille. Aber als ich dann zu Hause war, allein in der Wohnung, da war da plötzlich diese Leere. Es war zu still. Ich dachte, ich genieße das. Stattdessen habe ich mich einsam gefühlt. Aber da war niemand, den ich hätte fragen können … Und dann dachte ich, vielleicht hilft es, wenn ich ans Meer gehe. Einfach nur ein bisschen draußen sein, durchatmen.«

Fenja schnaubt leise, aber es klingt weniger streng als zuvor. »Nächstes Mal rufst du mich an, bevor du dich in die Fluten stellst, okay? Dann hätte ich dir nämlich gesagt, dass ich heute mit Helena essen gehe, und hätte dich gefragt, ob du mitkommen willst.«

»Echt?«, fragt Annika und sieht erst Fenja und dann mich an, als könne sie kaum glauben, dass das ernst gemeint ist.

Ich spüre, wie sich in mir etwas zusammenzieht. Für einen Moment muss ich schlucken. Ich hätte nicht gedacht, dass mich das so berührt, dieser einfache Satz, dieses kleine Staunen in Annikas Stimme. Sie ist einsam.

»Ich hätte mich auch gefreut, wenn du mitgekommen wärst«, sage ich. »Davon mal ganz abgesehen ist es ja noch nicht so spät. Wir können das immer noch nachholen. Was haltet ihr von einem Glühwein?« Ich werfe einen Blick auf Annikas durchnässte Hosenbeine, die bei jedem Schritt schwer an ihr herunterhängen. »In Anbetracht deiner … Gesamtsituation vielleicht besser nicht draußen.« Ich grinse schief und deute vage in Richtung Deich. »Wie wär's bei einer von uns? Wärmflasche, trockene Socken und irgendwas mit Zimt in der Luft?«

Annika sieht mich einen Moment lang an, als müsste sie prüfen, ob ich das wirklich ernst meine. Dann blitzt ein Funken in ihren Augen auf. »Klingt ziemlich perfekt«, sagt sie.

Fenja streckt demonstrativ den Daumen in die Luft. »Ich bin dabei. Und ich hab noch eine Flasche vom guten Winzerglühwein. Nicht diese zuckrige Supermarktplörre.«

»Dann ist die Entscheidung wohl gefallen«, sage ich. »Bist du zu Fuß oder mit dem Rad hier, Annika?«

»Mit dem Rad«, antwortet sie.

»Passt!«, sagt Fenja. »Worauf warten wir?«

Wir stapfen weiter durch den Sand, zurück in Richtung der Promenade, wo am Restaurant unsere Fahrräder warten. Ich höre unsere Schritte, das Rauschen des Meeres hinter uns, und ich freue mich, dass sich so plötzlich eine Tür geöffnet hat.

Der Glühwein schmeckt nach Nelken, Orangenschale und einem Hauch von Zimt. Die Tassen liegen schwer und warm in unseren Händen, und ich merke, wie meine Finger langsam wieder auftauen. Ich sitze mit Fenja auf der Couch, wir teilen uns eine weiche Decke. Annika hat sich im Sessel zusammengerollt, ihre nasse Hose hängt über der Heizung, und sie trägt Fenjas graue Jogginghose, die ein bisschen aussieht, als gehöre sie längst in die Altkleidersammlung. An unseren Füßen tragen wir alle dicke geringelte Rutschesocken.

Die Kerzen auf dem Couchtisch flackern ruhig, und aus der Box klingt leise Musik. Unsere Gespräche wandern von

Thema zu Thema. Mal sind sie albern, mal ernst, aber nie schwer.

Mitten in dieses leise Stimmengewirr hinein fragt Annika plötzlich: »Und was ist eigentlich mit Jannik? Er wohnt doch jetzt auch hier, oder?«

Fenja hebt den Blick. »Ja, gleich nebenan.« Sie stellt ihre Tasse auf der Sofalehne ab und schüttelt den Kopf. »Jetzt, wo du es sagst … Den habe ich heute noch gar nicht gesehen. Eigentlich wollte er mittags in der Buchhandlung vorbeikommen, um sich mein Ladegerät für sein Handy von mir zu leihen, aber er ist nicht aufgetaucht.«

»Er war bei mir«, sage ich.

Beide sehen mich an.

»Ganz spontan«, erkläre ich. »Er hat mir beim Backen geholfen. Na ja, geholfen ist vielleicht zu viel gesagt. Er hat Espressoschokolade geschmolzen und sich dann demonstrativ in die Küche gestellt, als hätte er das Rezept erfunden.«

Fenja lacht überrascht. »Und das erzählst du erst jetzt?«

Ich zucke mit den Schultern. »Ich dachte, du wüsstest es längst. Eigentlich wollte ich dir ein Stück von dem Schoko-Birnenkuchen für ihn mitgeben, weil er danach wegmusste und unbedingt eins probieren wollte. Aber Jannik meinte, du würdest sie sowieso selbst aufessen, Fenja. Deswegen soll ich es lieber für ihn aufheben, und er holt es sich morgen.«

Fenja lehnt sich zurück und schüttelt grinsend den Kopf. »Das klingt ganz nach ihm. Für Schokolade würde er wahrscheinlich sogar im Schlafanzug durch den Ort laufen. Auch im Winter.«

Annika schnaubt in ihre Tasse. »Erinnert ihr euch an diesen legendären Abend, als er bei Fietes Geburtstagsfeier im Schrebergarten die ganze Mousse au Chocolat mit dem Löffel gegessen hat? Direkt aus der Schüssel.«

»Das war in diesem blauen Hemd mit der Ananas, oder?«, ruft Fenja, und Annika lacht laut.

Sie war das Mädchen mit dem Sommersprossengesicht und den hellen Augen, die böse funkeln konnten, wenn ihr etwas nicht passte. Aber wenn sie lachen musste, so wie jetzt, dann war es kein kleines, höfliches Kichern, sondern ein echtes, lautes Lachen, das aus dem Bauch kam und alles durchdrang.

»Genau, und er hat es dabei geschafft, sich sowohl auf die Schulter zu kleckern als auch auf die Couchdecke«, sage ich.

»Das waren noch Zeiten«, sagt Fenja.

»Ja.« Ich seufze wohlig.

»Und Mara?«, fragt Annika. »Wo ist die eigentlich? Ihr wart doch früher immer nur zu dritt unterwegs.« Sie wird ernst. »Ehrlich gesagt, habe ich euch immer ein bisschen beneidet. Ihr wart so was wie die drei Musketiere für mich.« Sie zieht die Stirn kraus. »Wo ich es jetzt so sage, was sind das eigentlich für Tiere, kommt das aus dem Englischen?«

Fenja und ich schauen sie einen Moment sprachlos an, dann prusten wir beide gleichzeitig los. Ich wische mir die Tränen aus den Augen, als Fenja ihr erklärt, dass es kein Tier ist, sondern Musketiere eben Männer mit Musketen waren, also Soldaten.

»Wusste ich echt nicht«, sagt Annika und schüttelt grinsend den Kopf. »Aber klingt einleuchtend.«

»Mara ist bei ihrer Mutter, und weil sie gerade Gäste hat,

habe ich die Pension für die Zeit übernommen«, erkläre ich, als wir uns alle wieder ein bisschen beruhigt haben.

»Ach so«, sagt Annika. »Aber sonst wohnst du schon noch in Kassel? Oder bist du auch zurück nach Ney gekommen?«

»In Kassel …«

Die Zeit vergeht so schnell, dass ich fast erschrecke, als ich auf meinem Handy nach der Uhrzeit schaue und feststelle, dass es schon halb eins ist. »Wir sollten dann mal …«, sage ich zu Annika, und sie nickt.

Wir sind beide leicht angeschwipst, als wir eine Viertelstunde später auf unsere Räder steigen. Dabei schaue ich noch einmal nach oben. In der Wohnung neben Fenjas ist eins der Fenster beleuchtet. Jannik ist zu Hause und wohl noch wach.

Kapitel 18

»Nun, meine Damen«, sage ich mit einem Lächeln, während ich die leeren Kaffeetassen einsammle, »es war mir wie immer ein Fest, Sie zu bewirten. Aber ich fürchte, unser Märchenfrühstück neigt sich dem Ende zu.«

»Ach, wie schade«, seufzt Frau Löwenstein und schaut etwas betrübt auf ihre Tasse, als hätte sie gerade den letzten Tropfen des besten Tees der Welt verschüttet. »Es war ein Hochgenuss, Schätzchen.«

»Vor allem der Friesentee!«, ruft Frau Grabowski. »Der war so kräftig, ich dachte schon, ich schweb fort.«

Frau Haller nickt zustimmend, wobei sie beinahe ihre Tasse umwirft. »Der war fantastisch! Fast könnte ich mir vorstellen, auf Kaffee zu verzichten und ganz auf Tee umzusteigen.«

»Pff!« Frau Behr pfeift durch ihre Zähne. »Nichts geht über den ersten Pott Kaffee am Morgen, so lecker dieser Tee auch sein mag.«

Lachend nehme ich die leeren Tassen entgegen. »Ich brauche beides. Und wie immer war es ein Vergnügen, Sie beim Frühstück begrüßen zu dürfen.«

»Wir sehen uns später beim Kuchen«, sagt Frau Lichtenberg. »Das ist doch noch aktuell, richtig, Kindchen?«, fragt sie, schnappt sich ihre Tasche und schlurft langsam die Treppe hoch.

Ich muss schmunzeln. Das war keine Frage, es war ein subtiles Erinnern daran, dass die Damen sich am Nachmittag genau an dieser Stelle wieder versammeln werden, um ihren Überraschungskuchen in Empfang zu nehmen. Und ich weiß auch schon ganz genau, womit ich sie heute überraschen werde.

»Bis später«, ruft Frau Behr, dreht sich auf der Diele noch einmal um und zwinkert mir zu. Ich mag die alte Dame, die bis vor wenigen Minuten noch ihr Kreuzworträtsel während der letzten Tasse Tee gelöst hat. Frau Haller war heute Morgen wieder die Erste und hat mir erzählt, dass Frau Behr regelrecht süchtig danach ist. Aber nicht wegen des Wissens und der Gedanken, die sie sich dabei machen muss. Frau Behr ist hinter den Preisen her. Jede Woche löst sie etliche Rätsel und nimmt an Gewinnspielen teil. Neben Krimskrams, den keiner braucht, sind dabei auch schon ein paar Reisen und vor einigen Jahren ein spritzig rotes Cabriolet herumgekommen, mit dem sie hin und wieder zum Arzt oder zum Bioladen fährt. Einmal, hat Frau Haller erzählt, sei sie sogar mit einem Seidenschal und Sonnenbrille darin vorgefahren, als wäre sie eine Schauspielerin auf dem Weg zur Premierenfeier.

Nachdem die Frauen in ihren Zimmern verschwunden sind, atme ich tief ein. Eine angenehme Stille breitet sich aus, die mich nach all dem Trubel der letzten Stunden willkommen heißt. Aber auch ein bisschen Müdigkeit macht sich in mir breit. Der Abend gestern war lang und meine Nacht dementsprechend kurz. Ich blicke auf mein Handy. Es ist kurz vor zehn. Schnell räume ich die restlichen Sachen ab, schalte die Spülmaschine ein, dann gehe ich runter in mein Zimmer und rufe Joshua an.

»Helena!«, sagt er sofort gut gelaunt, als hätte er nur auf meinen Anruf gewartet. »Perfektes Timing. Ich habe auch gerade an dich gedacht.«

»Gibt es denn Neuigkeiten?«, frage ich, bemüht, meine Stimme ruhig zu halten.

»Ja«, antwortet er. »Ich habe eben noch mal mit Herrn Kuntz gesprochen. Er möchte sich Anfang Januar mit dir treffen, um die Vertragsdetails zu besprechen. Und wenn alles passt zwischen euch, dann könntest du ab März übernehmen.«

Ich halte kurz den Atem an. Die Worte klingen nach der nächsten Tür, die sich öffnet. »Echt jetzt?«

»Absolut«, sagt Joshua. »Er ist begeistert von der Idee, ein Café anstatt einer Imbissbude in seinen Räumlichkeiten zu haben. Dein Konzept hat ihm gefallen. Und er hat sich wohl auch bei deinem früheren Arbeitgeber über dich informiert.«

Ich muss schlucken. Hat er etwa mit Julius gesprochen? Einen Moment lang sitze ich einfach nur da, das Handy am Ohr. Ich habe dem Vermieter über Joshua ein Kurzkonzept geschickt, mit Fotos und Skizzen, einer groben Kalkulation und einer Beschreibung davon, wie ich mir das Café vorstelle. An das Konzept habe ich meinen Lebenslauf angehängt, knapp, sachlich und ehrlich.

Nach dem Abitur habe ich eine Ausbildung zur Konditorin gemacht. Ich bin übernommen worden und geblieben, lange sogar, habe Hochzeitstorten gemacht und Sahneträume, die mich selbst manchmal überrascht haben. Später war ich ein paar Monate in Italien, um bei einer befreundeten Familie meiner Chefin in der Patisserie zu lernen, wie man Gebäck macht, das nach Sonne schmeckt: Ricciarelli, Cannoli, Kastanienkuchen mit Rosmarin. Danach war ich in Wien, habe mich durch die Klassiker gearbeitet, Schicht für Schicht, Glasur für Glasur. In einer kleinen Konditorei nahe der Josefstadt lernte ich, was es bedeutet, Geduld zu haben und wie man Sachertorten glasiert, ohne dass sich eine einzige Blase bildet.

Zurück in Deutschland, stand ich oft vor Sonnenaufgang in der Backstube, mit Teig an den Fingern und Vanilleduft in der Nase, während der Tag langsam begann. Die Gäste habe ich selten gesehen. Ich mochte diese Welt hinter der Tür, in der ich still, konzentriert und ganz bei mir arbeiten konnte. Und dann kam Julius. Er suchte eine Torte für die Hochzeit seines besten Freundes, die mehr war als nur süßes Beiwerk. Unsere Chefin war an dem Tag krank, und so wurde ich nach vorn gebeten.

Er hat nicht viel gesagt. Ich habe ihm drei verschiedene Varianten vorgeschlagen, ihm erklärt, wie sich Schokolade und Frucht auf der Zunge verbinden, welche Füllung im Sommer zu schwer wirkt und welche im Hochsommer nicht stehen bleibt. Er hat aufmerksam genickt und irgendwann gefragt, ob ich die Torte selbst backen würde.

»Wenn Sie sie rechtzeitig bestellen, ja«, habe ich gesagt.

Er hat sie bestellt.

Ein halbes Jahr später waren wir ein Paar. Zwei Jahre später war ich seine Angestellte. In seinem Restaurant, das er damals übernommen hat wie andere einen Oldtimer: mit Stolz, Ehrgeiz und einer fast kindlichen Begeisterung. Für ihn war es ein Aufstieg. Für mich wurde es mit der Zeit ein Abstieg.

»Bist du noch da?«, fragt Joshua.

»Ja, ja«, sage ich schnell. »Ich musste das nur eben sacken lassen. Danke, Joshua. Ohne dich hätte das nie geklappt.«

»Ach was«, wiegelt er ab. »Er kennt wohl deinen alten Arbeitgeber aus der Konditorei. Und der hat ein verdammt gutes Wort für dich eingelegt. Die beiden sind über einen Golfclub oder so verbunden.«

»Oh. Das hat er dir gesagt?«, frage ich. Plötzlich ist da ein Kloß in meinem Hals, den ich nicht ganz einordnen kann. Es war also nicht Julius, sondern mein alter Chef. Herr Pohlmann hat nie viel geredet. Aber wenn, dann saß es. Lob waren bei ihm keine Streusel, die er großzügig über alle verteilte. Ein zufriedenes Nicken von ihm bedeutete mehr als zehn überschwängliche Worte von jemand anderem.

Kurz nach meiner Ausbildung hat er die Konditorei an seine Tochter übergeben. Mit ihr kam ich gut aus, wir konnten miteinander lachen, sie hat mich oft machen lassen, hat mir vertraut. Sie war experimentierfreudiger, offener, hat sich für meine Ideen interessiert. Und doch habe ich nie aufgehört, auf dieses seltene Nicken ihres Vaters zu hoffen, wenn er mal vorbeisah, auf dieses stille Zeichen, dass ich es richtig mache.

Dass ausgerechnet er jetzt für mich spricht, ohne dass

ich davon wusste, ohne dass ich es eingefordert habe, das berührt mich auf eine Weise, die ich kaum in Worte fassen kann.

»Ja«, sagt Joshua. »Und dass alles reibungslos über die Bühne gehen soll. Herr Kuntz wünscht sich einen nahtlosen Übergang, ohne Leerstand, und wird sich wohl die Tage telefonisch bei dir melden, um noch mal persönlich mit dir zu sprechen. Ob es letztendlich auch wirklich klappt, weiß ich natürlich nicht. Aber so wie ich es verstanden habe, hat er großes Interesse.«

Die Worte brauchen einen Moment, um bei mir anzukommen. In den letzten Tagen habe ich den Fokus ein bisschen verloren, aber vielleicht war genau das gar nicht so verkehrt. Und jetzt sieht es so aus, als bekäme ich tatsächlich mein eigenes kleines Café in Kassel.

»Das ist … das ist unglaublich, Joshua«, sage ich, und ein Lächeln breitet sich auf meinem Gesicht aus. Der Traum, der so lange in mir geschlummert hat, den ich so lange hintenangestellt habe, ist plötzlich zum Greifen nah.

»Ich freu mich für dich!«, sagt Joshua, und ich höre, dass er es ernst meint.

»Danke, echt, für alles! Du hast natürlich lebenslanges Kuchenrecht, ist ja wohl klar.«

Joshua lacht. »Das lasse ich mir schriftlich geben. Mit Unterschrift und Stempel. Und zwar auf dem besten Tortenpapier.«

»Mach ich«, sage ich. »Handschriftlich. Und du darfst dir immer das größte Stück aussuchen.«

»Das sowieso«, sagt er.

Nachdem wir das Gespräch beendet haben, bleibe ich einfach so sitzen, das Smartphone noch in der Hand, und schaue aus dem Fenster.

Dabei denke ich an Herrn Pohlmann, der ein gutes Wort für mich eingelegt hat. Und an Joshua, den ich gar nicht richtig kenne, der mir aber einfach geholfen hat, als wäre es selbstverständlich. Ohne Bedingungen, ohne Erwartungen. Ich bin dankbar für all das, was sich still und leise gefügt hat, damit dieser Moment jetzt überhaupt möglich ist.

Und dann wird mir etwas klar, was ich lange übersehen habe: Die Arbeit bei Julius war vielleicht nicht das, was ich mir auf Dauer gewünscht habe. Sie hat mich ausgelaugt, sie hat mich phasenweise klein gemacht, und ja, sie hat mich müde werden lassen. Aber es war kein Abstieg. Nicht wirklich. Denn ich habe auch von Julius gelernt. Von seiner Art, mit Gästen umzugehen. Wie er sich ihre Namen merkte, ihre Vorlieben, ihre Geschichten. Wie er schon beim Eintreten wusste, ob jemand einen Platz am Fenster brauchte oder lieber in der Ecke sitzen wollte. Wie er unaufdringlich präsent war, charmant, aufmerksam, ohne sich je aufzudrängen.

Ich habe gesehen, wie wichtig das war. Wie sehr es Menschen verändert, wenn man ihnen mit echter Freundlichkeit begegnet. Nicht aus Pflicht, sondern aus echtem Interesse. Julius konnte das. Er konnte einen Raum so führen, dass sich alle wohlfühlten, auch wenn sie nicht genau wussten, warum.

Ich habe ihm oft zugesehen. Und ich habe gelernt. Ich habe mitgenommen, was ich gebraucht habe, ohne es zu wissen. Auch die Büroarbeit, die ich erledigt habe, wird mir helfen. Ich werde meinen eigenen Ort schaffen, an dem Menschen gern bleiben. Nicht, weil es gerade passt, sondern weil es sich richtig anfühlt. Einen Ort, an dem es nach frisch gebackenem Kuchen und frisch aufgebrühtem Kaffee duftet und der sich nach einem zweiten Zuhause anfühlt.

Das Knarzen der Dielen über mir reißt mich aus meinen Gedanken, die Damen geistern im Haus umher. Wenn ich heute noch alles schaffen möchte, sollte ich mich lieber an den Überraschungskuchen machen.

In der Küche riecht es nach Butter und warmer Vanille. Ich habe gerade die Quarkmasse angerührt, streiche sie behutsam auf den mit Aprikosen belegten Mürbeteigboden. Während ich die Masse glatt streiche, gleitet mein Blick zum Fenster. Draußen wirbelt der Wind kleine Blätter auf, als würde er meine Gefühle spiegeln. Ich kann nicht glauben, dass das gerade wirklich passiert ist.

Ich tippe mit dem Finger gegen den Rand der Schüssel, koste die Creme. Sie ist perfekt. Nicht zu süß. Genau wie Oma ihn früher gemacht hat. Ob dieser Kuchen es hin und wieder auch in mein Café schaffen wird? Ganz sicher!

Der Ofen piept. Ich öffne ihn vorsichtig, lasse Hitze entweichen, setze die Springform auf das Rost und schiebe sie hinein. Während sich die ersten Schwaden süßer Wärme in der Küche ausbreiten, ist es einen Moment ganz still. Ich nehme einen tiefen Atemzug, seufze und spüre, wie sich wohlige Wärme in meinem Bauch breitmacht. Doch das Klingeln der Tür reißt mich aus meinem Moment. Kurz darauf schaue ich auf Jannik.

»He, Helena!«, sagt er.

»Oh nein!«, entfährt es mir. »Dich habe ich ja ganz vergessen.«

Er zieht eine Schnute. »Ich kann auch wieder gehen.«

»Nein, nein«, sage ich schnell und trete zur Seite. »Ich hatte nur gerade ein wichtiges Telefonat und habe danach für die Damen gebacken, nicht wirklich dich. Ich freue mich, dass du da bist.«

»Es wird immer kälter!«, sagt er, kommt rein, zieht sich die dunkelblaue Wollmütze vom Kopf und hängt seinen Parka mit einer beiläufigen Bewegung an die Garderobe.

Sein Haar trägt er heute zu einem kleinen Dutt im Nacken zusammengebunden, Strähnen haben sich gelöst und kräuseln sich leicht vom Fahrtwind. Mein Blick bleibt kurz an diesem Detail hängen, und mein Kopf stellt unwillkürlich den Jannik aus meiner Jugend neben den Mann, der jetzt vor mir steht. Die breiten Schultern, der ruhige Gang, das leichte Schmunzeln in seinen Augen, vieles an ihm ist anders, gereifter, klarer. Und doch ist da diese vertraute Ausstrahlung geblieben, diese Mischung aus Zuversicht und Leichtigkeit, die schon früher dafür gesorgt hat, dass man sich in seiner Nähe entspannen konnte.

»Du hast mich echt vergessen!«, sagt er, seine Stimme hat diesen hellen, fast schelmischen Ton, der mich lächeln lässt, noch bevor ich in seine ausgestreckten Arme trete. »Aber ich verzeih dir.« Er drückt mich zur Begrüßung. »Es riecht mal wieder sagenhaft hier, Helena. Was backst du?«

»Käsekuchen mit Aprikosen«, sage ich. »Und du bekommst jetzt ein unglaublich gutes, spätes Frühstück.«

Jannik folgt mir in Richtung Küche. »Käsekuchen zum Frühstück?«, fragt er.

Ich muss lachen. »Gute Idee, aber der ist für die Rommé-Damen. Für uns habe ich etwas anderes geplant.«

»Schoko-Espresso-Birnenkuchen?«, fragt er.

»Den bekommst du auch, versprochen! Aber jetzt gibt es erst mal meine berüchtigten Avocado-Frühstückstoasts.«

»Das klingt super! Kann ich dir helfen?«

»Du kannst Tee kochen«, schlage ich vor.

Jannik nickt und macht sich sofort ans Werk, so auch ich. Ich schneide vier Scheiben von dem frischen Stutenlaib ab, den ich heute Morgen noch schnell beim Bäcker um die Ecke besorgt habe. Selbst backen habe ich nicht mehr geschafft, aber das wird schon gehen. Ich beträufle sie mit Olivenöl und stelle eine Pfanne auf den Herd. Während die ersten Röstaromen den Raum erfüllen, schneide ich Avocado, Mozzarella und Tomate in hauchdünne Scheiben, hole Maras vegane Tomatencreme aus dem Kühlschrank, zupfe ein paar Basilikumblätter von der Pflanze auf der Fensterbank und hacke Walnüsse in kleine Stücke.

Jannik schielt zu mir rüber. »Das sieht jetzt schon gut aus!«

»Dann warte mal den ersten Bissen ab!«, sage ich.

Zehn Minuten später sitzen wir am Tisch. Vor uns zwei dampfende Tassen Tee und die zugegeben grandios aussehenden Toasts.

»Darf ich?«, fragt Jannik. »Mir läuft das Wasser im Mund zusammen!«

»Klar!« Ich beobachte ihn, während er den ersten Bissen nimmt.

Seine Augen weiten sich kurz, dann schließt er sie genießerisch. »Mmh! Helena, das ist wirklich gut. Wie machst du das nur?«

»Was meinst du?«, hake ich nach.

»Das hier schmeckt irgendwie heimelig, nach zu Hause, richtiges Soulfood!«

»Freut mich, dass es dir schmeckt!«, sage ich. »Genau das ist es, was ich immer wollte. Gefühle mit meinen Kreationen auslösen. Kuchen kann das auch.«

»Daran besteht kein Zweifel!«, sagt Jannik und nimmt erneut einen Bissen.

Bis wir unsere Toasts vollständig verputzt haben, sind wir beide ganz still. Das ist ein gutes Zeichen. Meine Oma hat früher immer gesagt, dass sie wisse, wenn es schmeckt, wenn die Gäste nicht zu hören sind. Und Oma hatte recht.

»Danke, Helena! Das war wirklich großartig. Du solltest deine Künste unbedingt unter die Menschen bringen. Apropos, gibt es eigentlich etwas Neues?«

Durch seine Frage wird mir bewusst, dass ich das, was vor wenigen Minuten passiert ist, vollständig verdrängt habe, seitdem Jannik hier ist. »Das war das wichtige Telefonat. Ich hab das Café, sofern ich mit dem Vermieter einig werde«, sage ich und sehe ihn an.

»Im Ernst?« Ein Lächeln macht sich auf Janniks Gesicht breit.

»Ja, es ist fast sicher. Der Vermieter will mich treffen, Anfang Januar. Und wenn alles passt, dann könnte ich ab März übernehmen.«

»Das ist ja der Wahnsinn«, sagt er und schüttelt ungläubig den Kopf. »Das wird großartig.«

»Ja«, sage ich, »ich bin auch etwas überwältigt. Aber auch so glücklich.«

Jannik nickt. »Du hast es dir wirklich verdient!«

Ich nippe an meinem Tee. Der Moment, der so klar und geerdet erscheint, lässt mich für einen Augenblick einfach atmen und genießen. Es fühlt sich an, als würde alles, was ich mir erträumt habe, endlich zu einem Teil meines Lebens werden. Und Jannik hat recht, ich habe es mir wirklich verdient. Ich spüre, dass er es ernst meint. »Bereit für den Kuchen?«, frage ich.

»Und wie!«

Kurz darauf lässt Jannik die Gabel durch die Schicht aus Schokoganache, Birnenspalten und dem saftigen Teig gleiten. Dann führt er das Stück langsam zum Mund, als wollte er die Vorfreude noch ein wenig ausdehnen, bevor er es probiert. Ich sehe, wie seine Gesichtszüge sich entspannen, wie seine Augen sich kurz schließen. Für einen Moment sagt er nichts.

»Okay«, murmelt er dann mit vollem Mund, »das ist nicht nur lecker. Das ist unverschämt gut.« Er nimmt noch einen Bissen, diesmal schneller, und lehnt sich dann zurück. »Ich meine, wie kannst du so was im Kühlschrank stehen lassen, ohne es selbst zu essen? Hast du einen Vertrag mit deinem inneren Schweinehund abgeschlossen, oder was?«

Ich lache. »Ehrlich gesagt, waren zwei Stück übrig. Ich bin

relativ spät nach Hause gekommen, weil ich bei Fenja noch Glühwein getrunken habe, und habe eins davon gegessen. Kurz habe ich überlegt, ob ich mir noch das zweite gönne, aber dann habe ich es doch nicht übers Herz gebracht. Ich wollte gern genau diesen Moment sehen, wenn du den ersten Bissen probierst.«

»Er war perfekt!« Er sieht mich an, ein kleines Lächeln umspielt seine Lippen.

Ich will gerade etwas erwidern, da greift er wieder zur Gabel und sagt: »Du weißt schon, dass du damit die Messlatte gesetzt hast. Ich werde nie wieder einfach so Kuchen kaufen können. Ich werde immer denken: netter Versuch – aber er ist nicht von Helena.«

»Dann musst du wohl öfter vorbeikommen«, sage ich.

Er hebt seine Tasse. »Das lasse ich mal als offizielle Einladung gelten.«

Wärme breitet sich in meinem Bauch aus, und die kommt nicht vom Kaffee, den ich gerade trinke.

Da sagt Jannik: »Ich habe euch kichern gehört, gestern bei Fenja. Dass du dabei warst, wusste ich ja, aber ich habe mich die ganze Zeit gefragt, wer die andere Person ist. Maras Rad kenne ich, das ist ja nicht zu übersehen. Aber da war noch eins vor dem Haus.«

»Das war von Annika«, erkläre ich.

Seine Augenbrauen wandern nach oben. »Ach komm, damit hätte ich jetzt echt am allerwenigsten gerechnet.«

»Es war eine spontane Aktion, wir haben uns zufällig am Strand getroffen …«, erzähle ich. Dass Annika dabei wadentief im Wasser stand, behalte ich für mich. »Auf jeden Fall war es ein sehr lustiger Abend.« Ich grinse. »Dabei war auch die Schokomousse auf deinem blauen Hemd mit Ananas ein Thema …«

»Nein! Daran habe ich ja überhaupt nicht mehr gedacht«, sagt Jannik und grinst. »Das war doch in der Zeit, als du ständig diese knallbunten Röhrenjeans getragen hast, oder?«

Ich lache sofort. »Ja! Ich hatte eine pinkfarbene, eine türkisfarbene und diese eine grüne mit den Nieten an der Tasche. Und auf meinen T-Shirts waren immer Glitzeraufdrucke wie *Princess of Pastry* oder *Cupcake Queen*. Ich war halt früh auf meinem kulinarischen Weg unterwegs.«

»Das war eine wilde Zeit«, sagt Jannik. Dann sieht er mich an. »Und es ist schön, dass wir heute wieder hier sitzen, oder? Ohne Neonfarben. Ohne Glitzer. Und ohne Ananas.« Er legt seine Gabel neben den Teller. Nicht einen Krümel hat er übrig gelassen. »Und es war mit Abstand der beste Kuchen, den ich seit Langem gegessen habe. Schade, dass du dein Café nicht hier eröffnest, ich wäre einer deiner besten Kunden.«

»Schön, dass er dir geschmeckt hat!«, sage ich und lasse meinen Blick schweifen. Zu Jannik, der sich satt und glücklich in den Stuhl zurücklehnt und durch den Frühstücksraum, der mir in so kurzer Zeit ans Herz gewachsen ist.

»Sag mal, Helena, hast du vielleicht Lust, mich noch ein Stück zu begleiten? Ich muss mich langsam auf den Weg zu Frau Fisser machen, wir könnten am Strand entlanggehen«, reißt Jannik mich aus meinen Gedanken. »Natürlich nur, wenn du hier nicht zu viel zu tun hast.«

»Nein, ich komme gern mit. Ich wollte sowieso mal an unserem alten Haus vorbeigehen.« Ich schaue auf die Uhr, stehe auf und hole den Kuchen aus dem Ofen. Er ist ganz leicht gebräunt, genau so, wie es sein soll. Die Damen werden sich freuen. »Das ist für mich so eine Art Pflichtbesuch. Mindestens einmal pro Aufenthalt.«

»Weißt du«, sagt Jannik, »ich war damals echt traurig, als ihr weggezogen seid.« Er schaut mich an, ernst und offen. »Ich habe das damals vielleicht nicht so gezeigt, aber du hast hier eine Lücke hinterlassen. Ich hab dich vermisst, Helena.«

»Danke«, sage ich. »Das bedeutet mir viel.«

Jannik lächelt ein wenig verlegen. »Und jetzt an den Strand!«

Kapitel 19

Norderney, Dezember 1959

Der Dezember war kalt geworden. Schon Anfang des Monats hatte sich der Frost in die Ritzen der Straßen gelegt. Morgens glitzerten die Gräser auf den Dünen, als hätte jemand heimlich Zucker darübergestreut. Unter Gretjes Stiefeln knackte das Eis auf den Pfützen. Sie mochte dieses Geräusch. Es war klar und scharf, so wie die Luft in diesen Tagen.

In der Schule waren die letzten Stunden vor den Ferien langsam verronnen. Frau Albers hatte gemurrt, dass jedes Jahr früher Schluss sei, »dieses Weihnachtsgedöns«. Gretje hatte ihre Schulhefte ordentlich in den Schrank gelegt. Jetzt lag das Schreibheft unter ihrem Kopfkissen, dort, wo sonst der Bernstein lag, wenn sie schlief. Aber den trug sie fast immer bei sich. Es war gut, ihn in der Tasche zu spüren. Er war warm und fest und erinnerte sie daran, dass eben doch nicht alles vergänglich war.

Lene war aufgeregt gewesen. Schon seit Wochen hatte sie erzählt, dass sie mit ihrer Familie über Weihnachten aufs Festland fahren würden. »Zu Oma und Opa, die wohnen in Emden. Ich freu mich auf die Zugfahrt!«

Gretje hatte gelächelt. Natürlich hatte sie gelächelt. Lene

freute sich so sehr. Und sie wollte ja nicht … nicht wieder die sein, die alles mit ihrer Schwermut verdarb. Aber seit Tagen war ihr flau im Bauch. Zwei Wochen, hatte Lene gesagt. Vielleicht länger, wenn das Wetter schlecht blieb. Zwei Wochen waren … furchtbar lang.

Am letzten Schultag hatte Lene sie noch an die Seite gezogen. »Ich komm doch wieder«, hatte sie gesagt und sanft an Gretjes Ärmel gezupft. »Ist doch klar.«

Gretje hatte nur nicken können. Ihr Hals war so eng gewesen, dass sie kaum ein Wort herausgebracht hätte.

Am Morgen nach Lenes Abreise war die Insel stiller als sonst. Schon beim Aufwachen hatte Gretje es gespürt: Das Wissen fehlte, dass Lene irgendwo draußen war. Vielleicht an der Düne, in ihrem geheimen Zuhause, auf dem Weg zum Laden. Oder irgendwo, wo man ihr zufällig begegnen konnte. Jetzt war sie fort. Und plötzlich erschien alles leerer.

Gretje zog sich an, langsam, Schicht für Schicht. Sie wollte nicht im Haus bleiben. Da war es schlimmer. Da spürte sie Frau Albers' Blicke, spürte die Worte, die nicht gesagt wurden.

Draußen fegte der Wind durch die Gassen. Sie ging wie von selbst den vertrauten Weg zur Düne. Der Platz war leer. Natürlich war er leer. Ein paar Möwen standen im Sand, dick aufgeplustert gegen die Kälte. Sie waren noch da. Das tröstete ein wenig. Gretje zog den Mantel enger um sich, vergrub die Hände tief in den Taschen. In einer davon lag der Bernstein. Sie schloss die Finger darum.

Die Tage bis Weihnachten krochen dahin.

Frau Albers war geschäftig. Sie scheuerte die Böden, wischte die Fenster. *»Es muss ja ordentlich aussehen, auch wenn kaum Gäste kommen.«*

Im Flur stand ein kleiner Tannenbaum schief in einem Blecheimer. Ein paar silberne Kugeln baumelten daran, einer fehlte bereits der Aufhänger.

Draußen roch es überall nach Zimt und Gebäck. Aus den Fenstern der anderen Häuser schimmerte warmes Kerzenlicht. Manchmal blieb Gretje stehen und sah hinein, nur kurz, wenn niemand es merkte.

In den Läden liefen Weihnachtslieder. Leise, kratzig vom alten Schallplattenspieler. *»Stille Nacht, heilige Nacht …«* Gretje hörte sie und spürte, wie ihre Brust dabei schwer wurde. Ganz von allein.

Sie mied die Frauen im Dorf, mied ihre tuschelnden Blicke. In diesen Tagen kam ihr alles doppelt laut und doppelt spitz vor.

Am Heiligen Abend war das Haus besonders still. Frau Albers kochte Hering und Pellkartoffeln. *»So isst man das anständig.«*

Für Gretje lag ein altes Buch auf dem Platz. *»Kannst du mal was Gescheites lesen.«*

Sie hatte sich bedankt. Natürlich hatte sie sich bedankt.

Dann war sie früh in ihre Kammer gegangen. Das Fenster war blind vor Kälte. Draußen zog Schneegriesel über die Dächer. Von irgendwoher hörte sie Glockenklänge.

Gretje zog die Kiste unter dem Bett hervor. Der Bernstein

lag obenauf, warm vom langen Tragen. Gretje nahm ihn in die Hand. Er war ihr Trost. Ihre Sicherheit. Ihre Verbindung.

»Du kommst doch wieder, oder?« Die Worte waren kaum mehr als ein Hauch. Aber sie hatte sie gesprochen.

Später, in der Dunkelheit, schlich sie sich hinaus.

Draußen war es klirrend kalt. Der vertraute Weg zur Düne lag vor ihr. Sie ging ihn langsam, Schritt für Schritt. Jeder Schritt ein wenig schwerer als der vorherige.

Oben setzte sie sich, zog die Knie an. Legte den Bernstein auf ihre Handfläche. Möwen zogen im Mondlicht ihre Kreise, scharf umrissen gegen das fahle Leuchten.

Wann kam sie wieder? Kam sie überhaupt?

»Ich warte auf dich«, flüsterte Gretje. Mehr gab es nicht zu sagen.

Manchmal war es schlimmer, nicht zu wissen, als zu hören, dass es vielleicht nicht so war, wie man hoffte.

Kapitel 20

Der Wind nimmt zu, kaum dass wir den kleinen Pfad überqueren, der zwischen den Häusern zum Strand führt. Ich schließe den Reißverschluss meiner Jacke bis unters Kinn, ziehe mir meine dicken Wollhandschuhe über und blinzele gegen das fahle Licht, das durch die Winterwolken bricht. Neben mir läuft Jannik, den Kragen hochgeschlagen, die Mütze tief ins Gesicht gezogen. Seine Kamera hängt locker über seiner Schulter.

Der Weg steigt leicht an und führt uns hinauf zum Deich, wo der Blick sich plötzlich weitet. Dort bleiben wir stehen. Das Meer liegt vor uns, groß und still und endlos, als hätte es sich zurückgezogen, um in Ruhe atmen zu können. Der Strand erstreckt sich weit und menschenleer bis zum Horizont, wie eine offene Fläche, auf der sich das Licht verfängt. Und doch ist da Bewegung. Feiner, heller Sand tanzt in dünnen Schleiern über den Boden. Es ist, als hätte sich das Meer verdoppelt, als gäbe es jetzt eines aus Wasser und eines aus Sand. Die Bögen des fließenden Sandes sind weich und rhythmisch, sie brechen sich an Muschelhügeln und Fischerbooten, verfangen sich in kleinen Vertiefungen, lösen sich wieder, tanzen weiter. Fasziniert sehe ich zu. Mein Brustkorb weitet sich. Etwas in mir erinnert sich an früher, an Tage mit barfuß vergrabenen Zehen im warmen Sand, an Kindheit, an Ferne und an Sehnsucht. Es ist ein Gefühl, das kribbelt wie Salz auf der Haut und das ich lange nicht mehr gespürt habe.

Jannik sagt leise: »Ich vergesse manchmal, wie still das Meer sein kann, wenn man es lässt.«

Ich nicke. Und für einen Moment denke ich, dass das Glück genau hier liegt: im Atmen, im Schauen, im Dabeisein.

»Das ist wunderschön«, sage ich nach einer Weile leise.

Jannik nickt. »Es gibt Tage, da sieht man es kaum. Und dann wieder solche wie heute. Fast schon unheimlich.«

Ich kneife die Augen zusammen. Der Wind pfeift über die Dünenkämme. Er trägt den Sand in langen, glitzernden Wellen durch die Luft.

»Ich wusste nicht, dass Sand sich so bewegen kann«, murmele ich.

»Das sind diese Wintertage, wenn es länger trocken und windig war«, erklärt Jannik. »Dann fliegt der Sand wie Rauch über die Flächen. Wenn man früh genug kommt, sieht es aus, als würde der Strand träumen. Hast du das früher nie gesehen?«

Ich sehe ihn an. »Du bist auch ein bisschen dichterisch veranlagt. Aber nein, ich meine, klar, aber ich habe es nie so bewusst wie heute wahrgenommen.«

Er grinst, und ich erkenne darin etwas, das ich früher schon mochte. Es ist kein selbstgefälliges Grinsen, kein »Ich weiß mehr als du«, sondern eher so etwas wie ein inneres Aufleuchten, weil ihn etwas ehrlich freut. »Manchmal braucht es eben ein paar Jahre Abstand, um mit neuen Augen zu sehen«, sagt er.

Oder den richtigen Menschen neben sich, denke ich, und wir gehen weiter. Wir sagen eine Weile nichts, und genau das fühlt sich leicht an. Ich lausche dem leisen Knirschen unserer Schritte im Sand, dem Wind und seinem Fauchen, wenn er sich zwischen den Dünen beschleunigt, und dem Meer.

Am Wasser angekommen, bleibt Jannik plötzlich stehen, richtet die Kamera auf mich und drückt ab. Ich höre das leise Klicken und sehe, wie er durch den Sucher noch einen Moment verharrt.

»Du hast gerade so schön gelächelt. Verrätst du mir, an was du gedacht hast?«

»An nichts.« Ich atme tief durch und sehe auf das bewegte Wasser hinaus. »Ich genieße einfach dieses Gefühl von Weite. Von Durchatmen. Als würde alles, was sonst so laut ist, endlich leise werden.« Unwillkürlich schüttele ich den Kopf. »Ich weiß auch nicht, in den letzten Jahren war ich ja immer mal wieder hier. Aber dieses Mal fühlt es sich anders an. Als würde die Insel mir zum ersten Mal wieder wirklich antworten.« Ich sehe zu ihm hinüber, und er sieht mich an, ohne etwas zu sagen. »Verstehst du, was ich meine?«, frage ich, obwohl ich mir nicht sicher bin, ob man das überhaupt in Worte fassen kann. »Als hätte sich in mir was verschoben. Und plötzlich passt es wieder. Nicht alles, aber genug, um ruhig zu werden.«

Jannik nickt langsam. »Vielleicht, weil du diesmal nicht nur hier bist, sondern wirklich da.«

Ich spüre, wie sich ein leiser Schauer über meinen Rücken legt, weil seine Worte einen Punkt in mir treffen, den ich bisher selbst kaum gesehen habe.

»Das kann sein«, murmele ich. Dann lasse ich den Blick über das flirrende Licht auf dem Wasser gleiten. Irgendwann habe ich einfach aufgehört, all das zu vermissen. Vielleicht war das nur eine Art Selbstschutz. Ich war fünfzehn, und keiner hat mich gefragt, ob ich wirklich gehen wollte. Aber jetzt spüre ich, wie nah ich diesem Ort noch immer bin. Wie dünn die Schicht ist, mit der ich das alles überdeckt habe.

Eine Familie mit zwei Kindern kommt auf uns zu. Die Kleinen, ich schätze sie auf vier, fünf Jahre alt, sind in dicke Schneeanzüge gepackt und rennen kreischend gegen den Wind an. Ein Kind hebt die Arme und lässt sich rücklings vom Wind treiben, bis es wie ein Käfer auf dem Rücken landet und laut lacht. Das andere springt ihm nach, bleibt dann wie angewurzelt stehen, zeigt auf die schwebenden Sandschleier und ruft etwas, das der Wind verschluckt. Schließlich stapfen sie in Richtung Promenade. Ihre Fußspuren bleiben nur kurz sichtbar, dann fließt der Sand wieder darüber.

Ich sehe der kleinen Familie nach, wie sie gegen den Wind anrennt und in den wirbelnden Sandschleiern spielt, und plötzlich erinnere ich mich daran, wie ich als Kind selbst im Sand gestanden habe, den Wind im Gesicht, den Sand auf der Haut, und wie mir Oma erklärt hat, dass der Wind die Insel immer wieder neu formt, genau wie das Leben die Menschen. Ich erinnere mich, wie ich damals die Arme ausgebreitet habe, so wie die Kinder eben, und versucht habe, gegen den Sturm zu fliegen. Und daran, wie Oma gelacht hat, dieses helle, winddurchwehte Lachen, das selbst den grausten Himmel durchlässig machte. Das Bild ist so klar, dass mir die Augen brennen.

Da nimmt Jannik meine Hand. »Komm, wir lassen uns vom Wind pusten.«

Ich muss nicht lange überlegen. Wir laufen los und lachen. Der Wind schiebt uns. Mein Schal flattert vor mir her wie eine Fahne. Und für einen Moment ist es, wie früher, einfach nur leicht. Ich lache und schnappe nach Luft, der starke Wind macht das Atmen anstrengend, während er von hinten gegen unsere Rücken drückt. Plötzlich bleibe ich an einem Stück Treibholz im Sand hängen. Meine Beine verlieren den Halt, doch bevor ich falle, ist Jannik da. Er hält mich fest, zieht mich zu sich, legt seine Arme um meine Schultern und ich mein Gesicht an seine Brust.

Um uns herum tost das Meer, fliegt der Sand, wirbelt der Winter über die leere Weite, aber in diesem Augenblick scheint alles stillzustehen. Und in mir ist plötzlich nichts als ein warmes, flackerndes Durcheinander. Gefühle, Erinnerungen, Fragen. Doch ich stelle keine davon. Ich schließe die Augen und genieße diesen Moment.

Jannik sagt nichts, und ich bin froh darüber. Es braucht gerade keine Worte.

»Lass uns weitergehen«, sagt Jannik an meinem Ohr und legt seinen Arm um meine Schultern. »Ich muss zum Termin, und es ist auch recht frisch hier unten. Nicht dass du dich erkältest.«

Er hat recht. Meine Beine sind kalt, ich spüre sie kaum unter den dicken Wollstrumpfhosen und der Jeans. Die Kälte kriecht in den Kragen und legt sich an meine Wangen. Aber das stört mich nicht. Ich hätte noch eine Ewigkeit einfach so stehen bleiben können.

»Ich weiß nicht, wie oft ich damals mit meinem Rad an eurem Haus vorbeigefahren bin, in der unsinnigen Hoffnung, dich vielleicht doch noch einmal zu sehen«, sagt er plötzlich. »Dass du einfach wieder da bist. Ich habe mir sogar Geschichten ausgedacht, damit es nicht so endgültig klingt.«

»Ich mir auch! Besonders in der ersten Zeit. Ich lag oft wach und habe überlegt, ob ich einfach abhaue und zurückkomme. Ob es nicht irgendeinen Weg gibt, wie ich wieder hier sein könnte, so wie früher. Ich habe mir vorgestellt, dass es einen geheimen Tunnel unter dem Haus in Kassel gibt, der mich nachts direkt zurück auf die Insel bringt. Oder dass ein Sturm kommt, der uns einfach mitnimmt, meine Mutter und mich, und am nächsten Morgen wachen wir hier auf, in meinem alten Zimmer, und alles ist wie vorher.«

»Ich hab mir zum Beispiel vorgestellt, dass deine Mutter sich nur vorübergehend versetzen ließ. Dass ihr zurückkommen würdet, sobald ihr in Kassel merkt, wie blöd es da ist. In einer Version bist du abgehauen und standest plötzlich auf dem Schulhof, mit dem alten Rucksack und diesem Grinsen, das du hattest, wenn du etwas ausgefressen hattest.« Er lacht leise und schüttelt den Kopf. »Einmal hab ich mir vorgestellt, dass ich einen Brief ohne Absender bekomme, aber mit einem Rätsel darin. So wie früher. Da haben wir uns doch ständig gegenseitig Rätsel gestellt. Und wenn ich es löse, finde ich dich. An einem geheimen Ort. Und dort wartest du und sagst: ›Hat ja lang genug gedauert, Jannik.‹ Und du hast diesen mürrischen Blick, den du immer hattest, wenn ich ausnahmsweise mal zu spät gekommen bin.«

»Ausnahmsweise! Das ist die Untertreibung des Jahres.« Ich stupse ihn in die Seite. »Einen Brief habe ich dir übrigens geschrieben. Allerdings hast du nie darauf geantwortet.«

Jannik bleibt stehen. »Das ist alles so lange her.«

Ich erkenne an seiner Stimme, dass da irgendwas nicht stimmt. Er klingt fast ein wenig traurig.

»Was ist los?«, frage ich.

Er nimmt seinen Arm von mir und sieht mich an. »Hat Mara mal mit dir über den Unfall gesprochen, bei dem ihr Vater ums Leben kam?«

Mein Blick geht unwillkürlich zu Janniks Narbe. »Nein. Sie hat auch nicht auf meine Briefe geantwortet. Und als ich dann ein Jahr später zu Besuch hier war, hat sie das Thema vermieden, was ich aber gut verstehen konnte. Es muss sehr schlimm für sie gewesen sein.« Ich schaue zum Meer. »Sie hatte sich verändert. Und ich mich auch, durch den Umzug nach Kassel. Ich dachte, das sei vielleicht ganz normal, wobei es mit Fenja ja immer anders war. Aber sie hatte ja auch nicht so ein einschneidendes Erlebnis.« Ich drehe mich wieder zu Jannik. »Und für dich muss es auch schlimm gewesen sein. Willst du darüber sprechen?«

»Ja. Ich denke, es ist wichtig, dass du ein paar Sachen weißt. Wegen uns.« Jannik lächelt kurz, wird aber im nächsten Moment wieder ernst. »Und wegen Mara.« In seine Augen tritt etwas, das ich nicht sofort benennen kann. Es liegt irgendwo zwischen Bedauern und Schmerz, aber auch eine Spur von Zögern schimmert hindurch. So, als müsse er einen

Moment lang gegen die Erinnerung ankämpfen, ehe er weiterspricht.

»Was ist damals genau passiert?«, frage ich.

»Mara und ich, wir haben uns gestritten, wegen dir. Sie wusste, dass ich heimlich in dich verliebt war, und ich habe ihr erklärt, dass ich dich in Kassel besuchen will, um es dir zu sagen.«

Für einen Moment blitzt etwas Helles in mir auf. Ich spüre, wie mein Brustkorb sich weitet, wie eine lange unterdrückte Freude kurz an die Oberfläche will. Ich will etwas sagen, irgendetwas, doch im nächsten Augenblick sehe ich es in seinem Gesicht. Die Anspannung. Den Schmerz. Und sofort verfliegt die Freude wieder, als hätte sie nie existiert.

»Wir haben weitergestritten«, fährt er leise fort. »Im Auto. Ihr Vater hat uns von der Fähre abgeholt, wo ich eigentlich übersetzen wollte, um zu dir zu fahren. Es hatte geschneit. Mara saß hinten, ich vorne. Und sie war wütend, so richtig wütend. Sie hat mir ein Schimpfwort an den Kopf geworfen, ich weiß gar nicht mehr genau, welches. Und ihr Vater …« Jannik schluckt. Ich sehe, wie er sich zwingt, weiterzusprechen. »Er hat kurz den Kopf nach hinten gedreht, um sie zu maßregeln. Nur einen Moment. Aber es war glatt. Und dann kam der Baum. Ich habe noch gesehen, wie seine Hände vom Lenkrad rutschten.«

Ich halte die Luft an.

»Er war nicht angeschnallt«, sagt Jannik. »Er war sofort tot. Den Rest kennst du.«

In meinem Kopf rauscht es, wie das Meer an einem

Sturmabend. Und irgendwo darin, kaum hörbar, pocht mein eigener Name. »Also bin ich schuld«, sage ich.

»So ein Blödsinn!« Jannik sieht mich streng an. »Rede dir das jetzt bloß nicht ein.«

»Gib mir einen Moment«, sage ich. »Das muss ich erst einmal für mich sortieren.« All die Jahre hatte ich keine Ahnung davon. Niemand hat mir etwas davon erzählt. »Deswegen war Mara so abweisend zu mir«, sage ich leise.

»Nein«, sagt Jannik ruhig. »Sie gibt sich selbst die Schuld. Also zumindest hat sie das eine lange Zeit getan. Es hat ein paar Jahre gedauert, bis sie begriffen hat, dass sie nichts dafür konnte. Ihr Vater hätte sich nicht umdrehen dürfen, und er hätte angeschnallt sein müssen.«

Ich nicke langsam, aber mein Kopf fühlt sich voll an, als hätte jemand plötzlich zu viele Puzzleteile auf einmal auf den Tisch gekippt. »Und du?«, frage ich leise.

Jannik sieht mich lange an, bevor er antwortet. »Ich hab mir auch Vorwürfe gemacht. Weil ich so unbedingt zu dir wollte. Weil ich dachte, ich müsse es jetzt jemandem sagen und mir ausgerechnet Mara dafür ausgesucht habe. Und dann war es auf einmal zu spät für alles.«

Ich gehe einen Schritt auf ihn zu. »Du warst siebzehn«, sage ich.

»Und du fünfzehn.« Er streicht mir eine Haarsträhne hinter das Ohr und sieht mich mit einem liebevollen Blick an.

Vielleicht war es nie ganz verschwunden. Vielleicht ist es nur unter all den Jahren und Ereignissen, dem Leben dazwischen, sehr viel leiser geworden. Aber jetzt frage ich mich, ob sich da gerade etwas mehr anbahnt. Etwas, das über Freundschaft hinausgeht. Etwas, das wir beide nie ausgesprochen haben, weil wir dachten, es sei nicht der richtige Moment. Vielleicht ist dieser Moment jetzt.

Kurz kämpfe ich mit mir, ob ich es aussprechen soll. Aber wir stehen hier, so offen wie nie. Und es sind siebzehn Jahre vergangen. »Ich war auch in dich verliebt«, sage ich und schaffe es, ein wenig schelmisch zu lächeln. »Schwer sogar. Und jetzt …«, ich seufze, »seitdem ich dich im Supermarkt gesehen habe, hat mich die Vergangenheit wohl ein wenig eingeholt …«

Kaum sind die Worte ausgesprochen, merke ich an Janniks überraschtem Blick, was ich da gerade zugegeben habe. Seine Augenbrauen schießen nach oben, und noch bevor er etwas sagt, spüre ich, wie mir die Hitze ins Gesicht steigt.

»Du hast mich im Supermarkt gesehen?«, fragt er ungläubig.

Ich lache verlegen, kratze mich an der Stirn und blicke kurz zur Seite. »Ja.« Ich schüttele den Kopf über mich selbst. »Ich hab mich im Gang mit den Waschmitteln versteckt und dich heimlich beobachtet.«

Für einen Moment ist es ganz still. Dann bricht Jannik in schallendes Lachen aus. So herzlich, so frei, dass ich unwillkürlich mitlachen muss. Das Lachen löst etwas in mir, die Anspannung fällt ab, von der ich gar nicht wusste, wie tief sie saß. Es ist wie frische Luft nach einem langen Regen. Und plötzlich fühlt es sich wieder ganz leicht an.

»Ich habe übrigens doch auf deinen Brief geantwortet«, sagt Jannik, als wir uns wieder beruhigt haben. »Ich habe dir eine Flaschenpost geschickt. Da war ein Zettel drin, auf dem stand: *Wenn du das liest, Helena, dann denk dran, dass ich dich nicht vergessen habe. Und dass ich dich niemals vergessen werde.*« Er sieht zur Nordsee. »Irgendwie hatte ich echt gehofft, dass sie irgendwann bei dir ankommt.«

»Vielleicht tut sie das noch.« Ich greife nach Janniks Hand. »Danke, dass du mir das alles erzählt hast.«

»Es war mir wichtig«, sagt er. »Ich möchte nicht, dass irgendwas zwischen uns steht.« Seine Augen blitzen kurz auf. »Vielleicht können wir nicht einfach da weitermachen, wo wir vor siebzehn Jahren aufgehört haben, als wir ineinander verliebt waren. Aber wir können diesmal besser aufpassen. Auf das, was war. Und auf das, was vielleicht immer noch da ist oder sich entwickeln wird.«

»Das klingt gut«, sage ich. »Wirklich gut.«

Wir gehen weiter, dieses Mal noch etwas näher beieinander. Der Wind hat nachgelassen. Der Sand weht nun nur noch in leichten, weichen Bögen über den Boden.

»Wir müssen uns ein wenig beeilen, Frau Fisser wartet sicher schon«, sagt Jannik. »Und vorher wolltest du doch kurz an eurem alten Haus vorbeigehen. Bist du bereit, einem weiteren Teil deiner Vergangenheit zu begegnen?«

»Und wie bereit ich bin!«

Kapitel 21

Das alte Reetdach sieht ein wenig eingesunken aus, und die Fassade könnte mal wieder gestrichen werden. Aber der Kiesweg ist noch da, nur ein bisschen verwachsener, und er führt noch immer in einem leichten Bogen zur Haustür, deren blaugrüner Anstrich eine Nuance heller ist als früher. Der alte Rosenbogen, den mein Vater damals aufgebaut hat, ist geblieben. Jetzt im Dezember hängen nur ein paar verdorrte Hagebutten daran, die sich trotzig gegen den Wind stemmen. Der Vorgarten war nie unsere Stärke. Aber die neuen Besitzer, die ja inzwischen auch schon seit siebzehn Jahren hier wohnen, haben ihn zu einem kleinen Paradies gemacht. Dort, wo früher unser alter Sandkasten stand, wächst jetzt Lavendel in dichten Reihen, dazwischen Ziergräser und Stauden. Zur Straße hin steht die flache Mauer, auf der ich früher so oft mit Fenja und Mara hockte, gequatscht und die Zeit vergessen habe.

Ich lasse den Blick über das Haus wandern. Mein Herz zieht sich kurz zusammen, wie jedes Mal, wenn ich diesen Ort sehe. Nicht aus Schmerz, sondern aus Wehmut und Dankbarkeit. Ich habe hier so viel erlebt: Glück, Streit, Aufbruch, Heimkehr. Und obwohl es längst nicht mehr mein Zuhause ist, fühlt es sich noch immer danach an. Ich bin hier aufgewachsen. Das Haus hat meine ganze Kindheit in sich gespeichert. Die knarrende Treppe, der Geruch von warmem Staub im Dachgeschoss, das Geräusch, wenn der Wind durchs Fenster im Flur gepfiffen hat. Ich kenne jeden Zentimeter. Und ich weiß: Ganz gleich, wie oft ich noch hierher zurückkehren werde, es wird immer ein Teil von mir bleiben.

»Vielleicht kaufst du es irgendwann zurück«, sagt Jannik.

»Kann sein.« Meine Mutter hat das Haus damals an ein Ehepaar von der Insel verkauft, das es unbedingt haben wollte. Sie hat den beiden einen sehr fairen Preis gemacht. Die Bedingung war klar: Sollte es je wieder den Besitzer wechseln, hätten wir ein Vorkaufsrecht. Und da die beiden keine Kinder haben, die es erben könnten, ist die Möglichkeit nicht ganz unrealistisch. »Aber momentan sieht es eher nicht so aus, dass das bald passieren wird. Die beiden sind jetzt Ende sechzig, und sie wollen auf Norderney alt werden.« Ich schaue zum Dach. Dort lag mein Zimmer, in dem ich abends am Fenster saß, das Gesicht gegen die Scheibe gedrückt, um die Sterne über dem Dachfirst zu sehen. »Aber schön wäre es schon. Wer weiß, vielleicht in dreißig Jahren?«

Jannik lacht leise. »Dann können wir als alte Leute zusammen hier wohnen. Du bäckst, ich jäte Unkraut, und wir gehen jeden Tag zum Strand.«

Ich schüttle lachend den Kopf. »Mit Anfang sechzig sind wir noch keine alten Leute, Jannik. Lass das mal nicht meine Mutter hören. Die ist siebenundfünfzig, und ich wette, in fünf Jahren sieht sie noch genauso gut aus wie jetzt. Und fit ist sie sowieso.«

»Okay, okay«, sagt er und hebt die Hände. »Dann eben fitte Anfangsechziger mit Thermoskanne und verdammt guter Hautpflege.«

Ich will gerade etwas erwidern, als mir plötzlich klar wird, was er da gesagt hat, wie nebenbei, beinahe achtlos dahingeworfen. »Dann wohnen wir … zusammen«, als wäre es nichts weiter. Aber in mir hallt dieser Satz nach. Ich bin erst ein paar Tage auf der Insel, gerade erst habe ich mit Jannik über unsere Vergangenheit gesprochen, und wir haben uns mehr oder weniger gegenseitig zu verstehen gegeben, dass wir uns noch immer zueinander hingezogen fühlen. Und jetzt plant er schon, dass wir miteinander alt werden?

»Und wenn wir dann über achtzig sind«, feixe ich und schiebe das Kribbeln in meinem Bauch beiseite, »dann kaufen wir uns E-Bikes, obwohl wir uns immer darüber lustig gemacht haben.«

»Schöne Aussicht!« Jannik sieht mich ernst an. »Den Moment würde ich gern festhalten.« Er zückt seine Kamera. »Darf ich?«

Ich nicke und schaue zu ihm. Er hebt die Kamera, schließt ein Auge, und für einen kurzen Moment ist da nur das Klicken des Auslösers.

»So«, sagt Jannik und senkt die Kamera. »Jetzt müssen wir uns aber wirklich beeilen. Frau Fisser wartet.«

Unwillkürlich muss ich wieder an den Gedichtband denken. Noch habe ich nicht weitergelesen. Aber das, was ich bisher kenne, hat meine Neugier auf unsere ehemalige Nachbarin geweckt. Ich freue mich auch, sie wiederzusehen, obwohl wir früher nicht viel Kontakt hatten.

Das Haus von Frau Fisser liegt direkt neben unserem von früher. Allerdings ist ihr Reetdach sehr gepflegt, und die Fassade scheint frisch getüncht zu sein in einem strahlenden Weiß. Die Fensterrahmen und die Tür sind, ganz unüblich für Norderney, in einem warmen Rot gestrichen.

Eine niedrige Mauer aus Backstein, ähnlich unserer, allerdings überwuchert von Efeu, markiert die Grenze zum Garten. Der Weg zum Haus führt über moosbedeckte Trittsteine durchs Gras. Mitten im Garten steht eine Frauenfigur aus Holz. Ihre Arme sind erhoben, der Kopf leicht in den Nacken gelegt, als würde sie den Himmel umarmen. Ihre Oberfläche ist rissig vom Wetter, Moos hat sich in den Falten des Gewands eingenistet. Und doch strahlt sie eine Kraft aus, als wäre sie die Wächterin dieses Ortes. Um den Stamm eines Apfelbaums rankt sich ein Mobile aus bunten Meerglasstücken, die das Licht in Regenbogenfarben über den Rasen tanzen lassen. In den Ästen hängen Dutzende Hühnergötter. Sie klackern im Wind aneinander.

Und überall verteilt stehen und hängen Windlichter in unterschiedlichen Größen und Formen.

»Ich hatte fast vergessen, wie besonders es hier ist«, sage ich.

Jannik klopft zweimal an die Haustür. Einen Moment lang ist es still, dann öffnet sich die Tür. Imke Fisser steht im Türrahmen. Ihr schulterlanges Haar ist schneeweiß. Sie ist in eine lange, graublaue Weste aus Wolle gehüllt, die aussieht, als hätte sie das Muster eines Nordseesturms eingefangen. Sie blinzelt, sieht zu Jannik, dann zu mir. Ihre hellblauen Augen sehen mich mit einem wachen, ruhigen Blick an. »Helena«, sagt sie, ohne überrascht zu wirken. Ihre Stimme ist etwas heiser. »Das ist ja schön. Dann kommt mal rein.«

»Ich wollte eigentlich nur kurz Hallo sagen«, beginne ich, als wir in den Flur treten, in dem getrocknete Kräuter in Bündeln von der Decke hängen und der nach Lavendel, Rosmarin und etwas Rauchigem riecht. »Ich bin gerade für ein paar Tage auf der Insel und … na ja, als Jannik meinte, er hätte einen Termin bei Ihnen, dachte ich, ich nutze die Gelegenheit.« Ich lächle vorsichtig. »Ich habe Ihr Buch gekauft.«

Frau Fisser sieht mich aufmerksam an. »In der Buchhandlung?«, fragt sie schließlich.

Ich nicke. »Es hat mich sofort angesprochen.«

»Was für ein seltsamer Zufall«, murmelt sie und mustert mich wieder mit diesem stillen Blick, der alles zu durchdringen scheint. Dann wendet sie sich um. »Kommt in die Küche. Der Tee ist fertig.«

Obwohl wir früher Nachbarn waren, habe ich Frau Fissers Haus noch nie von innen gesehen. Jetzt staune ich, als wir hinter ihr hergehen. An den Wänden hängen große, gerahmte Fotografien von Wellen. Es sind keine idyllischen Postkartenmotive, sondern Nahaufnahmen von schäumendem Wasser, aufgewühltem Meer, Gischt, die gegen Felsen schlägt.

»Oh, die sind aber schön!«, sage ich.

»Sie sind von Jannik«, erwidert sie.

»Wow!« Ich bleibe vor einem der Fotos stehen. Es zeigt eine Welle im Moment ihres Zusammenbruchs, eingefroren in jenem winzigen Augenblick, in dem sie sich aufbäumt, als wolle sie noch einmal alles zurückholen, bevor sie mit voller Wucht gegen das Land prallt. Jedes Detail ist zu erkennen: die Lichtreflexe, das tiefgründige Grau des Wassers, ein einzelner Tropfen, der sich wie ein Stern von der Oberfläche gelöst hat.

»Das ist unglaublich«, murmele ich. »Man kann die Kraft spüren, wenn man genau hinsieht.« Ich sehe zu Jannik, der leicht verlegen den Blick senkt, aber ein Lächeln nicht unterdrücken kann. Und während ich ihn ansehe, dann noch einmal zu dem Foto zurückblicke und bemerke, wie darauf die Gischt in der Luft zersplittert, wird mir plötzlich etwas klar. Janniks Bilder haben dieselbe Sprache wie die Zeilen in Frau Fissers Gedichtband. Sie sind wild, ehrlich und ungeschönt. Ich drehe mich zu Frau Fisser. »Die passen genau zu Ihren Gedichten«, sage ich. »Nicht nur im Motiv. In der Tiefe, im Ton. Als würden sie beide das Gleiche erzählen, nur mit anderen Mitteln.«

Sie lächelt. »Er hat mit der Kamera das aufgenommen, was ich zwischen den Zeilen sagen wollte.«

»Schön!«, sage ich. »Wirklich sehr schön!«

Wir gehen weiter in die Küche. Dort ist es muckelig warm. In einer Nische neben dem Fenster knackt und glimmt ein alter Kaminofen. Auf einem massiven Holztisch stehen bereits zwei große Tassen mit einem Muster aus Spiralen und Muscheln bereit. Die Teekanne in der Mitte ist bauchig, aus dunklem Ton mit einer glasierten, grauen Oberfläche.

Frau Fisser holt eine weitere Tasse und schüttet uns Tee ein. »Zitronenthymian, Apfelschale, ein bisschen getrocknete

Lindenblüte. Alles aus dem Garten. Mit Kandis oder Honig, Helena?«

Ich schüttele den Kopf. »Danke, nein. Lieber pur.«

Jannik setzt sich auf die Bank unter dem Fenster, ich nehme den Stuhl gegenüber. Ich sehe mich um. Auch hier hängen ein paar Fotografien, aber sie sind kleiner und unauffälliger. Ich schaue zu einem fröhlichen Schwarz-Weiß-Foto, das einen etwa sieben- bis achtjährigen, breit grinsenden Jungen mit Zahnlücke auf einem Deich zeigt. Er hält eine Angel in der Hand. Daneben hängt ein eingerahmtes Gedicht, handgeschrieben, mit Tintenklecksen. Den Wortlaut kann ich von hier nicht erkennen.

»Das war mein Bruder«, sagt Frau Fisser leise, als sie meinen Blick bemerkt. Sie klingt dabei weder bitter noch traurig. »Das Bild ist noch von damals, als wir Kinder waren und glaubten, das Leben würde uns ewig Zeit lassen.« Sie nimmt sich ihre Tasse und blickt kurz aus dem Fenster, in den windbewegten Vorgarten, wo die Frauenfigur zwischen Gräsern und Hühnergöttern still in den Himmel schaut. Dann wendet sie sich mir zu. »Wie geht es deiner Oma?«, fragt sie.

Mit der Frage habe ich nicht gerechnet. »Gut«, antworte ich schlicht und weiß plötzlich nicht mehr, was ich sagen soll.

»Gerade heute habe ich an sie gedacht«, sagt Frau Fisser und steht unvermittelt auf. »Ich möchte dir gern etwas mitgeben für sie.«

Jannik und ich tauschen einen kurzen Blick, dann sehen wir ihr hinterher, wie sie aus der Küche geht, durch den Flur, der wohl wie früher bei uns zum Wohnzimmer führt, das auf der Rückseite des Hauses liegt.

Ich nehme einen Schluck Tee und frage mich, was das wohl sein kann, was sie meiner Oma geben will, und warum sie überhaupt an sie gedacht hat.

»Sie ist schon speziell«, sagt Jannik leise.

»Auf eine angenehme Weise«, erwidere ich und kann gar nicht verstehen, dass Oma und sie sich so überhaupt nicht verstanden haben. Eigentlich müssten sie sich in vielem ähnlich gewesen sein. Beide sind etwas eigensinnig, beide haben eine Leidenschaft für Sprache. Meine Oma hat bestimmt an die dreihundert Bücher in ihren Regalen stehen, die sie alle gelesen hat, manche von ihnen sogar mehrmals, wie sie immer wieder gerne betont. Und Frau Fisser schreibt selbst.

Gerade als ich die Tasse wieder zum Mund führe, ertönt ein lautes Scheppern und fast gleichzeitig ein spitzer, lauter Schrei.

Jannik und ich springen auf und sprinten los, in Richtung Wohnzimmer. Dort liegt Frau Fisser, seitlich auf dem Boden, das Gesicht vor Schmerz verzogen. Neben ihr liegt das Buch, das sie offenbar aus dem Regal holen wollte. Der Stuhl, auf dem sie offensichtlich stand, ist umgekippt.

»Kaum taucht Gretje wieder in meinem Dunstkreis auf, breche ich mir alle Knochen«, zischt sie und versucht, sich aufzurichten, was ihr ein scharfes Keuchen entlockt.

»Nicht bewegen!«, sage ich sofort und gehe neben ihr in die Hocke.

Jannik rennt durch den Flur zurück in die Küche. »Ich hol mein Handy, ich rufe den Rettungsdienst.«

»Blödsinn«, murmelt Frau Fisser, dann atmet sie schwer und blickt zu mir auf. »Na gut. Aber sagt denen, sie sollen sich nicht hetzen. Ich sterbe hier nicht. Noch nicht.«

Ich nehme ihre Hand. Sie ist kühl und trocken. »Ist es sehr schlimm?«

Sie nickt knapp. »Wahrscheinlich die Rippen.« Sie zeigt auf das Buch neben sich. »Das sollte eigentlich deine Großmutter bekommen. Ist wohl doch nicht der richtige Moment.«

»Hauptsache, Sie haben sich nicht wirklich was gebrochen«, sage ich, sehe mich im Wohnzimmer um, hole flugs ein Kissen von der Couch und bette ihren Kopf darauf.

Sie lächelt dankbar. »Jetzt bin ich so alt und weiß immer noch nicht, dass ein Stuhl die schlechteste Leiter der Welt ist und dass man, wenn überhaupt, so darauf steigen sollte, dass man runterspringen kann, wenn man fällt. Aber was mach ich? Stelle ihn falsch rum, sodass ich über die Lehne purzele.«

»Ist meiner Oma auch schon passiert«, erzähle ich. »Beim Fensterputzen.«

»Ach was.« Sie umfasst kurz mit der Hand einen großen Bernsteinanhänger, den sie an einem dünnen Lederband um den Hals trägt. »Aber es ist ihr doch nichts Ernsthaftes passiert?«

»Oma hat sich den Knöchel gebrochen«, antworte ich. »Und dann sehr geschimpft, weil der Gips, den sie anfangs tragen musste, höllisch gejuckt hat.«

»Oh ja, das kenne ich.« Frau Fisser bewegt ihre Füße, die in gefilzten Hausschuhen mit aufgestickten Wellenmustern stecken. Sie sehen aus wie handgemacht, mit weicher Sohle und in einem tiefen Meeresblau, das wunderbar zu ihrem Stil passt. »Ich habe mir meinen mal gebrochen, als ich mitten im Winter mit Hausschuhen in den Garten gelaufen bin«, sagt sie. »Ich wollte den Vögeln Futter in ihre Häuschen bringen. Natürlich war es glatt, ich bin ausgerutscht und habe mir den Fuß verdreht. Und danach hatte ich ebenfalls einen Gips, der gejuckt hat wie die Hölle. Ich habe mit einem Bleistift darin herumgestochert, bis das Innenfutter irgendwann eingerissen ist.« Sie wackelt noch einmal mit den Füßen. »Aber mit denen scheint diesmal alles in Ordnung zu sein.« Sie streckt mir ihre Hand hin. »Vielleicht versuche ich doch mal, mich aufzurichten.«

»Ob das so gut ist?«, frage ich, nehme aber ihre Hand. Sie stützt sich mit den Ellbogen ab, drückt sich etwas hoch, lässt sich aber gleich wieder sinken. Dabei fällt mir der Bernstein noch einmal auf, den sie mittlerweile wieder losgelassen hat, und ich traue meinen Augen kaum. Es ist das Gegenstück zu dem Stein, den Oma mir mal geschenkt hat. Die Bruchstelle ist weich geschwungen wie eine kleine Bucht, mit feinen Einkerbungen, die exakt zu meinem Bernstein passen – wie ein Puzzleteil, das nur an einer einzigen Stelle vollständig wird. Da bin ich mir ganz sicher. Aber hat Oma nicht erzählt, dass die zweite Hälfte ihrer besten Freundin Lene gehört hat?

»Rettungswagen ist unterwegs!«, sagt Jannik da, der wieder zurück ins Wohnzimmer kommt. Er hockt sich neben mich auf den Boden. »Sie machen mir vielleicht Sachen, Frau Fisser.«

Sie zuckt schelmisch mit den Schultern. »Die Fotoaufnahmen können wir wohl heute vergessen.«

Kapitel 22

Frau Fisser liegt schon auf der Trage und wird zum Krankenwagen getragen, da sagt sie zu mir: »Der Schlüssel zum Haus liegt in der rechten Schublade in der Kommode im Flur. Sei so nett, Liebes, und kümmere dich um die Vögel im Garten, falls ich länger wegbleiben sollte. Heute hatten sie noch nichts. Sie bekommen jeden Tag eine Tasse Körnermischung. Die findest du im Wohnzimmer in dem kleinen Schrank gleich neben der Terrassentür. Und vielleicht gießt du auch die Blumen im Haus, falls es bei mir doch ein paar Tage länger dauert?«

»Das mach ich gern«, sage ich. »Aber warten wir erst einmal, was sich im Krankenhaus ergibt. Wenn nichts gebrochen ist, kommen Sie vielleicht gleich wieder nach Hause«, antworte ich. »Sollen wir denn irgendwen informieren?«

Sie schüttelt den Kopf. »Erst einmal nicht. Aber sei so lieb und richte deiner Oma einen Gruß von mir aus.«

»Das mache ich«, sage ich.

Keine zwei Minuten später fährt der Krankenwagen davon.

»Hoffentlich ist nichts gebrochen.« Jannik sieht besorgt aus. »Sie schien ziemliche Schmerzen zu haben.«

»Wenn, dann wahrscheinlich die Rippen«, sage ich. »Das ist sehr schmerzhaft, wird aber in der Regel nicht operiert, das muss von selbst heilen. Zumindest war das bei meinem Opa mal so, als er beim Birnenpflücken von der Leiter gefallen ist. Aber vielleicht hat sie auch nur eine Prellung.«

»Das wäre gut«, sagt Jannik. Er schaut zum Haus. »Sie hat dich gebeten, ihre Vögel zu füttern, und wir müssen den Schlüssel holen. Und auch sonst mal schauen, ob alles in Ordnung ist«, fügt er hinzu, und ich nicke.

Jannik geht voraus. Ich spüre eine leichte Beklemmung in der Brust, nicht bedrohlich, eher wie ein Knoten aus Sorge und Mitgefühl, als ich den umgekippten Stuhl im Wohnzimmer sehe. Jannik richtet ihn langsam auf und stellt ihn an den leeren Platz an den runden Tisch zurück, wo sie ihn weggenommen hat.

Ich bücke mich und greife nach dem Buch, das auf dem Boden liegt und wohl für Oma ist. Es ist ein altes, abgegriffenes Exemplar mit dem schlichten Titel *Gedichte*. Auf dem festen Einband steht der Name der Autorin: Widuch. Der Nachname sagt mir nichts, der Vorname aber schon, denn der lautete Imke.

»Weißt du zufällig, wie Frau Fisser mit Mädchennamen hieß, Jannik?«, frage ich. Ich halte das Buch hoch. »Das hat eine Imke Widuch geschrieben.« Ich schlage die erste Seite auf und suche nach dem Impressum. Im Jahr 1980.

»Es könnte durchaus sein, dass es von Frau Fisser ist«, antwortet Jannik. »Vielleicht ist es ihr Mädchenname. Ich glaube aber, sie war zweimal verheiratet, es könnte auch ihr früherer Ehename sein. Sie hat irgendwann mal zu mir gesagt, dass ihr erster Mann auch gute Fotos gemacht hat und hat mir welche gezeigt. Ich glaube, die in der Küche sind von ihm.« Er sieht zur gegenüberliegenden Wand, an der bestimmt zwanzig hängen, in verschiedenen Größen. »Und da sind vielleicht auch welche.«

»Dann hat sie wohl früher schon mal was veröffentlicht. Aber in Eigenregie, hier steht nirgends ein Verlag.«

Während Jannik rüber zu den Fotos geht, mache ich es wie in der Buchhandlung und schlage irgendwo mittendrin auf.

Kindheit
Fußabdrücke im nassen Sand,
die Hand der Freundin in der Hand.
Die Flut verwischte unser Spiel,
doch nicht das Band, das bleiben will.

Es ist wieder ein Vierzeiler, wie in dem Gedichtband, den ich mir gekauft habe. Und auch hier spielt das Meer eine Rolle. Wie auch in dem nächsten, das ich lese:

Freundschaft
Ein Blick genügt, und ich verstehe,
kein Wort, und doch ist alles klar.
Jetzt bist du fort, es bleibt das Meer.
Es bringt deine Nähe her.

»Hör mal, Jannik«, sage ich, gehe zu ihm und lese es ihm vor.

»Schön!« Er sieht mich ein bisschen wehmütig an. »Das hätte ich auch schreiben können. Oder Fenja. Oder Mara. Als du plötzlich weg warst.«

Ich streiche mit dem Finger über die gedruckten Zeilen. »Damals habe ich mir nie großartig Gedanken gemacht, wie es euch damit geht, als ich weggezogen bin. Ich habe nur mein eigenes Leid gesehen. Und ehrlich gesagt war ich sogar ein wenig eifersüchtig. Denn ihr hattet ja immerhin noch euch. Und ich hatte niemanden. Und dann kam Nicki.«

»Deine Freundin in Kassel«, sagt Jannik.

Ich lasse das Buch sinken. »Sie war plötzlich da. Und ganz anders als die Mädchen, die ich von hier kannte. Sie war lauter, bunt und irgendwie leicht.« Ich lächle ein wenig. »Das ist sie noch. Sie war und ist da in all den Jahren.«

Jannik nickt langsam. In seinem Blick liegt Verständnis. »Schön«, sagt er leise. »Dass du jemanden hattest. Und hast.«

»Und euch habe ich auch noch.« Jetzt lächele ich breit. »Und ihr mich.«

Ich klappe das Buch zu. »Frau Fisser hat zwar gesagt, dass sie etwas für meine Oma holen will, aber ob es wirklich das ist, wissen wir nicht. Vielleicht ist es nur zufällig rausgefallen, als sie gestürzt ist. Ich frage lieber noch einmal, bevor ich es jetzt mitnehme.«

»Mach das«, sagt Jannik. Er betrachtet wieder die Fotos, die dort hängen. »Alle sind bestimmt nicht von ihrem Mann, da sind manche dabei, da ist Frau Fisser selbst noch sehr jung. Und schau mal, sie hat auch immer ein paar Zeilen dazugeschrieben.«

Jetzt, da ich genauer hinsehe, erkenne ich die Sorgfalt, mit der hier alles arrangiert wurde. Jedes Foto steckt in einem schlichten, hellen Rahmen, eingefasst von einem Passepartout, auf das mit Bleistift ein paar Zeilen geschrieben sind, als wären sie Teil des Bildes selbst. Es wirkt wie eine Galerie, sehr persönlich, sehr durchdacht.

Ein Bild zeigt eine alte Gießkanne auf einer verwitterten Bank, die im Sommerlicht glänzt. Auf dem Passepartout steht in zarter Schrift: *Stille Arbeit. Und niemand sieht, wie viel Leben sie schenkt.*

Daneben ein Schwarz-Weiß-Foto: ein Mann, der auf einer Leiter steht, die Kamera im Anschlag. Er blickt konzentriert, fast versunken. Darunter steht:

Im Moment sein. Nicht davor, nicht danach.

Ich schaue weiter, und mein Blick bleibt an einem Bild hängen, das mir sofort vertraut vorkommt. Zwei Mädchen oder besser gesagt junge Frauen barfuß am Strand. Die eine hat wilde Locken, die andere glattes, kinnlanges Haar. Beide lachen, halten sich an den Händen, die Hosenbeine hochgekrempelt, das Wasser spritzt um ihre Füße. Eine der beiden erkenne ich sofort. Die Locken, das herzförmige Gesicht … Es ist meine Oma. Ganz ohne Zweifel. Und ich habe recht, wie ich fast im gleichen Augenblick feststelle. Auf dem Passepartout steht: *Gretje und ich. Sommer 1961. Unsere Füße im Wasser, unsere Herzen im Gleichklang.*

Oma wurde 1945 geboren, auf dem Foto muss sie also sechzehn gewesen sein. Ich sehe sie vor mir, jung, unbeschwert, ganz anders, als ich sie kannte. Und da ist diese

Nähe zwischen den beiden, diese Vertrautheit, die ich plötzlich zu begreifen beginne.

»Jannik«, sage ich leise und zeige auf das Bild. »Das ist meine Oma. Und Frau Fisser. Es sieht ganz danach aus, als waren sie mal gute Freundinnen.«

Jannik sagt nichts, aber er legt seine Hand auf meinen Rücken. Eine Weile betrachten wir gemeinsam das Bild.

»Sie hat nie davon gesprochen«, murmele ich. »Für mich waren sie immer nur Nachbarinnen, die kaum ein gutes Wort füreinander übrighatten. Und manchmal haben sie sich sogar gestritten.« Ich runzle die Stirn und schaue noch einmal genauer hin, als könnte ich zwischen den Zeilen des Fotos eine Erklärung finden. »Dabei sieht das hier nach einer tiefen Verbundenheit aus. Als hätten sie sich mal sehr gemocht.«

»Vielleicht fragst du deine Oma mal danach«, sagt Jannik.

In dem Moment, in dem er es ausspricht, fühle ich mich plötzlich wie ein Eindringling, als hätte ich eine Tür geöffnet, die gar nicht für mich bestimmt war. Mein Blick wandert durch das Wohnzimmer, über die Bücher, die Fotografien, den Stuhl, auf dem Frau Fisser eben noch gestanden hat. Alles wirkt auf einmal viel persönlicher, fast verletzlich.

Ich schlucke. »Es fühlt sich komisch an«, sage ich leise. »Als würde ich an etwas rühren, das vielleicht gar nicht mehr aufgewühlt werden will. Sonst hätte meine Oma mir doch bestimmt mal was darüber erzählt.«

»Vielleicht«, sagt Jannik. »Aber du sollst sie doch von Frau Fisser grüßen, oder? Und Frau Fisser hat dich gebeten, ihr etwas von ihr mitzubringen.« Er zeigt auf den Gedichtband. »Ich vermute mal, sie meinte das.«

Noch einmal schaue ich auf das Buch in meinen Händen, gehe damit zum Tisch und lege es darauf. »Aber ganz genau wissen wir es nicht.« Ich atme durch. »So! Und jetzt bekommen die Vögel ihr Futter!«

Wir treten hinaus in den hinteren Garten. Dort stehen unter den kahlen Bäumen drei Vogelhäuschen, jedes auf seine Weise ein kleines Kunstwerk. Das erste ist in kräftigen Blautönen gestrichen, mit weißen Wellenlinien bemalt, die an Gischt erinnern. Das zweite trägt ein Sonnenblumenmuster, warm und leuchtend, als wolle es selbst an grauen Tagen Licht spenden. Und das dritte ist rot mit weißen Streifen und einer Kuppel als Dach, wie ein Miniatur-Leuchtturm. Sie stehen auf Treibgutstämmen, alle unterschiedlich hoch. Auf dem Boden liegen flache Steine, einige kunstvoll bemalt, andere mit kleinen Muscheln und buntem Glas verziert.

Ich streue die Körner in jedes Häuschen und achte darauf, dass keines leer bleibt. Kaum bin ich fertig, landet der erste Spatz auf dem Rand.

»Meine Oma hat auch ein Vogelhäuschen auf ihrem Balkon«, sage ich. »Sie füttert ihre gefiederten Freunde, wie sie die Vögelchen nennt, mit Sonnenblumenkernen. Es sind in der Regel Spatzen, Kohlmeisen und manchmal sogar ein Rotkehlchen«, sage ich und beobachte, wie ein zweiter Vogel, eine Meise, sich neugierig dazugesellt. »Das Häuschen hat sie damals selbst gebaut. Es steht auf einem kleinen Holzpfosten in einem Balkonkasten, über dem sie im Winter ein Tuch spannt, damit kein Schnee hineinweht. Es ist ganz schlicht, aus unbehandeltem Holz, mit einem leicht schrägen Dach, das sie rot gestrichen hat, obwohl der Rest naturbelassen ist. Vorne hat sie mit einem Lötkolben eine kleine Sonne eingebrannt. Und wenn ich ehrlich bin, sieht es ein bisschen schief aus, aber genau das macht es so charmant.« Ich lächle bei der Erinnerung. »Sie sagt immer, die Vögel stört das nicht. Hauptsache, sie finden Futter und sind willkommen.« Noch einmal betrachte ich die bunten Vogelhäuser in Frau Fissers Garten. »Weißt du, was mir jetzt gerade einfällt, Jannik? Oma hat mir mal erzählt, dass sie früher oft mit ihren Freundinnen Sachen aus Treibholz gebaut hat. Ihre beste Freundin war Lene, das weiß ich noch genau. Von ihr hat Oma oft erzählt, mit einem warmen Leuchten in der Stimme. Die beiden haben sich auch als Erwachsene nie aus den Augen verloren. Doch Lene ist schon vor mehr als zwanzig Jahren gestorben. Damals hat Oma noch auf der Insel gelebt. Ich erinnere mich noch ganz genau, wie traurig sie war.« Es weht ein kalter Wind, der mir die Haare ins Gesicht bläst, und ich schiebe sie mit einer fahrigen Bewegung zurück. Während ich noch einmal auf die Vogelhäuschen blicke, erinnere ich mich plötzlich an etwas, das Frau Fisser gesagt hat, als sie auf dem Boden lag: *Kaum taucht Gretje wieder in meinem Dunstkreis auf, breche ich mir alle Knochen.*

»Frag sie am besten direkt danach, bevor du dir den Kopf zerbrichst«, schlägt Jannik vor.

»Du hast recht, Jannik«, sage ich. »Ich rufe Oma nachher mal an und frage sie einfach. Aber erst, wenn wir wissen, was mit Frau Fisser ist.«

Jannik sieht auf seine Uhr. »Es ist halb vier. Ich warte noch eine Stunde, dann rufe ich mal im Krankenhaus an. Oder ich geh einfach vorbei. Kommst du mit?«

»Halb vier?«, rufe ich. »Mist, ich habe in der Aufregung total die Zeit vergessen. In einer halben Stunde kommen die Rommé-Damen zum Kaffee.«

»Das schaffst du noch!«, sagt Jannik. »Du bist in einer Viertelstunde in der Pension, wenn du jetzt gleich losgehst. Ich würde dann jetzt noch ein paar Fotos machen, draußen am Sandmeer.«

»Okay!«

Keine drei Minuten später schließe ich die Haustür ab und stecke den Schlüssel in meine Jackentasche. Wir umarmen uns kurz, und ich mache mich auf den Weg.

Kapitel 23

Norderney, Januar 1960

Der Wind blies scharf vom Meer herüber, aber heute störte er Gretje nicht. Ihr Mantel war zu dünn für den Januar, ihre Strickhandschuhe hatten an den Fingerspitzen Löcher. Doch sie hielt geduldig Ausschau, den Blick fest auf den schmalen Rumpf des Schiffes gerichtet, das langsam im Hafenbecken wendete. Das Deck glänzte feucht, Möwen kreischten über den Masten, und irgendwo hinter dem Steuerhaus stand sie und wartete darauf, aussteigen zu können. Lene.

Gretjes Herz klopfte schnell. Es war fast ein ganzer Monat vergangen, seit sie sich gesehen hatten. Seit dem Abschied vor Weihnachten, als Lene mit zitternden Händen ihre Tasche gepackt und dann auf dem Festland eine ganz andere, fremde Welt betreten hatte. Eine Welt ohne Dünen, ohne Sturmwinkel, ohne Gretje.

Aber jetzt kam Lene zurück. Und Gretje war hier, am Hafen, um sie abzuholen. Die Gangway wurde ausgeworfen, quietschte beim Aufsetzen. Ein paar Passagiere drängten sich Richtung Kai: zwei Männer mit Koffern, eine alte Dame mit einem riesigen Hut, ein Vater mit Kind. Und dann sah sie sie.

Lene trug ihren dunkelblauen Mantel mit dem Pelzkragen, den sie sonst nur zu besonderen Anlässen anhatte. Ihr Haar war ordentlich geflochten, wie Gretje es kannte. Doch sie war nicht allein.

Ein Mädchen ging neben ihr. Etwa in ihrem Alter, vielleicht ein bisschen größer. Sie hatte sehr helles blondes Haar, das ihr bis zu den Schultern fiel, trug einen schwarzen Mantel und dazu einen rot gemusterten Schal. Die Hände hatte sie tief in den Taschen vergraben. Sie redeten miteinander, Lene und das Mädchen, und Lene lachte laut.

Ob Lene sie auf der Fähre kennengelernt hatte? Gretje kannte sie auf jeden Fall nicht. Bestimmt war sie nicht von Norderney, da wäre sie Gretje sicher schon mal aufgefallen.

»Gretje!«, rief Lene, als sie sie sah. Sie lief ein paar Schritte voraus, ließ ihren Koffer stehen. »Du bist da! Ich hab so gehofft, dass du mich abholst.« Lene schlang die Arme um sie. Dann drehte sie sich um und winkte dem anderen Mädchen.

»Das ist Imke. Meine Cousine.« Lenes Stimme wurde leiser. »Sie wohnt jetzt eine Weile bei uns. Vielleicht sogar länger. Ihre Eltern haben keine Zeit, sich richtig zu kümmern, weil sie beide viel arbeiten, und Imke war oft krank … Na ja, Mama meinte, sie soll es mal mit Nordseeluft versuchen.« Nun sprach sie wieder lauter. »Sie ist sehr nett, du wirst sie bestimmt genauso mögen wie ich.«

Imke, die nun näher kam, lächelte freundlich. »Hallo.«

Gretje lächelte auch. »He.« Aber etwas kratzte in ihrer Brust, wie eine Muschel mit scharfer Kante.

Am nächsten Morgen war die Sonne nur ein matter Fleck

hinter dem Fenster. Der Himmel hatte die Farbe von kaltem Zinn, und die Feuchtigkeit kroch in jeden Winkel der alten Pension. Gretje lag schon lange wach, ihr Blick auf die Risse im Dachbalken über ihrem Bett gerichtet. Der Wind hatte sich gelegt. Da war kein Sturm mehr. Nur Stille. Und ein leises Knacken, wenn sich das Holz dehnte.

Langsam schob sie die Decke zur Seite. Es war kalt, der Boden unter ihren Füßen klamm. Gretje zog sich hastig an. Wollstrumpfhose, Unterkleid, Pullover. Den Schal knotete sie zweimal um den Hals, bevor sie die Treppe hinabstieg.

Unten war es still. Frau Albers war wohl im Ort, Besorgungen machen. Gretje nahm sich eine Scheibe trockenes Brot aus dem Brotkasten und biss hinein, bevor sie sich ihre Stiefel anzog. Draußen glänzte der Sandweg feucht, und der Wind trug den salzigen Geruch des Meeres in die Gassen. Sie wusste nicht genau, wohin sie gehen wollte. Nur, dass sie rausmusste. Vielleicht begegnete sie Lene. Vielleicht auch nicht.

Sie schlenderte durch die Gassen, vorbei an geschlossenen Pensionen, deren Fenster mit kleinen Eisblumenmustern beschlagen waren. Vor dem Kolonialwarenladen hing noch der Adventskranz, die Tannenzweige bereits trocken und brüchig. An der Ecke zur Strandstraße hörte sie Stimmen.

»Wir zeigen dir alles, was hier wichtig ist.«

Es war Lene. Ihre Stimme würde Gretje aus tausend Metern Entfernung erkennen. Gretje blieb wie angewurzelt stehen. Sie lehnte sich an die kühle Steinmauer, unsichtbar in einer Nische. Eigentlich wollte sie nicht lauschen, aber sie tat es trotzdem.

»Du wirst Augen machen, wenn du sie morgen siehst, die Hütte ist so was von schön!«

Ein leises Lachen folgte. Imkes, vermutlich.

Gretje schluckte. Alles, was wichtig ist? War das nicht ihr Ding gewesen – nur sie und Lene? Und die Hütte? Sie wartete, bis die Schritte sich entfernten, bevor sie sich vorsichtig aus der Nische löste und selbst in Richtung Dünen ging.

Ihr Blick fiel auf die kleine Holzhütte, die sie gemeinsam gebaut hatten, ihr »Sturmwinkel«. Heute wirkte sie anders. Fremder. Gestern noch war es ein Zuhause gewesen, ihr Zufluchtsort. Jetzt wusste sie nicht mehr, ob er das noch war. Sie setzte sich vor die Tür.

Sie hatte sich das alles nicht ausgesucht: das Heim, die Pflegefamilie, das neue Leben auf der Insel. Aber die Hütte, die hatte sie mit ausgesucht. Mitgebaut. Mitgeträumt.

Jetzt war Imke hier. Lene teilte ihre Zeit, ihre Worte, vielleicht auch bald ihre Geheimnisse mit ihr. Und Gretje spürte, wie sich etwas in ihr zusammenzog. Kein Zorn. Eher ein trauriges Erschrecken. Denn Lene hatte in den letzten Tagen kaum Zeit für sie gehabt, seitdem Imke da war.

Vielleicht ging nun alles wieder vorbei. Vielleicht blieb es jetzt so. Sie zog ihre Finger aus den Handschuhen und strich über die eingeritzten Buchstaben auf dem Türschild. *Sturmwinkel.*

Dann stand sie auf. Morgen wollte sie sich hier mit Lene treffen. Das hatte Lene vorgeschlagen. Aber jetzt, wo Gretje wusste, dass Imke mitkam, war sie sich nicht mehr sicher, ob sie sich darauf noch freute.

Am nächsten Tag war Gretje früh da. Zu früh. Sie wusste es, aber sie brauchte den Vorsprung – diesen kleinen Moment, in dem die Hütte noch ganz ihr gehörte.

Sie hatte ein Stück Butterbrot in der Jackentasche, das längst kalt geworden war, Frau Albers hatte es für sie in der Pfanne geröstet. Es war hart, aber sie biss trotzdem ab, während sie die letzten Meter durch die Düne stapfte. Der Sand war starr vom Frost.

Der *Sturmwinkel* lag friedlich zwischen den kahlen Büschen, ein bisschen schief, mit einer dünnen Reifschicht auf dem Dach. Gretje wischte sich die Handschuhe an der Hose ab, bevor sie die Tür vorsichtig öffnete. Drinnen roch es nach Holz, nach Erinnerung. Sie strich mit der Hand über die Decke, die immer noch dort lag, wo sie sie beim letzten Mal ausgebreitet hatten. Es war still.

Sie setzte sich auf den Stein an der rechten Seite. Direkt an der Wand. Es fühlte sich geschützt an – wie eine Grenze zwischen drinnen und draußen, zwischen damals und jetzt. Sie wartete.

Und irgendwann hörte sie Schritte. Und dann lautes Lachen. Sie hatte sie tatsächlich mitgebracht.

»… und hier geht's runter zur Hütte. Du wirst sie lieben, ehrlich!«

Lene.

Und dann: »Wie spannend. Ich war noch nie in einer Geheimhütte.«

Imke.

Die Tür ging auf. Lene kam zuerst rein. Ihr Gesicht war

hell, ihre Wangen gerötet vom Wind. »Gretje! Da bist du ja schon.«

Gretje nickte und brachte ein Lächeln zustande. Dann fiel ihr Blick auf Imke. Das Mädchen trug eine karierte Wollmütze, ihre Jacke war neu, mit Pelzbesatz, und ihre Stiefel glänzten.

»Imke kennst du ja schon«, sagte Lene. »Ich dachte, sie kann mitkommen … Das ist doch okay, oder?«

Gretje brachte kein Wort heraus. Sie sah zu, wie Imke neugierig den Raum musterte, dann die Decke anhob.

»Das ist ja wie ein kleines Haus«, sagte sie. »Sehr gemütlich!«

Lene lachte. »Hab ich doch gesagt. Wir haben's zusammen gebaut.«

Wir.

Das Wort traf Gretje wie ein kalter Luftzug. Sie war plötzlich ganz starr.

»Magst du uns Tee machen, Gretje?«, fragte Lene, ohne es böse zu meinen. Aber es klang, als wäre Gretje die Hüttenwirtin. Nicht die Freundin. Nicht die Hälfte des Bernsteins.

Sie ging zum Regal, stellte die alte Teedose auf den Stein. Ihre Finger zitterten, als sie die Blätter in die kleine Kanne füllte und dann das Wasser auf den Gaskocher stellte. Ihr ganzer Stolz. Gretje hatte ihr gesamtes Taschengeld dafür gespart. Als das Wasser zu singen begann, drehte sie den Gashahn ein kleines Stück zurück. Dampf stieg auf, verhüllte ihre geröteten Wangen. Sie wollte nicht, dass die beiden sahen, wie schlecht sie sich fühlte.

Lene saß mittlerweile auf einem der Kissen auf dem Boden, die Beine angewinkelt, den Rücken gegen die Wand gelehnt. Sie kramte in ihrem Rucksack. »Ich hab ein Kartenspiel dabei«, sagte sie fröhlich. »Oder wir könnten was aufschreiben. Geheimnisse oder Wünsche oder so. Jeder auf einen Zettel, und dann tauschen wir.«

Gretje drehte sich um. Der Blick, den sie Lene zuwarf, war ein stilles Rufen. Aber Lene sah ihn nicht. Oder wollte ihn nicht sehen.

Imke hatte sich inzwischen auf die Decke gesetzt und zog einen Notizblock aus ihrer Tasche. »Ich schreibe Geschichten«, sagte sie. »Vielleicht schreibe ich auch über heute. Geheimhütten sind toll für Geschichten.«

Gretje sagte nichts. Ihre Gedanken stolperten. Die Teeblätter wirbelten in der Kanne. Draußen kratzte ein Zweig gegen das Holz. Gretje schloss kurz die Augen. Dann nahm sie die Tassen aus dem Regal, die sie und Lene einmal mit ihren Namen bemalt hatten. Es waren zwei.

Es war ihr Ort, Gretjes und Lenes.

Sie konnte nicht sagen, warum sie so fühlte. Imke war freundlich, offen, nicht aufdringlich. Es wäre ungerecht, sie nicht zu mögen. Aber Gretje konnte es nicht.

Die Kanne war voll. Sie stellte sie ab, ohne aufzusehen. Dazu die beiden Becher. Für Lene und Imke.

»Willst du auch was, Gretje?«, fragte Lene. »Wir können ja aus einer Tasse trinken.«

»Nein«, antwortete Gretje leise. Und dann, lauter: »Ich dachte, das wäre unser Platz.«

Stille.

Lene sah sie an. Erst überrascht, dann verunsichert. »Das ist er doch.«

»Nicht mehr«, sagte Gretje.

Imke sah sie mit großen Augen an. »Ich kann auch gehen, wenn …«

Gretje stand auf, warf den Schal über die Schulter. »Ich geh.«

»Gretje!«, rief Lene ihr nach.

Aber da war Gretje schon draußen.

Der Frost biss ihr ins Gesicht. Tränen stiegen ihr in die Augen, aber sie wusste nicht, ob es vom Wind war oder von etwas Tieferem.

Der Weg zurück zur Pension war lang. Länger als sonst. Vielleicht, weil ihr Herz heute schwerer war. Vielleicht, weil sie wusste, dass es nie mehr ganz so sein würde wie vorher.

Kapitel 24

Der Duft von geschmolzener Butter und Zimt erfüllt die Küche, warm und süß hängt er wie eine Glocke in der Luft. Behutsam rühre ich den Zucker in die goldene Masse, die sich träge am Löffel entlangzieht. Die Schüssel ist noch warm vom Wasserbad, die Butter bereit, sich mit Mehl und Vanille zu verbinden. Neben mir steht ein kleines Fläschchen Orangenblütenwasser. Ein paar Tropfen davon machen jedes Gebäck besonders.

Für heute habe ich mir ein paar ganz besondere Rezepte überlegt. Jedes für sich ein kleines Kunstwerk: filigrane Sterne mit Orangenfüllung, mürbe Monde mit dunkler Schokolade, Zimtherzen mit einem Hauch von Meersalz. Jeder Keks ein kleiner Gruß an das Licht im Dunkel des Winters.

Hinter mir knarzt die Diele, ich höre Schritte und drehe mich um, es ist Jannik. Er bleibt stehen, atmet tief ein. »Wenn der Himmel einen Duft hätte, dann diesen«, sagt er.

Ich lache leise. »Dann musst du mir wohl öfter beim Backen helfen.«

»Mache ich gern, du hattest mich schon mit dem Schoko-

Espressokuchen überzeugt.« Seine Stimme klingt ein wenig tiefer als sonst, ein bisschen weicher. Er stellt sich neben mich, greift sich ein sauberes Geschirrtuch und beginnt, das bereits fertige Blech zu bestaunen. »Sind die alle von dir?«

»Ich habe ein bisschen vorgearbeitet. Heute Abend kommen Fenja, Mara und Annika zum Adventsessen, da werden bestimmt einige Plätzchen verputzt. Aber du darfst gleich mithelfen, der nächste Teig wartet schon.«

Er zieht die Ärmel hoch. »Na dann, Meisterin. Zeig mir, wie man Herzen formt, die nicht zerbrechen.«

Ich halte inne und sehe ihn an. Für einen Moment passiert nichts. Da ist nur ein Blick, vielleicht ein Hauch von mehr. Dann grinse ich und halte ihm den Ausstecher hin. »Versuch dein Glück.«

»Mara kommt zurück?«

»Ja, heute«, sage ich. »Sie dürfte schon unterwegs sein.«

»Schön, dann ist euer Trio wieder komplett.« Jannik greift nach dem Teigroller.

»Nicht zu dünn«, sage ich. »Denk an die gebrochenen Herzen.«

Er beginnt, behutsam den Teig auszurollen. Seine Hände sind vorsichtig, fast ehrfürchtig. Wir stehen nebeneinander, dicht genug, dass sich unsere Arme hin und wieder streifen.

»Was machst du, wenn ein Herz misslingt?«, fragt er, während er eines der geformten Plätzchen behutsam aufs Backblech legt.

»Manchmal backe ich's trotzdem«, antworte ich. »Und manchmal wird daraus einfach ein neues.«

Er nickt, sagt nichts, aber ich sehe, dass sein Blick an mir hängen bleibt. Die Art, wie seine Augen einen Moment länger auf meinem Gesicht verweilen, als nötig wäre.

Draußen fällt das erste Licht durch das Fenster. Ich gehe zum Herd, öffne kurz die Ofentür, lasse Hitze entweichen. Der Geruch nach Vanille und karamellisiertem Zucker mischt sich mit dem würzigen Teigduft. Als ich mich wieder umdrehe, sehe ich Jannik am Fenster stehen.

»Helena«, sagt er leise. »Komm mal her.« Er hat die Hände in die Hosentaschen geschoben und schaut nach draußen. Es dauert einen Moment, bis ich sehe, was er meint. Wirbelnde Flocken tanzen in der Luft. Schneeflocken, dick und rund, wie aus Watte. Sie legen sich auf die Fensterbank, schmelzen langsam und hinterlassen dunkle Tropfen auf dem Holz.

»Der erste Schnee«, flüstere ich.

Wir stehen so nah, dass sich unsere Schultern berühren. Ich spüre seine Wärme, seinen Atem. Irgendwo tickt die Küchenuhr, aber sonst ist es still.

Dann dreht er sich ein Stück zu mir, sucht meinen Blick. Und plötzlich ist da diese Stille, die nur zwischen zwei Menschen entsteht, die einander gerade wirklich sehen.

Er beugt sich leicht vor. »Darf ich?«

Ich nicke. Ganz leicht.

Und dann küsst er mich. Es ist kein dramatischer Filmkuss. Da ist kein Donner, kein Blitz. Nur ein leiser Moment. Warm. Still. Als hätte die Welt kurz den Atem angehalten.

Als wir uns lösen, sagt er nichts. Ich auch nicht. Wir brauchen keine Worte. Nur das Prickeln, das in der Luft liegt. Und den Schnee, der weitertanzt, als würde er für uns fallen.

Vier Backbleche und drei Küsse später ist es draußen still geworden. Der Schnee wird immer dichter, während drinnen der Ofen auf Hochtouren läuft. Kein Wind, kein Regen, nur diese lautlose, fast ehrfürchtige Ruhe, die sich manchmal über den Nachmittag legt, wenn der Tag langsam in den Abend kippt. Ich trage zwei große Tassen mit dampfendem Apfeltee durch die Hintertür in den Garten, wo Jannik bereits unter der Pergola sitzt, eingewickelt in eine Wolldecke, die er irgendwo aus dem Vorratsschrank gekramt hat. Neben ihm leuchtet eine kleine Laterne, die ich eigentlich erst morgen aufhängen wollte.

»Ich dachte schon, du bist wieder abgehauen«, sagt er und nimmt mir eine der Tassen ab.

»Und Tee und Plätzchen deinem Schicksal überlassen? Niemals.«

Ich setze mich neben ihn, ziehe die Decke ein Stück über meine Knie und atme tief ein. Die Luft riecht nach kalter Erde, nach frischem Holz und Schnee. Zwischen den Ritzen der Pergola hängen ein paar getrocknete Blätter, von Raureif überzogen. Die Lichterkette am Geländer glimmt leise vor sich hin, kleine goldene Punkte, die im fallenden Schnee tanzen.

»Ich kann mich nicht erinnern, wann ich das letzte Mal einfach so draußen gesessen hab, im Dezember«, murmelt Jannik. »Irgendwas an diesem Ort macht so was möglich.«

»Vielleicht ist es die Insel«, sage ich. »Vielleicht zwingt sie einen dazu, stiller zu werden.«

Er nickt und nimmt einen Schluck Tee. »Oder du. Du bist irgendwie wie eine Pause vom Rest der Welt.«

Ich sehe ihn an.

»Du weißt gar nicht, wie sehr ich das gebraucht hab«, sagt er leise. »Dieses langsame, warme. Und dich.«

Ich halte seine Worte fest, ohne sie zu erdrücken. »Ich auch«, sage ich einfach.

Ein paar Minuten vergehen, ohne dass wir sprechen. Wir beobachten den Schnee, wie er sich auf dem Zaun ablegt, in den Ritzen der Gartenstühle sammelt, auf den kahlen Ästen der Büsche balanciert, als hätte er genau dort hingehört.

»Wenn du an zu Hause denkst«, frage ich nach einer Weile, »was kommt dir da zuerst in den Kopf?«

Jannik überlegt lange. Dann sagt er: »Der Geruch von nassem Fell. Unser Hund damals. Und Apfelkuchen. Und dieser eine Ofen, der immer gequalmt hat, obwohl mein Vater meinte, er wäre das Beste vom Besten.«

Ich lache. »Ein Ofen, der raucht, ein Hund, der müffelt, und Kuchen. Klingt heimelig.«

»Und bei dir?«, fragt er.

Ich zögere. »Früher war es das Haus meiner Oma. Der Flur, die alte Tapete, die knarrende Holztreppe. Dann lange nichts. Und jetzt … ich glaube, es fängt wieder an, ein Gefühl zu werden. Kein Ort. Ein Zustand.«

Er sieht mich an. »Und wie fühlt sich dieser Zustand an?«

Ich schließe die Augen. »Wie dieser Moment. Warm. Sicher. Leise.«

Wir sitzen noch lange draußen, während der Schnee weiter fällt. Die Teetassen dampfen, das Licht der Laterne flackert. Und obwohl es Winter ist, spüre ich einen leisen Frühling in mir, wie das zarte Erwachen eines Traums, der vielleicht mehr ist als nur ein Gedanke. Vielleicht ist er eine Richtung. Vielleicht ist er ein Zuhause.

Es klingelt an der Tür, als ich gerade die letzten Orangensterne auf ein Tellerchen setze. Ich wische mir die Hände an der Schürze ab und eile durch den Flur. Draußen steht eine Frau, vielleicht Anfang vierzig, der graue Mantel ein wenig zu dünn für die Kälte, auf dem Koffergriff ihre ledernen Handschuhe, daneben ein schwarzer Rucksack mit breitem Träger. Ihr blondes Haar ist vom Wind zerzaust, ein paar Schneeflocken haben sich in den Strähnen verirrt. Mit einer Hand klemmt sie sich ihr Haar hinters Ohr und lächelt.

»Bin ich hier richtig in Maras Pension?«, fragt sie.

Ich nicke und trete zur Seite. »Herzlich willkommen. Ich bin Helena. Ich helfe gerade ein bisschen aus.«

Sie zieht den Koffer über die Schwelle, tritt ein, klopft den Schnee von den Schuhen. Ihre Wangen sind gerötet, nicht nur vom Wind. Sie wirkt ein bisschen nervös, als würde sie sich selbst noch nicht ganz sicher sein, ob sie bleiben darf.

»Ich bin Sophie«, sagt sie, »Sophie Thomsen. Ich habe das kleine Zimmer mit Blick auf den Garten.«

»Dann kommst du genau richtig«, sage ich. »Es gibt Kaffee und frische Plätzchen.«

Sie lächelt. »Ach, wirklich? Wie schön.«

Sie folgt mir durch den Flur in den warmen Frühstücksraum, wo auf dem Mitteltisch eine große Kanne Apfeltee steht, der nach Nelke und Orangenschale duftet. Die Keksschalen sind frisch aufgefüllt: Zimtsterne, Vanillekipferl, Buttergebäck in Tannenbaumform. Das Orangenblütenwasser hängt noch in der Luft, gemischt mit dem intensiven Duft des Tannengrüns, das an der Terrassentür leise vor sich hin trocknet.

Ein älteres Paar, das heute Morgen aus Münster angereist ist, sitzt bereits an einem der Tische. Die Frau, mit rosa Wolltuch um die Schultern, winkt freundlich herüber.

»Setz dich gern, wenn du möchtest«, sage ich. »Oder soll ich dir direkt dein Zimmer zeigen?«

»Ich bleibe gern noch einen Moment, um anzukommen«, sagt Sophie und setzt sich an einen der Tische.

»Das ist wirklich schön hier«, sagt sie schließlich und schaut sich um. »So … echt. Wie ein Zuhause.«

Ich schenke ihr Tee ein. »Willkommen auf Norderney.«

Sie nimmt einen Schluck, schließt kurz die Augen. Als sie sie wieder öffnet, liegt ein weicher Ausdruck darin. »Ich hab mich gefragt, ob es ein Fehler war, herzukommen«, sagt sie leise. »Aber vielleicht ist es genau richtig.«

»Fehler fühlen sich meistens erst später wie Richtungen an«, antworte ich.

Sophie sieht mich an, dann nickt sie langsam.

Ich lasse sie mit dem dampfenden Tee zurück und gehe in die Küche, wo es nach gebräunter Butter duftet. Ich lege ein paar frische Butterplätzchen auf das Blech und fülle ein paar der abgekühlten, kleinen Köstlichkeiten behutsam in Maras Porzellan-Keksdosen. In den letzten Tagen hat sich das Angebot am Nachmittag gut etabliert. Die Leute freuen sich jeden Tag darauf und versprechen schon beim Frühstück, in ein paar Stunden zurück zu sein. Gestern kam sogar die erste Insulanerin vorbei, um sich mit einem Stück Apfelstreuselkuchen und einer großen Tasse Tee aufzuwärmen. Auf dem großen Holztisch im Frühstücksraum liegt meine handgeschriebene Preisliste. Kaffee 2,00 €, Tee 1,50 €, Kuchen 3,50 €, Keksvariation 1,50 €. Daneben eine Kasse.

Fenja hat die Liste gestern Mittag mit mir geschrieben, während wir eine Kanne Tee getrunken haben. In die Ecke haben wir mit Filzstift kleine Schneeflocken und einen Adventskranz gemalt. Nichts Professionelles, aber mit Herz.

Am Fenster hat jemand zwei Stühle dicht nebeneinandergeschoben. Draußen leuchten die Lichter am Zaun, eine Reihe kleiner, gelber Glühbirnen. Sie geben dem verschneiten Garten etwas Zartes, fast Verwunschenes. Im Sommer sprießen dort Blumen in allen erdenklichen Farben und Formen. Aber jetzt gefällt es mir fast noch ein bisschen besser.

Ich atme tief durch. Es ist der dritte Advent. Und irgendwie fühlt es sich an, als würde gerade etwas wachsen, das größer ist als nur eine Weihnachtsstimmung. Es fühlt sich an wie Zuhause, irgendwie echt. Sophies Worte tanzen durch meinen Kopf. Sie hat recht, genauso fühlt es sich an.

Kapitel 25

Der Duft von gebackener Rote-Bete-Tarte und gebräuntem Ziegenkäse liegt noch in der Luft, als wir uns an den langen Holztisch setzen. Fenja hat den Tisch mit kleinen Tannenzweigen und silbernen Papiersternen dekoriert, die sie vorhin aus einem alten Buch ausgeschnitten hat. In der Mitte stehen vier dicke Kerzen, eine für jeden Advent. Die dritte brennt heute. Ihr Licht flackert leise im Luftzug und wirft lange Schatten auf das Tischtuch.

Ich ziehe meinen Stuhl zurecht und blicke über die dampfenden Schüsseln. Es gibt eine Möhren-Ingwer-Suppe, leicht scharf vom frischen Chili, den Annika in letzter Minute hineingerührt hat. Dazu selbst gebackenes Dinkelbrot, Walnussbutter, einen lauwarmen Salat aus Ofenkürbis, Granatapfel und Feta und eine Rote-Bete-Tarte mit Ziegenkäse. Die Farben allein sind schon ein Fest: warmes Orange, dunkles Rot, tiefes Grün. Der Winter, eingefangen auf Tellern.

»Es sieht wunderschön aus«, sagt Fenja leise und faltet ihre Hände kurz in den Schoß, bevor sie nach der Suppenkelle greift. Auch wenn wir kein großes Ritual daraus machen, fühlt sich dieser Moment fast heilig an. Kein Trubel, kein Reden.

Gerade als Annika nach der Suppenkelle greift, um das Festessen zu eröffnen, klopft es an der Tür. Danach dreht sich der Schlüssel im Schloss.

»Mara!«, sagt Fenja und springt auf.

Mara ist später da als erwartet. Sie schließt die Tür hinter sich, hängt ihren langen roten Mantel an die Garderobe und kommt herein. »Ich hab euch vermisst«, sagt sie mit leuchtenden Augen. Ihre Nasenspitze ist gerötet, ihre Lippen ein wenig trocken von der Heizungsluft, aber sie sieht besser aus.

Ich stehe auf und schließe sie in die Arme. »Du kommst genau richtig.«

Fenja hat schon einen Teller für sie bereitgestellt, Annika gießt ihr Tee ein.

Mara setzt sich zu uns und lässt ihren Blick über den Tisch schweifen. »Mhh!«, macht sie. »Das sieht wirklich wundervoll aus!«

Wir essen eine Weile schweigend. Der Schnee fällt draußen ganz sanft, hüllt alles in Weiß. Ab und zu knackt das Holz in der Wand, als würde das Haus selbst in Gedanken versinken. Die Stimmung ist weich, fast zerbrechlich. Vielleicht ist es der Schnee. Vielleicht das Kerzenlicht. Vielleicht, weil wir alle wieder zusammen sind und ein bisschen mehr fühlen als sonst.

»Und?«, fragt Mara und beißt genüsslich in ein Stück Brot, das sie dick mit Walnussbutter beschmiert hat.

»Heute nur gutes Essen und ein paar stille Gedanken«, sagt Annika.

»Dann bin ich ja beruhigt.« Mara lächelt, und für einen Moment ist alles leicht. Sie bringt Wärme mit, das hat sie schon immer, und das tut ihr Zuhause auch. Diese Pension ist wie sie. Sie spiegelt, was sie ist. Sie selbst ist ihr Geheimrezept, und ich glaube, genau das ist es, was auch mein Gebäck so besonders macht.

»Hier war auch alles gut. Die Rommé-Damen habe ich mit meinem Kuchen um den Finger gewickelt. Alle Gäste waren zufrieden, glaube ich, und sie lieben diesen Ort hier sehr.«

Mara lächelt sanft. »Genau das ist der Grund, warum ich so an dieser Pension hänge. Menschen haben hier eine gute Zeit und kommen wieder. Das ist so ein schönes Gefühl!«

Nach dem Essen rücken wir die Stühle näher ans Fenster. Annika holt eine Schale mit aufgeschnittenen Orangen, Fenja hat getrocknete Apfelscheiben mit Zimt vorbereitet, ich stelle noch einen Teller mit den übrigen Plätzchen in die Mitte.

»Wollen wir uns ein Lager bauen? Wie früher?«, schlägt Fenja da plötzlich vor.

»Hier drinnen vor der Terrassentür? Unbedingt!«, sage ich. Wir haben unsere Lager früher geliebt. Egal, bei wem von uns wir waren. Wir haben große Kissen, Decken, Tücher und was immer uns in die Finger kam, auf den Boden gelegt und eine kuschelige Liegewiese daraus gebaut.

Fenja beginnt, die Kissen von den Stühlen zu sammeln und vor der großen Terrassentür auf den Boden zu legen. Annika bringt unsere Snacks herüber, und Mara verschwindet im Keller, nur um kurz darauf mit einem Stapel kuscheliger

Decken zurückzukommen. Kurz darauf sitzen wir eingewickelt in Wolldecken auf dem Boden. Vor mir der leuchtende, von Schnee bedeckte Garten, links und rechts von mir meine Freundinnen, die sich nach Zuhause anfühlen.

»Ich muss euch noch etwas erzählen«, sagt Mara schließlich und schaut uns der Reihe nach an. »Ich fahre im Januar nach Schweden. Drei Wochen. Ein kleines Retreat. Ganz für mich.«

»Wow«, sagt Fenja und lehnt sich zurück. »Allein?«

Mara nickt. »Ein Haus am See. Ohne Empfang, ohne Termine. Nur ich, meine Gedanken und ein Haufen Bücher.«

»Und danach?«, fragt Fenja vorsichtig.

»Danach ... weiß ich es nicht«, sagt Mara. »Und das fühlt sich irgendwie gut an.«

Ich nehme einen Schluck Tee, der schon ein wenig abgekühlt ist. Der Zimt schmeckt noch deutlich raus, fast scharf. »Und die Pension?«, frage ich, halb aus Interesse, halb, weil ich spüre, dass da noch etwas kommt.

»Ehrlich gesagt hatte ich gehofft, dass du ...« Mara hält inne. Ihre Finger kreisen um den Rand ihrer Teetasse, als könnte sie darin eine Antwort finden. Dann schüttelt sie kaum merklich den Kopf. »Ich weiß es ehrlich gesagt nicht.«

Einen Moment lang herrscht Stille. Ich überlege, ob sie mich gerade fragen wollte, ob ich während ihrer Abwesenheit bleibe. Oder mehr als das. Die Verantwortung übernehme. Vielleicht sogar langfristig. Ein Zittern läuft mir über den Rücken. Ich sollte mich freuen. Es ist schließlich ein Zeichen von Vertrauen. Doch in meinem Magen zieht sich etwas zusammen.

»Ich hab auch was«, sage ich schnell, beinahe reflexhaft, als müsste ich eine Waage ausgleichen. »Der Vermieter hat sich gemeldet. Das Café in Kassel. Es wird konkret. Wir treffen uns am dritten Januar und machen den Mietvertrag.«

»Das klingt großartig!«, sagt Annika. »Du wolltest das doch so lange.«

»Ja. Ich wollte das. Ich will das.« Ich zögere einen Moment. »Vielleicht.« Ich lege die Hände in den Schoß, spüre die Schwere meiner Worte. Und dann schaue ich zu Mara. »Ich weiß nicht, warum, aber … irgendwie fühlt sich auf einmal alles anders an.«

»Weil du dich anders fühlst«, sagt Fenja leise. »Weil du dich hier anders fühlst.«

Ich nicke. »Vielleicht. Es ist, als würde die Insel mich ganz langsam einwickeln. Wie ein alter Schal, der nach zu Hause riecht. Und ich weiß nicht, ob ich mich wehren soll oder mich einfach reinlegen.«

»Musst du nicht«, sagt Mara. Ihre Stimme ist ruhig und bestimmt. »Doch du solltest ehrlich mit dir sein.«

Ich halte ihrem Blick stand. »Bin ich. Aber ich bin einfach im Moment noch hin- und hergerissen. Auf der einen Seite ist das diese Chance, mein Café zu eröffnen. Mein eigenes. Alles ist vorbereitet, ich habe ewig davon geträumt. Und jetzt, wo es wirklich passieren könnte – kommt diese Unruhe. Dieses kleine ›Was, wenn?‹ in meinem Kopf.«

Mara beugt sich leicht vor. »Ist es wirklich dein Traum, das Café? Oder ist es ein Traum, den du irgendwann angefangen hast zu träumen, weil du dachtest, er passt zu dir?«

»Es ist mein Traum, schon lange. Ich will ein Café, ein

eigenes!«, sage ich bestimmt. »Aber irgendwie will ich hier auch nicht mehr weg.«

»Aber warum geht denn nicht beides?«, fragt Fenja.

»Wie denn? Die Distanz ist viel zu groß«, sage ich. »Ich kann unmöglich hier leben und mein Café in Kassel betreiben.«

»Das meinte ich auch nicht. Warum schaust du dich nicht nach einem geeigneten Ort hier auf Ney um?«, fragt Fenja.

Ich lache leise, unsicher. »Ein Café auf Ney? Du weißt doch, wie schwer es ist, sich hier selbstständig zu machen. Zumal ich kein Eigentum hier habe und auch noch eine Wohnung bräuchte. Das ist so gut wie unmöglich.«

»Das denke ich nicht«, sagt Mara. »Du könntest doch bei mir einsteigen.«

»In deine Pension? Meinst du, das könnte funktionieren?«, frage ich schließlich, leise, fast wie zu mir selbst. Ich schüttele den Kopf. »Das ist lieb. Aber ehrlich gesagt will ich das nicht schon wieder. Für jemanden arbeiten, abhängig sein. Ich will mein eigener Chef sein. Und eben ein Café betreiben und keine Pension.«

Mara legt den Kopf leicht schief, dann lächelt sie. »Ich brauche den Raum nur fürs Frühstück. Danach ist er frei.«

Es ist nicht nur ein Satz. Es ist ein Angebot. Ein Möglichkeitsfenster. Ich bin so überrascht, dass mir erst einmal keine Antwort einfällt.

»Was passiert hier gerade?«, fragt Fenja mit einer hochgezogenen Augenbraue.

»Ich glaube, die beiden beschließen gerade, zusammenzuarbeiten«, sagt Annika trocken, aber mit einem Grinsen.

Ich lächle. Und Mara tut es auch.

Da beugt Annika sich leicht nach vorne. »Sag mal, Helena …« Sie deutet auf den Plätzchenteller. »Hast du die wirklich alle allein gemacht?«

Ich spüre, wie meine Wangen warm werden. »Nicht ganz. Jannik hat mir geholfen.«

»Ach ja?« Annika grinst.

Fenja sagt nichts, aber sie beobachtet mich genau.

»Wir haben gemeinsam gebacken«, sage ich, bemüht beiläufig. »Es war … schön.«

»Und?«, fragt Mara. »Nur gebacken?«

Ich merke, wie mir tatsächlich die Hitze in den Kopf steigt und ich rot werde.

Annika lehnt sich mit einem spitzbübischen Grinsen zurück. Fenja aber bleibt still. Ihre Augen sind weich, irgendwie traurig. Vielleicht hat sie ein Problem damit, weil Jannik ihr Bruder ist. Auch Mara sagt kein Wort.

»Was ist?«, frage ich sie.

Fenja zögert. Dann sagt sie: »Ich hoffe wirklich, dass mein Bruder es dir bereits selbst gesagt hat.«

»Was denn?«, frage ich.

Sie atmet einmal tief durch. »Jannik geht. Er verlässt die Insel. Im Februar.«

Mir entgleitet beinahe die Tasse. »Was?«

»Er hat's mir erzählt, als wir neulich spazieren waren. Es war nicht sicher, ob er's wirklich macht, aber … ich glaube, er hat sich entschieden.«

Der Boden unter meinen Füßen scheint für einen Moment zu wanken. Ich schaue in die Kerzenflamme. Das Licht flackert, genau wie meine Gedanken. »Ich …«, setze ich an, aber der Satz endet im Nichts.

Meine Freundinnen schweigen, und in ihrem Schweigen liegt etwas Unbestimmtes. Mitgefühl vielleicht oder Zögern. Ich bemerke, wie Fenja die Lippen aufeinanderpresst, als würde sie mit sich ringen. Ein flüchtiger Blick, den sie mit Mara und Annika tauscht, entgeht mir nicht.

»Er hat … nichts gesagt«, flüstere ich, mehr zu mir selbst als zu den anderen. Vor wenigen Minuten noch habe ich meinen Freundinnen von Jannik und mir erzählt – davon, dass da etwas ist zwischen uns, etwas Schönes und Zerbrechliches. Und jetzt? Jetzt soll er in ein paar Wochen einfach verschwinden? Meine Gedanken wirbeln durcheinander wie die Schneeflocken draußen im Wind. Warum hat er mir nichts davon erzählt? War es für ihn nicht der Rede wert, was zwischen uns ist? Oder wusste er selbst nicht, wie er es mir sagen sollte?

Neben mir höre ich ein leises Klirren, als Mara ihre Tasse beiseitestellt. »Ich mache ihn höchstpersönlich einen Kopf kleiner!«, schimpft sie.

»Es tut mir leid«, sagt Fenja. Sie klingt bedrückt, als würde sie sich schuldig fühlen. »Ich dachte, du wusstest es bereits …«

Ich schüttle langsam den Kopf, unfähig, etwas zu erwidern. Ein Teil von mir möchte Jannik in Schutz nehmen. Vielleicht hat er erst vor Kurzem von dem Angebot erfahren, vielleicht hat er einfach nach dem richtigen Moment gesucht, es mir zu erzählen. Doch ein anderer Teil in mir fühlt sich verletzt und übergangen.

In meinem Kopf überschlagen sich die Gedanken. Eben noch war ich voller leiser Freude, weil sich mit Jannik etwas Neues anbahnt. Etwas, das ich nach all den Enttäuschungen der Vergangenheit kaum zu hoffen gewagt hatte. Und jetzt? Soll ich diese zarte Hoffnung einfach begraben, nur weil er fortgehen wird? Zwei Monate bleiben bis Februar. Zwei Monate, in denen so vieles ungesagt bleiben könnte. Ich habe mir doch geschworen, nie wieder unüberlegt mein Leben für einen Mann umzukrempeln, nicht nach allem, was ich hinter mir habe. Ich will vernünftig sein, stark und unabhängig. Doch der Schmerz, den ich in diesem Augenblick spüre, lässt sich nicht einfach wegrationalisieren.

Ich bin hin- und hergerissen. Ein Teil von mir möchte aufspringen, zu Jannik laufen und Antworten verlangen. Ein anderer Teil möchte sich verkriechen, die Mauern um mein Herz wieder hochziehen, um nicht noch mehr verletzt zu werden.

»Was wirst du tun?«, fragt Mara schließlich leise. In ihrer Stimme liegt keine Neugier, nur Behutsamkeit.

»Ich weiß es nicht«, gebe ich ehrlich zurück. Was *kann* ich tun? Jannik einfach ziehen lassen, ohne ihm zu zeigen, was er mir bedeutet? Oder doch alles aufs Spiel setzen und ihm womöglich nachgehen – entgegen allem, was ich mir selbst versprochen habe?

Mein Blick wandert über den Tisch: zu den flackernden Kerzen, den leer gegessenen Tellern, den sorgenvollen Gesichtern meiner Freundinnen. Zwischen meinen Fingern zerknülle ich sanft die Serviette, die Mara mir gegeben hat. »Ich weiß es wirklich nicht«, wiederhole ich flüsternd, auch zu mir selbst.

Da steht Fenja auf, umrundet den Tisch und legt ohne ein Wort ihre Arme um mich. Ihre Umarmung ist fest und warm, und ich lasse meinen Kopf gegen ihre Schulter sinken.

»Du weißt, wie sehr ich mich darüber freuen würde, wenn du auf Ney bleibst. Und die Idee mit dem Café in Maras Pension ist echt genial, wenn du mich fragst. Aber als deine Freundin rate ich dir, dass du dir ganz in Ruhe Gedanken machst, woher das Gefühl auf einmal kommt, dass Norderney dein Zuhause ist und du hier nicht mehr wegwillst. Frag dich, inwieweit das was mit Jannik zu tun hat.«

Kapitel 26

Es riecht nach geröstetem Brot, obwohl es erst kurz vor sieben ist. Vielleicht ist es der Duft, der vom Vorabend in den Dielen hängen geblieben ist. Ich schiebe die Ärmel meines Pullovers ein Stück über die Finger und ziehe meine dicken Haussocken an. Draußen ist es noch duster, nur ein fahler Schimmer von Licht klebt am Horizont.

Als ich in die Küche komme, sitzt Mara schon am Tisch, eine dampfende Tasse in der Hand. Sie blickt zum Fenster, wo sich Schneekristalle an der Scheibe abzeichnen. Die Küche ist in sanftes Licht getaucht – nicht hell, aber genug, um alles weich wirken zu lassen.

»Guten Morgen«, sage ich. Meine Stimme ist noch rau.

»Setz dich«, sagt Mara. »Ich mach dir einen Kaffee.«

»Ich wollte eigentlich helfen …«

»Heute nicht.« Sie kommt zurück und stellt eine zweite Tasse auf den Tisch, gießt dampfend schwarzen Kaffee aus einer großen Thermoskanne hinein. »Heute sollst du es dir gutgehen lassen. Du hast hier in den letzten Tagen schon genug gemacht, wofür ich dir übrigens auf ewig dankbar sein werde.«

Ich lächle und nehme dankbar die Tasse entgegen. Die Wärme der Tasse schmiegt sich an meine Hände, während ich hinaussehe. Schneeflocken rieseln lautlos über den Zaun, setzen sich auf die kahlen Zweige des Apfelbaums neben der Pergola. Es ist friedlich, auch in mir, was mich doch sehr stark wundert.

Mara sieht mich von der Seite an. »Geht's dir gut? Nach gestern Abend?«

Ich atme tief ein. »Ich glaube schon. Ich meine, ich weiß es nicht genau. Es ist so viel. Ich bin nicht wütend auf ihn. Nicht wirklich. Aber ich bin enttäuscht. Weil er nichts gesagt hat. Weil ich es von Fenja erfahren musste.«

Sie nickt langsam, sagt eine Weile nichts. »Manchmal brauchen Menschen länger, um sich ein Herz zu fassen. Auch die Guten.«

Ich schaue auf den Dampf über meiner Tasse. »Ich muss gleich mit ihm reden.«

»Ja«, sagt Mara leise. »Weißt du, ich glaube, ihr wärt ein wirklich schönes Paar. Es passt irgendwie, das hat es schon immer. Und das kann ich mittlerweile ohne Eifersucht sagen. Ich und er – das hat damals einfach kein Ganzes ergeben. Heute verstehe ich das.«

Ich nippe am Kaffee, nicke und lächle sie kurz an. Ich bin froh, dass Jannik nicht zwischen uns steht. »Meintest du das gestern ernst? Mit dem Café? Dass du es dir wirklich vorstellen kannst?«

Mara lächelt. »Ich hab's nicht nur gemeint, ich hab's gefühlt.«

»Ich will wirklich bleiben, Mara. Ich will das hier. Diese

Insel. Die Pension. Den Duft von Tee und Salz in der Luft. Ich will mein Leben hier verankern, nicht durch einen Mann – sondern weil es sich richtig anfühlt.«

Sie lehnt sich zurück, legt eine Hand auf meine. »Ich freu mich so sehr, dass du das sagst. Ich werde in den nächsten Monaten viel unterwegs sein: Schweden, vielleicht Dänemark und irgendwann auch Finnland. Ich sehne mich nach dem Norden. Ich habe Pläne. Und wenn du bleibst, dann wüsste ich, dass hier jemand ist, der mitdenkt. Mitfühlt. Der diese Räume liebt.«

»Und das Café?«

»Wäre eine wunderbare Ergänzung. Frühstückspension am Morgen, Café am Nachmittag. Und im Sommer öffnen wir den Garten, mit Zitronenlimo und Holunderblütenkuchen. Vielleicht machen wir sogar kleine Konzerte oder Lesungen oder Verkostungen. Ach, man kann so viele tolle Sachen organisieren.«

Ich lächle. »Das hört sich großartig an.«

»Dann machen wir's so«, sagt sie. »Im Frühjahr. Großes Opening. Bis dahin richten wir alles her. Du darfst natürlich die Wände streichen.«

Ich sehe sie an, spüre, wie sich in meinem Bauch etwas weitet. »Das fühlt sich so richtig an.«

»Weil es richtig ist.«

»Ich sage Joshua ab, ja?«

Mara nickt, und ich grinse. »Wäre es okay für dich, wenn ich ein paar Schritte gehe?« Ich deute auf den gedeckten Frühstückstisch. »Du scheinst ohnehin schon mit allem fertig zu sein.«

»Klar, geh nur, ich habe alles im Griff. Die frische Luft wird dir guttun.«

Ich bleibe noch einen Moment sitzen, dann ziehe ich meine Jacke über und schlüpfe in die dicken Stiefel. Die Luft draußen ist klar und schneidend. Der Himmel trägt noch sein tiefes Schwarz, aber im Osten wächst ein zartes Rosa. Ich laufe los, dem Deich entgegen, oben angekommen, streift mir der Wind durch mein Haar. Ich gehe ein ganzes Stück den Strand entlang. Es ist Niedrigwasser, die Wellen haben sich zurückgezogen, unter mir knirschen und knacken riesige Nester aus Muschelschalen und kleinen Steinen. Ich bleibe einen Moment stehen, richte meinen Blick auf die Nordsee und atme tief ein und wieder aus. Das ist es, genau das lohnt sich!

»Helena!«, höre ich plötzlich jemanden die Stille durchbrechen, und ich erkenne die Stimme sofort. Ich drehe mich um. Es ist Jannik.

Er kommt am Spülsaum entlanggerannt, sein Schal ist verrutscht, seine Mütze schief, als er bei mir ankommt. »Helena! Warte!«

Mein Herz klopft mir bis in die Fingerspitzen, ich wollte heute mit ihm reden, unbedingt. Aber dass das so früh passiert …

Jannik senkt seinen Blick. »Fenja war gestern bei mir.«

Fenja … Sie hat es bestimmt nicht für sich behalten. Erst erzählt sie mir von seinen Plänen, und dann erzählt sie ihm, dass sie mir davon erzählt hat? Sie meint es gut, sie liebt uns beide, das weiß ich.

»Mitten in der Nacht. Sie war wütend. Richtig wütend. Sie hat gesagt, ich solle mich was schämen. Und sie hat recht.«

Ich sehe ihn an. »Warum hast du nichts gesagt?«

»Ich habe … Ich weiß es nicht. Ich habe die Zusage für das Stipendium erst vor ein paar Tagen bekommen. Und ich wusste nicht, wie ich's sagen soll.«

»Du hättest es mir trotzdem erzählen müssen.«

»Ich weiß! Und es tut mir unfassbar leid, Helena. Wirklich, ich wollte dich nicht verletzen.«

Ich schweige. Aber seine Worte wirken aufrichtig.

»Ich weiß, es war dumm. Aber dieses Stipendium – ich habe mich schon im Sommer beworben. Da warst du noch nicht hier. Es ist für ein Fotografiestudium im Master an einer berühmten Kunsthochschule in Hamburg. Es dauert zwei Jahre. Und als du dann da warst …« Er bricht ab. »Ich will nicht, dass du denkst, ich hätte dich benutzt. Oder dir was vorgemacht.«

Ich sehe ihm in die Augen. Da ist keine Lüge. Nur Unruhe. Und dieser Blick, den ich seit Ewigkeiten kenne.

»Ich bleibe«, sage ich.

Er blinzelt. »Was?«

»Ich bleibe hier. Ich mache das Café in der Pension auf. Mit Mara. Ab dem Frühjahr.«

Er atmet tief ein, ein Lächeln kriecht über sein Gesicht. »Dann sage ich ab.«

»Nein«, widerspreche ich sofort. »Du wirst das Stipendium nicht ablehnen. Das ist deine Chance. Du musst gehen.«

»Aber …«

»Ich warte auf dich. So wie du gewartet hast. Wir schreiben uns eine Flaschenpost, ja? Und werfen sie beide ins Meer. Ich bleibe hier. Du gehst. Und wenn du zurückkommst, dann sehen wir weiter.«

Er steht da, sagt nichts. Dann zieht er mich an sich, leise, ohne Hast. Ich lege meine Stirn an seine Brust. Der Wind pfeift über den Strand. Die Möwen kreischen irgendwo im Grau.

»Okay«, sagt er. »Dann machen wir das so.«

Wir gehen langsam zurück. Hand in Hand. Keine Worte mehr. Nur Schnee unter den Sohlen und das leise Rauschen der Wellen.

Der Klingelton meines Handys reißt uns aus unserem Moment. Ich ziehe es aus der Jackentasche und schaue auf das Display. »Oma«, murmle ich.

Ich nehme ab. »Hallo?«

»Kind«, sagt sie. »Wo steckst du denn? Ich bin auf dem Weg zum Hafen. Hol mich bitte um vier von der Fähre ab, ja? Ich komme dich besuchen. Ich will dich nicht allein lassen zum vierten Advent. Und außerdem habe ich hier noch ein, zwei alte Geschichten zu klären.«

»Was? Das ist ja eine schöne Überraschung. Natürlich hole ich dich ab.« Ich verabschiede mich, lege auf, schaue noch einen Moment auf mein Smartphone und stecke es zurück in meine Hosentasche. »Meine Oma kommt auf die Insel«, sage ich und schaue Jannik mit großen Augen an.

Der Wind treibt Salz in die Luft, als ich am Nachmittag die Promenade entlanglaufe. Es ist kurz vor vier, der Himmel hängt in einem dicken Grau über dem Hafen. Möwen kreischen, irgendwo wird ein Fahrrad von einer Böe erwischt und fällt klappernd um. Die Fähre ist bereits zu sehen, aber es dauert noch ein bisschen, bis sie anlegen wird. Die ersten Menschen sammeln sich am Anleger. Einige mit Rollkoffern, andere mit schwerem Gepäck über der Schulter. Wintergäste, Insulaner, ein paar Jugendliche mit Schneeflecken auf den Jeans. Menschen, die über Weihnachten die Insel verlassen, während in wenigen Minuten Menschen kommen, um die Feiertage auf Norderney zu verbringen. Verrückt.

Und dann höre ich sie – das dumpfe Dröhnen der Fähre, die sich durch die graue Nordsee schiebt. Ein tiefes, vibrierendes Brummen, das durch den Boden geht. Ich trete näher an die Absperrung, sehe, wie das Schiff durch den Dunst gleitet, groß und behäbig, das Licht auf der Brücke wie ein trüber Stern im Nebel.

Kaum hat die Fähre angelegt, schieben sich die ersten Reisenden langsam an die Reling. Ein älterer Herr mit Zeitung unterm Arm. Zwei Kinder, die auf Zehenspitzen schauen, ob jemand sie erwartet. Eine Frau mit rotem Wollmantel, die sich hektisch die Mütze zurechtzupft.

Ich suche mit den Augen den Eingang. Wo ist sie? Noch immer kein Zeichen von meiner Oma. Ich steige auf die niedrige Hafenmauer, lehne mich leicht vor. Dann, endlich, sehe ich sie.

Langsam, fast zögerlich, geht sie den Anlegesteg hinauf. Der graue Mantel flattert leicht im Wind, das Seidentuch an ihrem Hals verrutscht bei jedem Schritt ein bisschen mehr.

Sie trägt ihre Reisetasche über dem Arm – aber sie ist nicht allein.

Neben ihr läuft ein Mann, der mir sehr bekannt vorkommt.

Ich blinzle. Max?

Er trägt ihren Koffer. Und er sieht aus, als hätte ihm jemand den Boden unter den Füßen weggezogen. Blass ist er, wie ich sehe, als sie näher kommen, mit dunklen Ringen unter den Augen, das Gesicht eingefallen, als hätte er seit Tagen nicht geschlafen. Sein Blick ist auf den Boden gerichtet, während er in vorsichtiger Entfernung neben meiner Großmutter geht.

Mein Herz macht einen seltsamen Satz, irgendwo zwischen Verwirrung und Vorfreude. Ich springe von der Mauer, renne ihnen entgegen. Oma Gretje entdeckt mich zuerst. Sie hebt die Hand, winkt – ihr Lächeln ist warm, wie immer.

»Da bist du ja, Helena«, sagt sie, als ich sie erreiche, und drückt mich fest an sich. Ich atme ihren vertrauten Duft ein: Lavendel, kalter Wind, ein Hauch von Marzipan. »Hoffentlich musstest du nicht lang warten.«

Ich schüttele den Kopf, aber meine Augen bleiben an Max hängen.

In seinem Blick liegt ein leichtes Funkeln. "Hi", sagt er und lächelt verschmitzt. "Überraschung!"

"Max!", rufe ich und ziehe ihn in meine Arme. Dabei fällt mir auf, dass er sich schmaler anfühlt als sonst.

Als wir uns lösen, sehe ich ihn an. Seine Augen sind müde.

»Was machst du hier?«, frage ich.

Er zuckt die Schultern, das Lächeln auf seinen Lippen ist nun traurig. »Klara hat sich von mir getrennt«, sagt er tonlos. »Vor drei Tagen. Ich wusste nicht, wohin mit mir. Und als ich zufällig deine Oma getroffen habe und sie mir erzählt hat, dass sie dich besuchen will, habe ich sie gefragt, ob sie mich mitnimmt.«

Ich sehe zu Oma, die ganz ruhig danebensteht, die Hände um die Henkel ihrer Handtasche gelegt. Ihr Blick ist liebevoll – aber wach. »Er braucht eine Pause«, sagt sie. »Und vielleicht ein bisschen Nordseeluft.«

Ich nicke und hake mich bei Max ein. »Dann komm, hier bist du richtig.« Und ich auch! Was die beiden wohl sagen werden, wenn ich ihnen erzähle, dass ich für immer bleiben will?

Kapitel 27

Norderney, einige Tage später – kurz vor Weihnachten

Das Kaminfeuer knackt leise. Ich sitze mit einer dampfenden Tasse Tee auf dem Sofa im Wohnzimmer der Pension. Eingewickelt in eine Wolldecke schaue ich aus dem Fenster, während draußen langsam der Abend anbricht. Das kalte blaue Licht des Winters fällt herein. Die Lichterketten an der Pergola schimmern gedämpft. Alles wartet auf Weihnachten.

Die Tür öffnet sich leise, und Oma Gretje kommt rein. In ihren Händen hält sie ein kleines Tablett mit zwei Gläsern Sanddornlikör. »Ich dachte, wir könnten mal anstoßen. Auf das Leben. Und auf mutige Entscheidungen.«

Ich nehme ihr das Tablett ab und stelle es auf den Couchtisch. »Danke, Oma. Das klingt gut.«

Sie setzt sich langsam neben mich, streicht sich eine graue Haarsträhne hinters Ohr und nimmt ihr Glas. Einen Moment lang sagt niemand etwas. Dann sieht sie mich an, ernst, aber weich.

»Du wolltest mich noch etwas fragen, nicht wahr?«, sagt sie leise.

Ich nicke. »Wegen Lene. Und Imke. Du hast nie darüber

gesprochen. Aber irgendwas in deiner Stimme neulich hat mir gesagt, dass da mehr war.«

Oma atmet tief durch. »Ich dachte lange, es wäre besser zu schweigen. Aber vielleicht …«

Ich ziehe meine Beine unter die Decke und lehne mich zurück. Draußen weht eine Böe über die Terrasse, wirbelt Schnee auf. Drinnen ist es still.

»Als ich ein Teenager war«, beginnt Gretje, »kam Lene von einer Reise zurück. Ich hatte sehnsüchtig auf sie gewartet. Sie war mein Zuhause geworden, mein Herz. Aber sie war nicht allein. Ihre Cousine Imke war bei ihr – blond, warm, offen. Einer dieser Menschen, die sofort dazugehören. Die man mag, ohne zu hinterfragen.«

Ich nicke, sage aber nichts.

»Am Anfang dachte ich, es sei nur vorübergehend. Aber plötzlich war alles anders. Lene lachte mit Imke so, wie sie früher mit mir gelacht hatte. Sie flüsterten, tauschten Blicke, gingen eigene Wege. Ich fühlte mich wie ein Schatten.«

Ihre Stimme ist ruhig, aber ich höre den Schmerz darin. Als hätte er sich jahrzehntelang in den Falten ihrer Stimme versteckt.

»Ich war wütend. Und eifersüchtig. Ich wollte es nicht sein, aber ich war es. Ich hatte geglaubt, dass unsere Freundschaft etwas Einzigartiges war. Und dann fühlte es sich an, als wäre ich austauschbar.«

Ich spüre einen Kloß in meinem Hals. »Was ist passiert?«

»Es kam zum Streit. In unserer Hütte. Ich warf ihr vor, alles kaputt zu machen. Und sie mir, dass ich mich selbst ausschließe. In dem Moment habe ich gemerkt, dass wir uns verlieren, ich wusste nicht, wie ich es aufhalten kann.«

Sie hält inne, blickt ins Feuer. »Lene war mein erster großer Verlust. Es war schmerzhafter als die Trennung von meinen Eltern. Anders. Ich habe lange gebraucht, das zu verstehen.«

Ich lege meine Hand auf ihre. »Und trotzdem bist du geblieben.«

»Ja. Weil die Insel mein Zuhause war, ich hatte keinen anderen Ort mehr. Und ich habe gelernt, dass nicht jede Liebe so bleibt, wie man sie zuerst erlebt. Manche verändern sich. Manche verschwinden. Und manche … tauchen in anderer Form wieder auf.«

Ich bin still. Ihre Worte ziehen in mir Kreise. Inmitten all meiner eigenen Fragen, Zweifel, Hoffnungen.

»Ich habe mein Leben irgendwann ohne Lene gelebt und ein paar Jahre später die Liebe gefunden. Henno, ein stattlicher junger Mann, hach«, sagt Oma und seufzt. »Aber auch das war nicht von langer Dauer. Imke hat Henno schöne Augen gemacht. Erst habe ich mir nichts dabei gedacht. Aber irgendwann, an einem warmen Sommertag, als ich am Strand spazieren gegangen bin, habe ich die beiden eng umschlungen am Fuße einer Düne liegen sehen.«

»Oma, das tut mir so leid.«

»Nein, Schatz, das ist ewig her, und wahrscheinlich hatte alles einen Sinn. Aber damals hat es sich angefühlt, als hätte Imke mir zwei große Lieben genommen.«

»Erst Lene und dann Henno.«

Oma nickt. »Genau.«

Plötzlich klopft es an der Tür. Oma sieht mich fragend an.

Ich stehe auf, gehe zum Eingang und öffne. Max. Er ist von seinem Strandspaziergang zurück. Er wirkt erschöpft. Blass. Mit geröteten Augen und Wangen.

»Darf ich mich zu euch setzen?«, fragt er.

Ich nicke. »Natürlich.«

Er stellt seinen Rucksack ab und zieht die Mütze vom Kopf. Schnee fällt ihm von den Schultern. Max folgt mir ins Wohnzimmer, setzt sich wortlos in den Sessel gleich neben dem Kamin.

»Was ist eigentlich passiert?«, frage ich ihn. Ich setze mich wieder aufs Sofa, während sich Oma leise verabschiedet und in die Küche geht – wie immer, wenn sie spürt, dass etwas in Bewegung ist.

Er atmet tief durch. »Klara hat sich getrennt. Ziemlich plötzlich. Das hat mir den Boden unter den Füßen weggerissen, ich habe es ehrlich gesagt überhaupt nicht kommen sehen. Ich musste raus. Aber ich wusste nicht, wohin und wollte nicht allein sein. Und dann habe ich an dich gedacht. An die Insel. An das letzte Jahr.«

»Du hast mir geholfen, ich helfe dir, das ist doch klar«, sage ich. »Gut, dass du gekommen bist.«

Max lächelt schief. »Ich brauche einfach ein bisschen Zeit. Ein bisschen Freundschaft. Ein bisschen Meer. Und vielleicht eine Tasse Tee.«

Ich nicke. »Das kriegen wir hin.«

Eine Stunde später sitzen wir zu dritt in der Küche. Max mit einer Decke um die Schultern, Oma mit ihrer Teekanne. Auf dem Tisch stehen nun drei Schnapsgläser, die Oma zwischendurch heimlich mit Sanddornlikör füllt. Es ist friedlich, ich bin froh, dass die beiden da sind, obwohl ich noch immer ein bisschen überrumpelt bin. »Kann ich euch eine Weile allein lassen?«, frage ich. »Ich brauche ein bisschen frische Luft.«

»Geh nur, Schatz. Wir machen uns hier eine gute Zeit«, sagt Oma und schenkt Max einen Schnaps ein. »Nicht wahr, Max?«

»Klar, geh ruhig«, sagt Max mit leicht geröteten Wangen.

Wenn Oma so weitermacht, sind die beiden bei sehr guter Laune, wenn ich zurückkomme, denke ich und muss schmunzeln.

Die Dämmerung liegt wie ein weiches Tuch über der Insel. Der Schnee hat mittlerweile alles bedeckt. Ein silberner Glanz liegt auf den Dächern, den Zäunen, dem Sand am Rand der Dünen. Ich gehe den Strand hinunter bis zum Spülsaum, bleibe stehen und atme tief ein. Die Wellen rollen langsam auf das Ufer zu, nur um sich kurz danach wieder zurückzuziehen. Ein Lächeln macht sich auf meinen Lippen breit, Gänsehaut überzieht meinen Körper. Ich bin angekommen. Das hier ist mein Zuhause. Und das war es schon immer.

Rezepte

Helenas Schoko-Birnen-Kuchen

Der Favorit der Rommé-Club-Damen.

Zutaten für eine 24er Springform:

300 g dunkle Schokolade (etwa 70 %)
240 g Butter
200 g Rohrzucker
3 bis 5 EL gekochter Espresso
6 Eier (Größe M)
200 g gemahlene Mandeln
100 g Dinkelmehl (Weizen geht auch)
3 TL Backpulver (Weinstein)
1 Prise Meersalz
3–4 reife oder eingemachte Birnen

Etwas Butter und eine Handvoll Haferflocken zum Ausstreuen der Form.
Backzeit: etwa 50 Minuten

Zubereitung:

Den Backofen auf 160 Grad Umluft vorheizen. Die Schokolade im Wasserbad schmelzen und etwas abkühlen lassen. Die Butter zusammen mit dem Zucker cremig aufschlagen. Vanilleextrakt hinzufügen und nach und nach die Eier unterrühren. (Espresso optional hinzufügen.) Die gemahlenen Mandeln mit dem Mehl, dem Backpulver und dem Salz vermischen. Die Mehlmischung und die geschmolzene Schokolade in drei Etappen abwechselnd zum Teig geben und verrühren. Die Springform buttern und mit Haferflocken ausstreuen. Den Teig hineingeben und glatt streichen. Die Birnen schälen, halbieren, Kerngehäuse entfernen. Im Kreis angeordnet auf den Teig setzen und ein bis zwei Zentimeter eindrücken. 10 Minuten vor Ende der Backzeit das Quittengelee aufkochen. Den Kuchen damit bestreichen und weitere 10 Minuten backen.

Der Kuchen schmeckt lauwarm, aber auch gut durchgekühlt. Im Sommer sowie im Winter.

Helenas Lieblings-Käsekuchen mit Aprikosen

Schmeckt nach Zuhause!
Für eine 24er oder 26er Springform

Mürbeteig

240 g Dinkelmehl (oder Weizen)
160 g Butter
80 g brauner Zucker

Füllung

500 g Magerquark
200 g Schmand
100 g süße Sahne
125 g Butter
3 Eier
150 g Zucker
1 Päckchen Vanillepuddingpulver
1 Prise Salz

1 Glas eingemachte Aprikosen, entsteint
200 g Aprikosenkonfitüre

Teig:

Alle Zutaten zu einem Teig verkneten.

Füllung:

Die Butter schmelzen und wieder abkühlen lassen. Quark, Schmand, Sahne, Zucker, Puddingpulver und Salz verrühren. Zum Schluss die Butter unterrühren.

Den Ofen auf 160 Grad Heißluft einstellen. Die Backform ausfetten und mit 3 Esslöffeln Haferflocken bestreuen. Den Teig in die Form drücken und am Rand hochziehen, etwa zu 2/3 hoch.

Die Aprikosenkonfitüre auf dem Teigboden verstreichen. Die Aprikosen darauf verteilen. Die Quarkmasse darüber schütten.

1 Stunde bei 160 Grad Umluft backen.

Den Ofen ausmachen, einen Kochlöffel zwischen Tür und Ofen schieben, sodass ein Spalt offen bleibt. Den Kuchen im Ofen abkühlen lassen.

Warten mit dem Anschneiden, bis er abgekühlt ist, auch wenn es schwerfällt.

Den Kuchen am besten schon früh am Morgen backen, wenn er auf dem Kaffeetisch stehen soll. Oder noch besser am Tag davor zubereiten.

Maras vegetarische herzhafte Mini-Quiches

Nicht nur zum Frühstück verdammt lecker!
(ca. 12 Stück)

Zutaten für den Teig:

200 g Mehl
100 g kalte Butter (in Stücken)
1 Ei (Größe M)
½ TL Salz
1–2 EL kaltes Wasser

Für die Füllung (Basis):

3 Eier
200 ml Sahne oder Milch (oder eine Mischung)
Salz, Pfeffer, Muskat
100 g geriebener Käse
Füllideen (nach Wahl kombinieren):
1 kleine Zucchini (geraspelt)
1 Frühlingszwiebel oder Schalotte (fein geschnitten)
50 g Feta (zerkrümelt)
1 kleine rote Paprika (fein gewürfelt)

1 Handvoll Spinat (frisch oder aufgetaut, gut ausgedrückt)
Frische Kräuter: Petersilie, Schnittlauch, Thymian

Optional: getrocknete Tomaten, Oliven, Pilze

Zubereitung:

Teig vorbereiten:

Mehl und Salz in eine Schüssel geben.

Kalte Butter in Stückchen dazugeben und mit den Fingerspitzen oder einem Knethaken zu Streuseln verarbeiten. Ei und gegebenenfalls etwas Wasser zugeben und rasch zu einem glatten Teig verkneten.

In Frischhaltefolie wickeln und ca. 30 Minuten im Kühlschrank ruhen lassen.

Füllung vorbereiten:

Gemüse nach Wahl klein schneiden oder raspeln.

Eier, Sahne/Milch, Käse, Salz, Pfeffer und Muskat in einer Schüssel verquirlen.

Gemüse und Kräuter unterheben.

Mini-Quiches formen:

Backofen auf 180 °C Ober-/Unterhitze (160 °C Umluft) vorheizen.

Muffinform mit Butter einfetten oder mit Papierförmchen auslegen.

Teig auf einer bemehlten Fläche ca. 3 mm dick ausrollen und Kreise ausstechen (etwas größer als der Durchmesser der Muffinmulden). In die Förmchen drücken und leicht andrücken, Rand formen. Füllung gleichmäßig auf die Mulden verteilen.

Backen:

Auf mittlerer Schiene ca. 25–30 Minuten backen, bis die Oberfläche goldbraun ist. Kurz abkühlen lassen und vorsichtig aus der Form lösen.

Janniks (gebrochene) Orangenherzen

Auch gut, um Herzen wieder zu flicken!
(ca. 40 Plätzchen / 20 Doppeldecker)

Zutaten für den Teig:

250 g Mehl
80 g Puderzucker
1 Päckchen Vanillezucker
1 Prise Salz
150 g kalte Butter (in Stückchen)
1 Eigelb
Abgeriebene Schale von einer Bio-Orange
Orangenblütenwasser

Für die Orangenfüllung:

150 ml frisch gepresster Orangensaft
2 EL Orangenlikör (z. B. Cointreau) oder 1 EL Orangenmarmelade (optional)
40 g Zucker
1 gestrichener TL Speisestärke
1 Msp. Zimt (nach Belieben)

Zum Bestreuen:

Puderzucker

Zubereitung:

Mürbeteig zubereiten:

Mehl, Puderzucker, Vanillezucker, Salz und Orangenschale in eine Schüssel geben.

Butter in Stücken und Eigelb hinzufügen. Optional ein paar Tropfen Orangenblütenwasser hinzugeben, alles zügig zu einem glatten Teig verkneten.

In Frischhaltefolie wickeln und mindestens 1 Stunde kalt stellen.

Orangenfüllung kochen:

Orangensaft, Zucker, Zimt und Orangenlikör/Marmelade in einem kleinen Topf verrühren.

Stärke mit 1 EL Saft glatt rühren und einrühren. Unter Rühren aufkochen, bis die Masse leicht eindickt (ca. 1–2 Minuten).

Abkühlen lassen – die Füllung wird beim Abkühlen noch etwas fester.

Plätzchen formen und backen:

Backofen auf 175 °C Ober-/Unterhitze (160 °C Umluft) vorheizen.

Teig auf leicht bemehlter Fläche ca. 3 mm dick ausrollen. Plätzchen ausstechen (Ø ca. 4 cm). Aus der Hälfte der Plätzchen mit einem kleineren Ausstecher (z. B. Stern, Herz, Loch) die Mitte ausstechen.

Auf ein mit Backpapier belegtes Blech legen und ca. 8–10 Minuten backen – sie sollen hell bleiben.

Abkühlen lassen.

Zusammensetzen:

Unterseite (ohne Loch) mit etwas Orangenfüllung bestreichen. Oberseite (mit Loch) leicht mit Puderzucker bestäuben und vorsichtig aufsetzen. Trocknen lassen, bis die Füllung leicht angezogen ist.

Leseprobe

Christin-Marie Below
Café Meerblick
ISBN: 978-3-548-06366-9
Auch als E-Book erhältlich

10. Juni 2018
Meeresbrise/Sommeranfang

Liebstes Leben,
immer zuerst ans Meer!

Seit gestern bin ich mit Mona auf Norderney. Und wie jedes Mal haben wir uns sofort nach unserer Ankunft Räder ausgeliehen. Wir sind den Deich entlanggefahren, immer geradeaus, dem Wind entgegen. Wir haben gelacht und unsere Nasenspitzen in die Sonne gehalten. Der Wind hat uns wunderschöne Inselfrisuren gezaubert, so schnell sind wir gefahren. Mona hat ein Foto von mir geschossen und mich auf den Namen Sturmkönigin Sophie getauft. Dabei hat sie gelächelt, das Leben kann so schön sein!

Das war einer dieser Momente, die ich gern einfrieren würde. Dann könnte ich ihn irgendwann auspacken und auftauen. Immer dann, wenn wir ihn brauchen würden, wäre er da.

Zuerst konnten wir uns nicht entscheiden, an welchen Teil des Strandes wir uns legen wollen. Die Insel ist so schön! Also sind wir einfach immer weitergefahren. Zwischen den Dünen war es windstiller und sehr warm.

Wir haben uns gefreut wie kleine Kinder, als wir endlich die für uns perfekte Stelle am Strand gefunden haben.

Wir haben unsere Fahrräder abgestellt, sind zum Strand gegangen und haben uns für ein Plätzchen am Fuße der Düne entschieden. Dort haben wir uns schnell ausgezogen und sind über den heißen Sand in das Wasser gerannt, bis es tief genug war, um kopfüber unterzutauchen. Die Nordsee war noch eiskalt. Ich hatte Gänsehaut am ganzen Körper, aber das war mir egal. Und Mona hat es auch nichts ausgemacht. Sie ist prustend direkt neben mir hochgekommen.

»Goose-Pimple-Alarm!«, hat sie übermütig gerufen. Dann hat sie mir lachend ihren Arm entgegengestreckt, auf dem sich, wie bei mir, die kleinen feinen Härchen aufgestellt haben. Sie hat festgestellt, dass Frau Krüger uns damals im Englischunterricht nicht viel beigebracht hat. Aber die goose pimples fand Mona lustig, die hat sie sich gemerkt – genau wie bumfuzzle oder poppycock, Durcheinander und Unsinn.

Damals waren wir in der zehnten Klasse, fünfzehn Jahre alt, und wir haben eine Liste mit besonders schrägen Wörtern geführt, die immer länger wurde.

Da war die Welt noch in Ordnung, habe ich zu Mona gesagt, und sie hat mich ernst angesehen und mir erklärt, dass die Welt jetzt, wo wir fünfundzwanzig sind, auch wieder in Ordnung ist und dass es auch so bleiben wird.

Normalerweise bin ich immer diejenige mit dem unerschütterlichen Optimismus. Wenn ich graue Wolken am Himmel sehe, gehe ich erst einmal davon aus, dass gleich dahinter die Sonne hervorkommt, während Mona davon überzeugt ist, dass es jeden Moment anfängt zu regnen. Was dieses eine Thema betrifft, ist Mona jedoch die Optimistin und irgendwie auch mein Fels in der Brandung.

An schlechtes Wetter glauben wir momentan beide nicht,

der Wetterbericht hat Sonnenschein für die nächsten Tage angesagt.

Die warmen Strahlen kitzeln meine Haut und wärmen meine Seele. Mir geht es so gut wie schon lange nicht mehr, ich möchte die Zeit auf Norderney einfach nur genießen und vor allem an die positiven Dinge denken.

Deswegen habe ich Mona vorgeschlagen, wieder eine Liste anzulegen, aber diesmal mit besonders schönen Wörtern.

Von der Idee war sie begeistert, sie hat sofort nach ihrem Wort gesucht. Dabei hat sie den Kopf leicht schief gelegt, so wie immer, wenn sie nachdenkt. In dem Moment ist etwas Wind aufgekommen und hat über unsere Körper gestrichen. Ein Lächeln ist über Monas Gesicht gehuscht, und sie hat gesagt, dass ihr erstes schönes Wort auf der neuen Liste »Meeresbrise« sein soll.

Da ist mir plötzlich eingefallen, was für ein Tag bald ist, und ich habe auch mein schönes Wort gefunden: Sommeranfang.

Nach dem Strand sind wir in die Stadt gefahren und haben ein großes Eis gegessen. Salziges Karamell und Schokolade habe ich mir ausgesucht, und Mona hat zwei Kugeln Vanille genommen. Es gibt nichts Besseres, sagt sie – wenn das Eis gut ist. Und das ist es wirklich!

Danach haben wir in der Buchhandlung zugeschlagen. Mona hat sich gleich drei Bücher ausgesucht, die sie hier lesen möchte. Ich habe zwei gekauft – und dazu dieses hübsche dicke Notizbuch, in das ich ab heute meine Gedanken schreibe.

Liebstes Leben, ich sammle nicht nur schöne Worte, sondern auch die besonderen Momente, an die ich mich immer erinnern möchte, so wie heute – mit Mona am Meer.

Deine Sophie

I.

Für mich muss immer alles gerade stehen oder hängen. Ich liebe es, wenn Dinge perfekt zueinanderpassen, und am besten ist es, wenn sie auch noch in einer geraden Anzahl vorhanden sind. In meinen Einkaufskorb wandern zwei Äpfel oder eben vier. Drei wie auf dem Stillleben, das meine Tante mir geschenkt hat, kämen bei mir nicht in die Tüte und auch nicht in den Korb.

Ich hänge das Bild an die Nägel, die ich in die Wand geklopft habe, und betrachte es kritisch. Das blöde Ding hängt rechts etwas zu weit unten, obwohl ich mit einer Wasserwaage gearbeitet habe. Und das ärgert mich mehr, als es sollte. Sophie würde jetzt lachen, mich in die Seite knuffen und behaupten, ich sei ein »Monk«. Die Serie mit dem oberpedantischen Kommissar, an den ich sie oft erinnert habe, hat sie geliebt. Wenn sie mich ärgern wollte, hat sie meine in einer Linie nebeneinanderstehenden Schalen auf dem Sideboard verrückt oder meine Shampooflasche auf den Kopf gestellt. Oder sie hat Socken, die mit »Links« und »Rechts« gekennzeichnet waren, demonstrativ am falschen Fuß getragen, wenn sie mich besuchen kam. Das alles nur, um mich zu foppen – oder um mir mal wieder bewusst zu machen, dass ich das Leben nicht so ernst nehmen soll. Sophie war gut darin, sich auf die wichtigen Dinge im Leben zu konzentrieren. Sie hatte eine natürliche Leichtigkeit, mit ihr hat sich alles einfach angefühlt.

»Nur für dich«, sage ich leise und lasse die Leinwand so hängen, perfekt unperfekt.

Ich setze mich in meinen Lesesessel und schenke mir ein Glas selbst gemachte Zitronenlimonade ein. Es könnte eigentlich ein wunderschöner Nachmittag sein. Es ist Mitte Juni, und das Thermometer zeigt weit über zwanzig Grad an, der Sommer ist endlich da.

Beim Trinken betrachte ich das Bild an der Wand – und freue mich diebisch, als ich feststelle, dass Tante Doro drei Margeriten in eine graue Vase gemalt hat, die neben zwei kleineren steht. Drei Äpfel in einem Korb, drei Vasen, drei Blumen, denke ich zufrieden, das Bild hat System. Da kündigt das Klingeln meines Smartphones, das neben mir auf dem kleinen Bistrotisch liegt, einen Anruf an.

Ich zögere einen Moment, weil ich genau weiß, was jetzt kommt, nehme das Gespräch aber schließlich doch an. Ich möchte nicht, dass mein bester Freund sich um mich sorgt.

»Hi, Chris.«

Er fällt sofort mit der Tür ins Haus. »Ich habe Feierabend! Pack deinen Bikini ein, wir fahren an den See. Du musst mitkommen, du weißt ja, ich bin wasserscheu, allein geh ich nicht rein.«

Ich seufze. »Netter Versuch. Aber ich kann nicht.«

»Du willst nicht«, korrigiert Chris mich.

»Stimmt!«, gebe ich zu.

»Du bleibst bei deinem Entschluss, heute allein sein zu wollen?«, fragt er.

»Ja!«, antworte ich.

»Na gut, aber wenn was ist, meldest du dich, ich lass mein Handy an.«

»Am See?«

»Wenn du nicht mitkommst, bleibe ich zu Hause«, erklärt er. »Ich setze mich auf den Balkon, stecke die Füße in einen Wäschekorb voll mit kaltem Wasser und die Nase in meine Bücher.«

»Das ist doch Quatsch, geh baden, mir geht es gut«, versichere ich. Aber das ist nicht wahr. Mir geht es überhaupt nicht gut, ich vermisse meine Freundin – sehr. »Zumindest komme ich bis jetzt einigermaßen klar«, füge ich hinzu. »Ehrlich, Chris, ich möchte das so, ich will allein sein.«

»Na gut.« Er seufzt. »Wenn was ist, rufst du mich aber an, versprochen?«

»Versprochen!«

Es ist schön, zu wissen, dass es Menschen gibt, die sich um mich sorgen, und dass ich nicht allein sein muss, wenn ich es nicht will. In meinen Gedanken sehe ich Chris auf seinem Balkon sitzen und auf meinen Anruf warten. Er würde für mich alles stehen und liegen lassen, wenn ich ihn brauche. Auch wenn wir mal eine Zeit lang nicht viel miteinander sprechen oder uns nur selten sehen, weiß ich, dass er immer für mich da ist – und ich für ihn.

Ich schaue aus meinem Wohnzimmerfenster, direkt auf die große alte Eiche, die im zum Haus gehörenden Gemeinschaftsgarten steht. Ihre Blätter bewegen sich kaum, die Luft steht still. Und genauso fühle ich mich seit Monaten: im Stillstand.

Mit Sophie verging die Zeit immer wie im Flug. Das letzte Jahr hingegen kam mir vor wie eine Ewigkeit.

Lautes Brummen lenkt meinen Blick auf den Blumentopf auf der Fensterbank. Eine Hummel schwirrt zwischen den Lavendelblüten umher. Sophies überraschten Blick, als sie mal von einer gestochen wurde, werde ich nie vergessen. Sie hat mir nicht geglaubt, dass die gemütlichen dicken Brummer einen Stachel haben, und wollte mir unbedingt das Gegenteil beweisen. Deswegen hat sie eine in die Hand genommen und vorsichtig ihre Finger um sie geschlossen – und dann hat sie mich einfach nur mit großen Augen angesehen und »Du hast recht!« gesagt. Die Hummel hatte sie am kleinen Finger erwischt.

Ich nehme den Topf von der Bank, öffne das Fenster und schubse das Tier vorsichtig nach draußen. Beim Schließen fällt mir auf, wie schmutzig die Scheiben sind. Drei Stunden später habe ich nicht nur alle Fenster in meiner Wohnung geputzt, sondern auch gesaugt, den Parkettfußboden geschrubbt, den Staub von den Schränken entfernt und die Schubladen in der Küche aussortiert und gesäubert.

Ich lasse mich in meinen Sessel fallen, strecke die Beine lang aus und schließe für einen Moment die Augen. Als ich sie wieder öffne, fällt mein Blick auf das schiefe Bild an der Wand, und wie aus dem Nichts schwappen die Gefühle in mir hoch. Sophie ist überall – und nirgendwo. Ich rücke die Leinwand gerade und merke dabei, wie sich leichte Panik in mir breitmacht. Kurz darauf tippe ich mit zittrigen Fingern eine Nachricht in mein Smartphone und schicke sie an Chris.

Kannst du vielleicht doch vorbeikommen?

Nur kurz darauf leuchtet seine Antwort auf.

Klar, bin in 10 Minuten da.

Er braucht gerade mal sieben Minuten. Ich stehe auf, als es klingelt, öffne ihm die Tür und sage: »Du bist viel zu schnell gefahren, sonst wärst du jetzt noch nicht hier, das schafft man nicht, wenn man sich an die Geschwindigkeitsbegrenzungen hält. Wie schaffst du es nur, dass du nie geblitzt wirst, während ich sogar erwischt werde, wenn ich mit knapp vierzig durch die Dreißigerzone gurke?«

Anstatt auf meine Frage zu antworten, kommt Chris in die Wohnung, schließt die Tür hinter sich und breitet seine Arme aus: »Komm her!«

Ich versuche, die Tränen wegzublinzeln, die sich in meinen Augen sammeln, aber das gelingt mir nicht. Ich schniefe ein paarmal und lasse mich in seine Arme sinken. So stehen wir eine Weile im Flur, bis ich mich wieder etwas beruhigt habe und von ihm löse.

»Danke, dass du gekommen bist.«

»Dafür sind Freunde doch da.«

»Magst du was trinken? Ich habe noch Limo im Kühlschrank.« Selbst gemacht, nach Sophies Rezept …

»Ja, gern.«

Mit einem Glas Zitronenlimonade setzen wir uns auf die Couch und schweigen uns einen kurzen Augenblick an. Wahrscheinlich weiß Chris nicht so recht, wie er mit mir umgehen und was er sagen soll. Aber das macht nichts, ich verstehe ihn, denn ich weiß es ja selbst nicht. Vorhin wollte ich noch allein sein, und jetzt bin ich froh, dass ich es nicht mehr bin, obwohl ich eigentlich immer noch keine Lust habe, irgendjemanden zu sehen.

»Ich bin froh, dass du hier bist«, sage ich schließlich.

»Möchtest du darüber reden?«, fragt er.

»Nein«, antworte ich, schaue aus dem Fenster und versuche, nicht wieder loszuheulen. Genau das ist der Grund, aus dem ich heute eigentlich lieber allein sein wollte. Ich hatte gehofft, dieses Thema einfach beiseiteschieben zu können. Wenn niemand da ist, der mit mir darüber reden möchte, ist es quasi auch nicht da. Zumindest in der Theorie war es ein toller Plan. In der Praxis sieht die Sache allerdings ganz anders aus.

»Gut, aber wenn doch, bin ich da. Das weißt du, oder?«

»Ja, danke!«, sage ich, schaue meinen Freund an und muss schmunzeln. »Schicke Frisur.«

Bildnachweise Cover

Umschlaggestaltung: Sabine Kwauka, München
Titelabbildung: © Sabine Kwauka unter Verwendung von: Abstract pink, red watercolor blot on a white background © shutterstock, Seamless watercolor Christmas pattern background with snowflakes on blue background © shutterstock/ VerisStudio, Seacape in watercolor. Beach by the sea with mountains on th horizon. Hand drawn background © shutterstock/ Ermakova Marina, Sailboat, ship, yacht, seagulls, lighthouse, nautical set, for postcards, invitations Watercolor © shutterstock/ Ermakova Marina, Bright hand drawn watercolour paint sketch artwork on light paper card backdrop text space. Calm blue color drift shrub plant wintertime day scene. Icy new year thaw brook creek bay coast scenic view © shutterstock/ ArtMari, Watercolor rural cottage house among green trees with wooden fence hand painted illustration. Summer village cozy home composition. Cartoon countryside design elements isolated on white background © shutterstock/ Natali Mias, Hand drawn sketch artwork light blue color paint style paper card dusk cloudy scene text space. Cold old fog mist haze ice path way road rustic farm

wood barn hut roof icy bush shrub coast scenic view © shutterstock/ ArtMari, Snow vector caps. Snowballs and snowdrifts set. Snow cap vector collection. Winter element. Christmas window, roof, chimney etc. cartoon flat decoration with snowflakes, icicles isolated on blue © shutterstock/ Chinch, Christmas watercolor bouquet berries and green leaves arrangings set © shutterstock/ Artnizu, Merry Christmas and Happy New Year set. Watercolor collection with a choice of hot drinks:apple cider,tea,chocolate,cappuccino © shutterstock/ Katerina Arts, Perlenkette © Sabina Kwauka, Set, composition of underwater life objects - blue sea shells. Illustrations of marine design. Hand drawn watercolor painting on white background © shutterstock/ arxichtu4ki, Watercolor hand painted illustration set of snowflakes. Isolated on white background © shutterstock/ Miraniuk Olga, Christmas bells, Happy New Year festive decor for greeting card or flyer, postcard , booklet, leaflet. Hand drawn watercolor illustration isolated on white background © shutterstock/ Daria Ustiugova.